亂世無命

亂世無命

黑道卷

Fant | 著

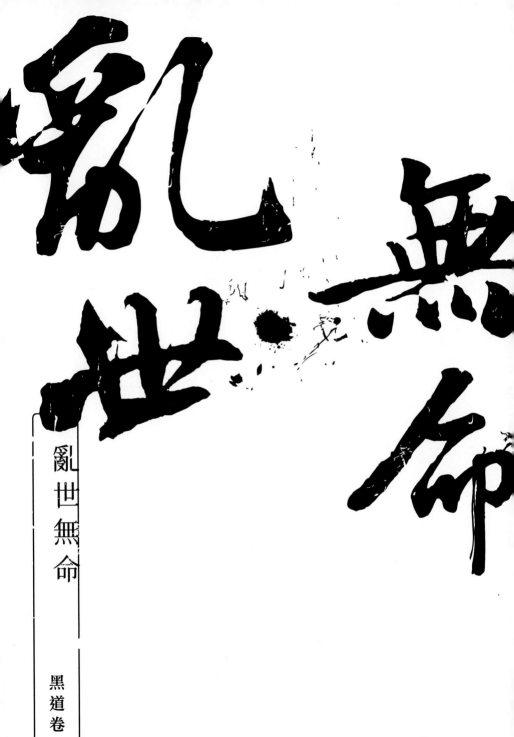

推薦序

這是我第一次推薦武俠小說。在我的閱讀經驗裡面，武俠小說像是時光機一樣，一但翻開了，就不覺自主的往下看下去。畢竟架空的世界裡面，所有的人性都放大了一些，每個人心裡都有一個小孩，而每個小孩，都曾經希望自己是個俠客，當一個俠客必定會有現實中無法取得的絕世武功，至於武功有多強，武功怎麼用，都吸引人繼續看下去，暫時地逃離一下現實，也從虛構的故事中，更看清楚現實世界的人性，看清楚每個角色的位置、選擇及無奈。

這部《亂世無命》，故事設定在中學，讓我回想起自己依舊年少時，對什麼好像都懵懵懂懂，都還有一點期待或者無知的時候，只是故事的場景在台中，又是我出社會以後，工作所待的地方，一個以作者所在城市開頭的小說，反映的就是這個城市的文化、記憶以及想像。這本書直接了當的說是一部黑幫小說，但也是一部人性小說。一個虛構世界的作品，只要寫到了人性，或多或少都會出現一些更貼近於現實的金句或者感嘆，故事中特別將台中黑道列出，一方面事作者選擇，另一方面，透過主角在一連串的事件裡感嘆「演戲和欺騙，實在是一件比博殺打鬥更累的事」，而當黑道之間互相火拼背叛，也出自於國際化競爭時的CP值選擇時，看的到底是小說，還是真實世界的台灣翻版？

故事中的台中黑幫，比起白道還要多了點「階級流動」的意味。或許是作者故事諷刺現實，也或許是小說以及創作總可以反應出更多的人性，如同《航海王》中誇飾過後的的「天龍人」反而成為了一整個時代用來諷刺特定意識形態的作品一樣。

而小說不也是嗎？我看著主角身分轉換，從一開始身不由己，到後來即使看透、看通也無法擺脫的宿命，想想每天依舊上班、依照行程打卡並且上網發文的自己，這本書成書的時候，台灣的貧富差距日增，每個時代的武俠，其實回過頭來都是映照當下人們對於社會的反應、思考以及批判。

這些元素並非Fant所創，但他應該是我印象中，第一個以台中及黑道為背景寫作的創作者。那些影射的人物，反應的社會現實，也都隨著故事推進，令人不禁思考：現實又是什麼樣子呢？作者用筆來反映時事，或許才是真正的俠客吧。

這本書也是，我推薦給願意閱讀新武俠的朋友。

林立青（作家）

推薦序

寫序我不是第一次了，我經常都幫別人的書寫序，寫玄幻小說的序倒是第一次。這當然是因為之前從沒有人邀請我寫玄幻小說的序，我也不是玄幻小說出名的評家或者讀者——科幻我倒是看不少。當然，我並不是完全沒看過，多少也有接觸。因為意義也偏離當初創作這個詞語的人本意甚遠，所以什麼是玄幻小說也真的很難說。對我而言，玄幻小說和日本的輕小說本質是很相似的，就是和網路文學有很深的淵源，不管它是什麼題材，它反映的就是二十一世紀初這個世代的想法。

這種創作滲入的其實都是之前的各種要素，多數都是這一輩作者成長時看過的東西。從金庸、古龍的武俠小說、《尋秦記》、西方奇幻小說、衛斯理到日本動畫甚至抗日神劇，各種要素全部混在一起。當然，還有其他玄幻小說，彼此再近親繁殖，互相參考。

也許在很久的未來，說起玄幻小說，大家會想起的不是仙俠，而是「二十一世紀漢字文化圈的文化」，是個一品鍋、大雜燴的觀念。所以如果要看一個玄幻小說，最有意義的就是看它滲入了什麼新的要素。

而像這次要寫的序，要說要素的話，黑幫、武功這種東西，並不很創新。它們就是故事裡慣用的符號與角色而已；奇遇與冒險，也算是每個玄幻小說的定番。真的特殊的部分，就自然是這個拿來當背景的台中。

因為香港電影和台灣劇集曾經盛行過，這些都曾影響過作品作者的成長，所以香港和台灣對於創作界而言，本身就是一個常用的世界觀和背景。別小看這點，之前也說過，玄幻小說本就沒有什麼很嚴謹的限界：什麼都可以當成材料。包括背景，異世界其實多數就是動漫世界，奇幻則多數是以中世紀歐洲為藍本，武俠自然是古中國。背景也是一個重要的角色和特色，甚至是作品的賣點。

哪怕在中國大陸，也有不少人拿香港當創作的背景，什麼轉世到香港當古惑仔之類。這些放在我們香港人眼中看有時是很突兀的，畢竟那往往和我們認識的香港不那麼一樣。當然在看日本以香港為題材的作品，也會讓你有這樣的感覺。在地人寫就是不一樣。

能以這個年代的台中作為背景去寫小說，小說好不好看，是見人見智。正常來說這也不會是什麼大文豪的作品，可是它還是一定有價值在，就是從其中當地人的角度，去描繪出那個時光裡的那個地方。將他變成角色化為文字，寫了下來，也許某天有人有興趣研究二十一世紀初的台中時，他們就會撿回這本書，為的是從裡面撿回那些散失了的記憶和印象。

這樣作品總會有傳下去的價值吧。

鄭立（商人、漫畫《孫文的野望》投資者）

人物介紹

謝哲翰：本書男主角，出身武術世家，從小身上便具有謝家刀和魚龍變兩門絕頂武術。在因緣際會之下被逼踏入台中黑道，拜台中四大殺手之一的「豺狼」為師，被海線黑道領袖洪阿彪收為義子，雖然身在台中黑道卻痛恨台中黑道對台中的壓迫，參與了推倒台中黑道以及壓迫人民的白道政商勢力的計畫。

林敬書：豪門台中林家之子，聰明絕頂精於謀略，因為童年創傷而患有情感依附缺陷症，對親近的人無法產生情感連結，但卻對群眾有著異常的博愛精神和同情心。為了解救被黑道和白道壓迫的台灣人，花了多年時間籌畫出一個縝密計畫——最後一塊拼圖，就是在他設計之下被推入台中黑道的謝哲翰。

成青荷：本書女主角，國際黑幫竹林幫幫主成德恭之女。由於成德恭得知謝哲翰身上懷有絕頂武術，意欲吸收謝哲翰成為竹林幫殺手。成清荷為保住謝哲翰，和林敬書聯手設局將謝哲翰推入台中黑道。但成清荷在她竹林幫公主的光環背後卻隱藏著不為人知的悲慘秘密。

趙靜安：國學大師愛新覺羅‧溥齋的養女，和竹林幫關係匪淺。個性冰冷不擅社交，擅長中醫裡的催眠技術「祝由術」。

目次

第一章　七年後的台中

七年後，我終於回到台中了。

我站在大樓落地窗前，俯瞰前方的校園，育才中學。

那裡，是我踏入台中黑道的起點。

落地窗外，成片的幽深烏雲像一塊巨大的簾布蓋住整片天穹，磅礡大雨從昏暗的天空中倒灌而出。雨珠，紛紛從天空摔落地面。

這座寧靜的盆地裡，總是下著不寧靜的雨。

七年前，在一次次的戰爭和算計中，那些大人物們就像那些雨珠，紛紛從權力的頂端驟然墮入深淵，儘管有人先有人後，但最終都只能淪為一攤攤被車子輾過的水窪。

但我原該是陷在泥灘裡的水滴，卻在被疾駛的車子輾過時意外濺起，乘著風飛上高空，脫離地心引力的桎梏，越飛越高。

越飛越高。

育才中學，台中市，直到看見整個台灣。

我走出大樓，撐起傘走在育才中學校門前的街道上，隔著雨幕仔細尋覓著我記憶裡的台中，這個我又愛又恨，卻又害怕得逃避了七年才再次回來的城市。

在育才中學側門對面，有一間用鐵皮隨意搭蓋起來的簡陋麵店，我收起傘走進去找位置坐下，跟老闆叫了一碗麵。此時店內已經先來了三名育才中學學生。麵店老闆一面煮麵，一面和那些學生閒聊。

「老闆，七年前的台中到底有可怕啊？我爸媽打死都不肯跟我們講以前的台中是什麼樣子，我上網查了以前台中的資料，照片裡的街道到處都是屍體和血跡。」

其中一名身材纖瘦的學生問到了過去的台中，麵店老闆眉頭緊皺，似乎不願意回想起來。

麵店老闆望著店門外滂沱大雨，沉默了足足有一兩分鐘，然後嘆出一口長長的氣。

「七年前的台中啊，是全世界唯一一個直接由黑道治理的城市，那時候還和墨西哥市、西西里島並稱為世界三大黑道之都。哪個人能打下地盤，他就可以在那裡收保護費，當時的賭場和酒店附近，每天晚上幾乎都有槍戰和械鬥，這樣子當然到處都是屍體和血跡，一到早上，清潔隊員除了要掃馬路，也要順便幫忙收屍。」

那些學生聽了麵店老闆的話，紛紛驚呼出聲。

「老闆，那台中黑道是怎麼消失的？」

另一名帶著粗框眼鏡的學生問道。

「你們聽說過『夜梟』嗎？」

麵店老闆沒有回答他的問題，反而又拋出了一個問題。

「我有聽過，好像是……台中黑道上一個非常厲害的殺手。」

染著咖啡色頭髮的學生回答道。

麵店老闆將煮好的麵放到托盤上，端到那些學生的桌面上，接著說下去。

「『夜梟』他可能是當年台中黑道裡面最強的殺手。那時候台中黑道上原本的四大王牌殺手，他們後來有三個人就死在『夜梟』手上，『夜梟』的實力你們可想而知。據說，當時隻手遮天的台中黑道突然倒台，就是因為他。」

「『夜梟』再怎麼厲害，也不可能一個人摧毀掉當時的台中黑道吧。」帶著粗框眼鏡的學生聽了麵店老闆的話，立刻反駁道。

「『夜梟』他不只是一個殺手，他曾經控制整個台中海線，還是當時台中黑道首領陳總的重要左右手，只是誰也沒想到他後來居然會背叛台中黑道，掀起一連串摧毀台中黑道的戰爭……。」

麵店老闆一邊將我點的麵端到我桌上，一邊繼續和那些學生敘說七年前的往事。我吃著麵，靜靜聽著。

我叫謝哲翰。七年後，已經沒有人知道，我就是夜梟。

第二章　大哥，無所不在

自從我有記憶以來，黑道就根植於台中的土壤中。

大人們總是不停地提醒著我和所有生長於台中的孩子們：「你要聽大哥的話。」因為，台中是由大哥們控制的城市，他們的手緊緊抓握著台中每一個角落。

大哥，無所不在。

有的大哥在整個台中都有著呼風喚雨般的力量，他能夠決定眾人的命運。陳總，他是台中黑道的領袖，也是台中實際上的市長，台中市的市中心是直屬於他的地盤。坤哥，他掌管台中的山線地帶。而台中海線，則是由洪阿彪掌管，但我們海線人大多叫他「洪董」。

有的大哥只控制一個區，一個里，甚至只是某一條巷子裡的住戶。

我從小就習慣聽到家裡附近如連串鞭炮炸響般的槍聲，而且懂得不要多問關於這些槍聲的事，當槍聲響起時，我通常是在母親嚴厲的眼神暗示下，乖乖回房間裡躲好。等到我大一點之後，也就明白那些都是忘了上繳保護費或是得罪了控制我們社區的大哥的倒楣鬼。

但台中人卻也不能沒有這些大哥，我的鄰居和長輩們既對那些大哥們心懷畏懼卻又心存感激，他們最常說的話就是「如果不是這些大哥，我們哪有錢賺？看看台灣其他地方的人，都窮到快餓死了。」

大多數的台中人都只是討口飯吃的普通人。有的人在南區的豪華賭場裡發牌。有的人在神岡的鐵皮屋工廠裡組裝槍枝零件。有的人在外埔的製藥廠裡提煉海洛因。而許多漂亮的女孩子，上了高中後就會有人找她們到西區的那些酒店裡上班。但台中人不管在哪工作，無非都是在這些大哥手下的公司裡，若不是選擇進入黑道，就是成為大哥的奴僕。

在台中，只有極少數人能成為例外，我們家是其中之一。

我父親在大甲開了一間小武館，收了十來個徒弟，教授一些講求實用的徒手綜合格鬥技和刀術。在台中，到處都開著像這樣的武館。畢竟，在台中這個黑道之城，許多人都是以拳腳和刀械討生活。

父親總是自豪地說，我們謝家是世代相傳的武術世家，我從十二歲開始，他就帶著我學習綜合格鬥技和刀術，起初我仍然不太相信，我們家不過就開了一間普通的小武館，算什麼武術世家。

我十四歲那年，我父親便帶著我前往他朋友開設的武館，和裡頭的人進行切磋。經過一場場對戰後，我發現我的對手裡頭，竟然沒有一個人是我的對手，他們的出手時機和臨場判斷在我眼中簡直跟沒練過格鬥的普通人差不了多少。此時，我才相信父親的說法，我們家或許真的世世代代累積了豐富的戰鬥經驗和技巧，才會讓我和其他武者有著巨大的差距。

那時候，讀書和練武就是我生活的一切。我天真地以為，我家和周遭那些鄰居不一樣，我們可以不跟台中黑道打交道，安安穩穩地過著自己的日子。而我的未來，如果不是把書唸好帶著家人離開台灣，不然就是回到家裡像父親一樣平淡地經營著武館。

在我進到育才中學之前，都是一直這麼堅信著。

育才中學是台中第一志願高中，儘管我因為花了許多時間在練武，在校綜合成績並不算太好，但我在數理方面有些天分，透過參加育才中學舉辦的數理資優特考後，也考上了育才中學。

能考上台中第一志願高中，我父親當然非常高興，他對於我就讀育才中學唯一不滿的地方只有育才中學位在台中市中心，實在離家裡太遠了，因此我必須住在學校宿舍裡。

我還記得，開學第一天的清晨六點，父親原本要親自開車送我到育才中學，我一再拒絕後，他才打消這個念頭，讓我自己揹著書包搭公車到學校，但父親仍然堅持要陪著我走到公車站。

在前往公車站的途中，會經過鄰居翁媽媽的家。那天我走到她家門口時，翁媽媽的女兒剛從家中走出來，翁媽媽的女兒大我一屆，也是就讀位在台中市區的高中，就在翁媽媽的女兒扣上家中大門時，翁媽媽急促的聲音從門的另一頭傳出來。

「阿妹仔！」

翁媽媽的女兒聽到她母親的呼喚聲，停下腳步，臉上露出不耐煩的表情。

「幹嘛啦，我要趕公車。」

「你又忘了帶槍了，每次都要提醒你。」

翁媽媽從家裡衝出來大聲喊道，她左手拿著手槍右手抓著三個彈夾，急忙追上她女兒，把手槍和彈夾塞進書包裡。

「你喔，就是不聽話，去台中市區上課還不帶槍，這樣很危險知不知道，妳昨天有沒有好好練槍……。」

父親看到翁媽媽急著跑出家門送槍，在她女兒耳邊嘮叨，似乎也想到了什麼，轉頭望向我。

「阿哲，你需要配槍嗎？」

我想了想，還是拒絕。

「我唸的是育才中學的數理資優班，那裡的同學應該沒有混黑道的，帶槍去上課，反而好像怪怪的。」

父親點了點頭。

「育才中學畢竟還是台中第一志願，不像其他高中都充滿細漢流氓，不過你還是要小心一點，在育才中學裡面有個特殊班，裡面的學生都是台中道上大哥的小孩，千萬不能招惹他們，不要以為你很會打，惹到台中黑道，我們全家就完蛋了，知道嗎?!」

「我知道，我會遠離那些人。」

前往公車站的這一路上，父親不停提醒叨念著大大小小的事，無非是要我好好照顧自己用功讀書之類的話。最後，他在公車站一直待到看見我上了公車，和我揮手道別後，才轉過頭走回去。

許多年後回想起來，這是父親第一次送我去上學，但也是最後一次了。

第三章　入學

開學日的早晨，許多和我一樣穿著草綠色制服的學生陸陸續續走進育才中學那座外形古板的灰白色校門，我看著手上的腕表，距離早自習時間還有十分鐘。我快步穿過校園前庭，進到高一學生的教學大樓。

我走在大樓走廊上，眼角餘光同時快速掃視著教室門口上的門牌，我的教室是在一年二十六班，也就是所謂的數理資優班，就在此時，大樓走廊上的廣播喇叭突然響起來。

「一年二十五班謝哲翰，請儘速到教務處報到。一年二十五班謝哲翰，請盡速到教務處報到。」

突然響起的廣播讓我停下腳步，廣播內容不但是針對我而且還叫錯我的班別，我心裡隱隱有一種不安的感覺，但我還來不及多想，便先趕往教務處了。

我走到教務處門口時，已經有一位男老師站在門口，他看著我走過來，臉上不知為何帶著尷尬的笑容。

「你就是謝哲翰同學吧。這個，教務主任有件事要跟你說，我帶你去找他。」

這位男老師的話，讓我感到更加的不安。

「老師，我有犯了什麼錯嗎？」

「當然沒有、當然沒有，而且你原本還是數理資優班的，謝同學絕對是我們這些老師眼中的好學生。」

男老師趕緊安撫著我，他口中的「原本」兩個字雖然輕輕帶過，我仍然注意到了。

男老師帶著我走到教務主任辦公室門口，輕輕敲了門之後，便領著我進去了。

「主任，謝同學來了。」

男老師一打開門，我便看到坐在書桌前的教務主任，教務主任的身材矮胖，頭頂微禿，主任一看到我，連忙撐起身走到辦公室裡的沙發區，那位男老師則是快步走出辦公室關上門。

「謝同學，請坐。」

教務主任一屁股坐到沙發上，指著他對面的位置。

「謝謝主任。」

我也坐了下來，盯著教務主任，等著他開口。

「是這樣的，主任有件事想跟你說一下，所以特別找你過來，不會耽誤你太多時間的。這個……為了大家好，主任就直接跟你明講，龍崎建設董事長上個月有來找過我，他說他希望他兒子以後別再進入台中黑道了，最好就當個醫生、律師或會計師之類的，拜託學校讓他兒子進去數理資優班，不過學校數理資優班的名額都是訂好的，所以只好安排謝同學你……。」

「為什麼是我！」

教務主任話還沒說完我就明白是怎麼回事了，我心中燃起的憤怒逼得我忍不住打斷教務主任，大聲吼道。

什麼龍崎建設董事長，我再明白不過了，他就是某個台中黑道的大角頭或是重要幹部，為了他的私心，把我和他的兒子對調了班級，把我調去那個我父親一再警告我絕對不能招惹的地方。

「謝同學，你怎麼還不明白呢？」

教務主任平靜地說道，他看著我的眼神中充滿了憐憫。

「能考進育才中學數理資優班的學生，其實大多家裡都有我們校方惹不起的背景，我們仔細看過每個學生的家庭背景資料後，才決定挑選你過去，其實二十五班也沒什麼不好啊，二十五班授課的老師跟二十六班是一樣的，你在那裡也是有非常好的資源。」

教務主任的話像一桶冰水倒在我身上，凍得我背脊發寒。我忍不住想要起身搧他幾個巴掌，指責他你這種人有什麼資格為人師長當什麼教務主任，但我也明白，在現實情況下，我只能任人宰割，就算我父親的功夫練得再厲害也敵不過這些人的權勢，更何況他只不過是一個小武館的館長罷了。

「我明白了，主任，那我先回去二十五班了。」

我看著教務主任冷冷說完，便起身轉頭走出教務室，我知道二十五班是什麼樣的地方，可是也只能先這麼撐下去，父親在台中這個地方養著我們一家已經很不容易了，我不能再讓他操煩這些他也無能為力的事。

我踩著沉墜墜的腳步慢慢走向一年二十五班的教室，腦海裡閃過各種關於一年二十五班學生的傳聞，心裡頭卻是愈加恐慌。等我回過神來，已經不知不覺走到一年二十五班的門口，這時我才發現，教室裡頭的人正透過教室的玻璃窗好奇地打量著我。

我停在教室門口，連續做了好幾次深呼吸，卻仍然沒有勇氣進到教室裡。

就在此時，教室的門突然打開，一位學生站在門後，身材高瘦，理著平頭，臉上掛著自信而沉穩的笑容，在他身後則站著另一名皮膚黝黑身材魁梧的不像高中生的學生，我當下立刻明白，門後這個人，就是一年二十五班的領導者。

「你就是謝哲翰同學吧，我是二十五班的班長馬鈺誠，你就叫我的外號『大仔』就行了。我旁邊這位同學叫做老黑，以後大家就會慢慢認識。」

「班長好。」

我和大仔禮貌性握了個手，算是打過招呼，至於大仔身旁的老黑，一看就知道是特地被安排進來這個班級裡當大仔保鑣。

「在這個班級裡，我的話還算有分量，好好跟著我，你在這裡還是可以安心唸書。」

「謝謝班長。」

我應付完大仔後，再次把目光移到教室內。

教室裡頭幾乎所有的椅子都坐滿了，唯獨剩下在教室中後排的一個空位，我在眾人不懷好意的眼神打量下，故作冷靜地慢慢走到我的位置上坐下。我明白，這個時候我看起來越害怕未來的日子就越難過。

等我坐定位置後，才發現其實班導師已經來到教室裡，但他卻是站在講台邊，眼神望向班長大仔，臉上堆著諂媚的笑。

大仔向老師微微點了個頭，大步走到講台上，雙手按住講桌，方才跟在他身旁的老黑，則是站在講台前，冷冷掃視著講台前方的其他同學，突然間，原本嘈雜的教室立刻安靜下來。

「為了謝謝大家推薦我坐上這個位置，我作為班長，也該好好照顧一下大家，我剛剛跟公關阿鴻說了，請他打電話叫了齊民家商觀光科甲班的外賣，她們都是一次五千的高檔貨，全部算我的，今天晚上，大家就好好爽一下。欸，老師，你要不要幹幹看學生妹？」

導師聽了大仔的話，嚇得連忙搖頭。

台中本地人私底下都把齊民家商稱為「妓女學校」，齊民家商是台中最為著名的皇爵大酒店的董事長開的學校，美其名為台中唯一一間免學費的學校，其實他是要把招收進來的學生都當成他的未來員工。觀光科的學生，所學的就是成為優秀的妓女，其中甲班是觀光科裡素質最高價格最貴的班級。

大仔說完，全班所有的同學全都群起歡呼起來，我剛來到二十五班，就見識到大仔收買人心的手段。

開學第一天下課後，阿鴻便帶著全班同學去找女人了。

我們和那些齊民家商的女同學先約在齊民家商附設實習酒店內的大型包廂中，班上除了大仔跟老黑，其他同學都到了。

數十位穿著齊民家商制服的觀光科甲班女同學成排站在我們面前，等著我們挑選，她們不愧是甲班學生，雖然氣質類型各異，但都相當漂亮。

大家很快就挑選了自己滿意的對象，若有哪個女孩子同時被兩個人看上，通常由背景雄厚的人搶贏，配對的差不多後，大家就準備一起前往大仔預定的汽車旅館了。

當時的台中，除了是享譽國際的黑道之城，更有著高度發達的情色產業以及多如便利超商的汽車旅館。剛當上班長的大仔出手毫不客氣，他直接包下了台中某一家汽車旅館，同時找來十幾台計程車，等我們挑好對象後，就可以直接搭上停在齊民家商實習酒店外的計程車，直奔酒店開戰。

我挑中的女孩子叫小甯，身高一百五十幾，身材有些單薄，是個小家碧玉型的女孩子，要說是我挑的也不全然對，其實是她自己主動貼上來攬住我的手，小甯的外型雖然不如其他同學亮麗，但像我這樣不起眼的普通人，就適合這樣的女孩子。

我們一行人進到汽車旅館後，各自去領一張房卡就帶著女孩子去房間。但對於毫無經驗的我來說，卻是小甯大方牽著我僵硬的手，帶著我走向我們預訂的房間。

一路上，我和小甯都保持著沉默，沒人開口說話。她纖細的小手緊緊貼著我的掌心，有些冰冷，有些溼黏。

「妳很緊張嗎？」

我努力擠出一句話，想打破兩人之間的尷尬氣氛，順便也掩飾自己的緊張。

小甯輕輕點頭，算是回答。

我們終於走到房間門口，開了鎖，進到裡面。

「要先洗澡嗎？」

小甯的語氣僵硬而生澀，以我猜想，如果是其他人身旁的女伴應該會表現得更討人喜歡。

「妳開始做了多久？」

小甯偏頭思考一下。

「一兩個月有了吧。你先脫衣服進浴室，我等等也進去。」

小甯看起來似乎對這件事一點也不熟練，但對我來說，反正只是上床，對於小甯的經驗多寡其實也不甚在乎，快速脫光身上衣服後便先進入浴室。

等蓮蓬頭的熱水噴出來，整間浴室都飄盪著溫暖的水汽後，小甯才走進來。

這是我第一次見到女人的裸體。小甯的身材有些乾癟，但是皮膚相當白嫩，她有點生怯，緩緩走向我，用小巧而堅挺的乳房貼在我的背部，她在雙手抹上沐浴乳抹過我全身上下每一個地方。一種異樣但舒暢的感覺爬滿我身上每一寸皮膚。

我們沖洗完後回到房間裡，小甯蹲下身，我故作鎮定地看著陰莖在她嘴裡慢慢脹大，由她為我戴上保險套。

小甯要我先躺在床上，由她主動進行。

小甯羞怯但認真地在我身上搖動著。

我的第一次嫖妓，第一次和女人上床，中間過程平淡無奇，但接下來發生的事一點也不平常，甚至超乎了我的想像。

小甯招呼客人的手腕不太好，但床上功夫還算不錯，她坐在我身上不久後，換我趴在她身上努力衝刺，我和其他男人一樣，第一次接觸到這樣的刺激，很快就射精了。

「對不起、我。」

雖然知道第一次都會如此，但我還是感到有些丟臉。

「沒關係的，多做幾次就會比較久了。」

小甯的小手摩挲著我的臂膀，溫柔地安慰我，我正要起身時，忽然感覺到有些不對。

小甯的腳纏住著我的小腿腹，她的左手勾住我右手手臂的角度，恰好讓我的手無法施力，此時我的眼角恰好瞄到她的右手掌裡握著一把折疊刀。

多年來的格鬥訓練，讓我在那一瞬間，大腦還來不及思考清楚時，身體就做出了反應。

我抬起左手握緊拳頭，朝著她的腹部狠狠打下去。

「啊！」

小甯吃痛大叫出聲，男人在射精之後正是力氣最為虛弱之時，我此時的揮拳已經沒有平時一半的力道，我打出這一拳之後仍然不敢大意，連忙翻身跨坐在她身上，又快速朝她胸口和頸部連揍幾拳，接著探出右手蓋上她的臉，兩根手指壓在她的眼皮上。

「把刀放下，不然我敢保證，你動手前就已經瞎了。」

我的手指慢慢在她眼皮上加重力道，小甯開始發抖，鏘的一聲，她把折疊刀扔到地上。

我的手沒有離開她的眼皮，但身體慢慢調整方位，讓我確定能夠制伏住她的手腳，這時候才把放在她眼皮上的手指拿開。

「妳為什麼要殺我？」

「我沒要殺你啊。」

小甯立刻大聲辯駁，她臉上露出恐懼的表情，眼淚在眼眶裡打轉。

「妳剛才不就是想趁我射精完身體虛軟瞬間，用關節技跟寢技壓制住我，再補上一刀？」

我漸漸把小甯的一連串動作整理清楚，一般來說，女人的力氣遠較男人來的小，想要殺掉男人，必須經過殺人技巧和肉體條件強化的訓練，但像她這樣的瘦小身材，雖然能夠讓人放鬆戒心，但也必須加強訓練巴西柔術這類的寢技技巧以彌補其身體條件的不足。

「這是我們的訓練套路啊，可是我真的沒有要殺人，今天只是青姐她想利用你們驗收我們的訓練成果……。」

小甯顫抖著說道，聲音中帶著哭腔。

經過方才的事情，我已經不可能相信她，我撿起那把刀子，先把她鎖進浴室後，趕緊穿上衣服，再把小甯拉出浴室把刀架在她脖子上，命令她開門。

當房門一打開，我掃視著門前的走廊，原來班上同學都發生了類似我和小甯的狀況，只是他們處境卻是剛好反過來。

「班長！救命啊！」

殺豬般的哀號在走廊上回響著，走廊上站滿了我的同學，他們的樣子比我難看多了，這些同學全身赤裸站在房門前，他們的女伴就站在他們身後，她們的表情都同樣的冷漠，再沒有剛進旅館時的嬌媚模樣，這些女孩子手裡也拿著小刀抵在那些同學的脖子上，當她們看到我拿刀抵著小甯的脖子時，紛紛激動地揮舞著手上的刀子。

「你最好不要動小甯，不然我們就把你同學閹了！」

一位身材高挑的女孩子，手裡挾持著公關阿鴻，她瞪著眼睛對我吼道。

「你們先告訴我，到底是誰指使你們？你們有什麼目的？綁架？劫財？」

我平靜回應道，當我心裡正想著下一步要怎麼處理時，三個人從遠處走了過來。

我們的班長大仔和老黑鐵青著臉看著這些光著身子被挾持的同學，一個穿著淺綠色運動服綁著馬尾女孩子走在他們前方。

馬尾女孩一現身，即便沒有任何的裝扮，她的相貌仍然把走廊上所有的女孩子都比了下去，她有一雙帶著笑的眼睛和清雅精緻的五官，散發著透明而清新的美感，她臉上的表情自信而率性，彷彿有她在的地方，就有了光。

「班長救我！」

阿鴻一看到大仔出現，便立刻大聲呼救，完全忽略了大仔臉上憋著怒氣的表情。

「你這個智障！她們根本不是齊民家商的學生，你他媽的精蟲衝腦到連身分都沒確定就急著打炮啊！」

班長大仔痛罵完阿鴻之後，轉頭望向那個馬尾女孩，他似乎對那馬尾女孩極為敬畏。

「青姐，我哪裡得罪你了嗎？我第一次帶同學出來玩，就這樣整我。」

大仔眼裡冒著怒火，但他的語氣中仍然盡可能保持克制和恭敬，他身旁這個馬尾女孩顯然是得罪不起的。

「哎唷，不就借你的同學玩玩，幫裡的這些姐妹訓練了老半天，也不知道實戰本領怎麼樣，我剛好知道你請同學找上那些齊民家商的學生，就拿來練習用一下囉。她們剛被訓練出來，下手不知輕重，本事也不夠，找道上兄弟練很容易出意外的。我等等會給你們一點補償金嘛，而且你同學不也和我底下的那些姐妹上過床了，框出場的費用也免了，這件事就這樣算了吧。」

被叫做青姐的馬尾女孩，故作輕鬆地笑著回答道，她大手一揮，吩咐手下把那些同學都給放掉。

「大家把人放了。」

班上同學擺脫脖子上的刀刃後，都立刻衝回去房間裡穿上他們的衣服。

大仔怒視著青姐，卻完全不敢出聲。
「別這麼小氣嘛，我跟馬叔也認識，遇到他，我會幫你講幾句好話。」
被叫做青姐的女孩子臉上掛著笑容，試圖緩和氣氛，她一邊說著，還俏皮吐出舌頭。
「阿誠，忘了跟你說，這批姐妹之後會先待在台中好好磨練學習，姊姊來跟你打過招呼囉。」
「青姐，你們上頭答應了嗎？」
「我說行就行。怎麼？還要問過你？」
馬尾女孩的口氣雖然輕鬆，但話裡透著不容質疑的霸道。
我雖然被馬尾女孩給弄得非常狼狽，但看到她的時候，我的怒氣忽然間就消了大半，甚至她的蠻橫霸道，也讓我覺得有些可愛。
大仔聽了她的話，嘆了口氣。
「青姐說得是。」
「不過，有個姐妹反而被人拿住，阿誠，你家小弟也有這麼厲害的啊。」
「那是班上同學，剛從其他班級調過來的，我對他也不太熟悉。」
大仔望向我，他的眼神裡有些疑惑。
馬尾女孩對我似乎很感興趣，朝我走了過來，伸出了手。
「你好，我叫成青荷，竹林幫幫主的女兒。你叫什麼名字？」
我表面上冷靜地和成青荷握了手，內心卻是掀起了滔天大浪。
竹林幫是台灣最大黑幫，會有這個名字，據說是當初組織創辦人一開始是在台北市一間叫竹林寺的廟宇附近活動，後來竹林寺已經不在了，但這個叫做竹林幫的黑幫勢力卻越來越大，就連我們台中本地黑幫都要敬竹林幫三分，讓他們進來台中黑道的生意中插股。竹林幫的勢力後來更遍及東南亞，他們和由海外華人所組織的三合會、歐洲黑手黨和中南美洲黑幫X19並稱為世界四大黑幫。

如果成青荷的身分是竹林幫幫主的女兒，那就難怪連班長大仔也不得不低頭。而今天這批女孩子，她們的真實身分原來是竹林幫的人，可能是被當成殺手在培訓。

「我叫謝哲翰，青姐好。」

「表現不錯嘛，你怎麼逃過小甯的暗算還壓制住她？」

「我從小就開始學綜合格鬥技，她在施展關節技時，摸索關節施力點和預備壓制的手法，門外漢感覺不出來，可是對專家是行不通的。」

「多謝你啦，我回去會好好改進，你可比你那些同學厲害多了，謝哲翰，你爸是哪路的？」

「青姐，我們家不是台中黑道裡的人，我本來是資優班的學生，是學校把我調過來。」

「原來如此啊，這樣我對你又更佩服了，你比你那些吹噓自己從小在江湖裡打滾長大的同學強多了，有機會我們會再碰面，我請你吃個飯。」

「不用了，青姐，多謝你的好意。」

我連忙擺手拒絕，我非常清楚，雖然她只是說說客套話，但以她的身分，我連有靠近她的意圖都不行。

成青荷態度之親切似乎讓她所有的小妹都大感意外，就連我也有些訝異，雖然我是為了自保，但畢竟我拆了她的台，她居然沒有一絲怒意。

然而，當我和大仔的眼神交會時，似乎從他臉上看見了憐憫的表情。

成青荷帶著竹林幫女殺手離開後，班上同學也寒著臉各自離開，這些同學雖然都是台中道上重要角頭或是幹部的兒子，但他們更是不敢動怒，竹林幫的小公主，有誰惹得起。

班長大仔特地把我留下來。

「你很能打。」

大仔像是在平淡地描述一件客觀的事，但我知道，他在探我的底。

「有練過一點拳腳而已，我跟黑哥比差多了。」

老黑卻搖頭否認，又接著解釋道。

「你以為竹林幫的那些女殺手只是靠美色來找機會下手嗎？她們每個都非常能打，正面對打的話，也能勉強擋住我不落下風，在剛幹完女人，又被偷襲的情況下，你還能制伏她，這我做不到。」

我聽出老黑話中的弦外之音，心底有些發寒。

「班長，你跟黑哥要把我留在這裡？」

育才中學雖然是第一志願高中，但在二十五班裡，恐怕跟在黑社會裡沒有太大差別，黑道裡頭弱者要臣服於強者最重要的手續就是「交底」，我卻犯了這個大忌。

「老黑是我手下，也是我兄弟，他不只是因為能打才留在我身邊，說難聽點，我爸手下的人馬隨便一個都足以殺光包括你在內的全班同學。不過你確實是犯了大忌。」

說著，大仔從錢包裡掏出一張提款卡。

「你身上應該沒有多少錢吧。這張卡裡的錢大概有二十萬，應該很夠你用了。」

大仔的舉動反而讓我感覺到疑惑，二十萬塊對大仔來說是小錢，但對大多數育才中學學生，二十萬塊不是小數目，他突然拿出這張卡，難道大仔想要吸收我？

「你不要想太多，這筆錢只是給你的買命錢，我不希望在我的班上死人，那樣子我也會覺得麻煩，爭氣點。我會寄給你一份台中市的槍械和刀械採購點清單。我看得出來青姐對你有些興趣，你不要一下就死了，那樣她會覺得很無趣，說不定還會把氣出在我頭上。」

大仔把卡扔到我手上，但我越發感到困惑，到底是誰要殺我？為什麼成青荷會對我感興趣？大仔應該也看出我的疑惑，但他沒有打算解答我的疑惑，說完後就帶著老黑離開。

大仔憐憫的眼神和給我買命錢的理由，第二天到學校我就明白了。

我抵達學校時，習慣性地先將書包從肩上卸下掛在書桌上，但當我的手碰觸到桌面時，卻在木頭書桌上摸到冰冷的金屬觸感，在我還來不及思考這件奇怪的事時，一陣劇痛就從指尖猛然衝到腦頂。

「啊！」

我痛到忍不住大叫起來，我終於知道這是什麼了。此刻我腦袋感到一陣暈眩，手腳不停抽搐，一個重心不穩就跌靠在椅子上。

「啊！」

椅子上也有，而且更強。

這次我被電得滾到地上，痛到無法思考，這時候我的胸口不知被誰狠狠踹上一腳，那一腳的力道之大，就像一塊大石頭狠狠砸入胸腔，這下我更是痛到連呼吸都有困難。

「姦恁娘勒！」

我的頭接著又被人踹了一腳，突然間，不知道是哪個同學把我的頭從地上抓起來，臉朝地，狠狠往地上撞了幾下。

「幹！不是很囂俳，很會打，站起來打啊！」

我的額頭滲血，越流越多，連視線都開始模糊，但我的腦袋仍然被人繼續抓著用力朝地板撞擊，這時我已經痛到麻木了。不知道過了多久，我終於安安穩穩躺在地面上，又有人用腳踩著我的頭。

「想想看自己是什麼跤數吶，你這個廢物以為這樣就可以吸引到青姐的注意力，跟我們作對?!」

他們的聲音越來越模糊。我的感官已經失去了作用，在昏迷前最後一刻，我只記得劇烈的疼痛和酸麻。

我醒來後，發現自己躺在醫院病床上。

彷彿要撕開肌肉和頭顱的劇痛又竄上來，更不用提渾身的酸痲感，我只能把注意力轉移到周遭環境，等著護士過來。

在我隔壁的床，躺著一位年紀和我差不多而且也穿著育才中學制服的傢伙，他比我慘多了，四肢都打上石膏，臉部也上紗布，看起來可能要躺個好幾個月。

我看著他的慘狀，心裡揣想他是不是也得罪了人才被打成這樣，到現在我還是不太明白為何我會被下黑手圍毆，因為削了他們的面子嗎？如果僅僅是如此就要我死嗎？那天往我身上招呼的武器，有好幾隻類似鐵棍或是球棒的東西，他們昨天下手的部位和力道，絕對是能打死一個健壯的普通成人。

但我比他們想像的要厲害的多，我從小所學的格鬥技巧，是確實以生死搏鬥為目標來訓練的。

雖然面對他們的正面圍攻我還有辦法應付，只是他們在桌椅上安裝電擊裝置來對付我，就遠超過我的想像了，這時候再想想大仔所說的買命錢的事，顯然不是開玩笑。

「不好意思，我是劉威廷的學長，他在那一床？」

「他在A床。」

「謝謝。」

我聽到有人進來病房的聲音，好像是來探望我隔壁床的。

一位相貌俊挺身材高瘦的年輕男人走進病房，他穿著修身的白襯衫和剪裁俐落的微皺牛仔褲，手中提著一盒水果禮盒，他身上沒有任何一件顯眼的名牌行頭，但舉手投足間自然透出讓人自慚形穢的高雅氣質，但這個外型像是標準富二代的年輕人，卻有著一雙冷峻無情的眼，看著他的瞳孔，彷彿可以透過裡頭看到酷寒而幽寂的外太空。

隔壁打滿石膏的病人看到眼前這個年輕人的出現，沒有一絲開心的模樣，雙眼裡充滿著驚懼。

「威廷，我來看你了。」

「學、學長……我不敢了，我真的不敢了！你不要、再玩我了，好不好？」

來探視隔壁床病人的那位學長原來也是育才中學的，病床上的人看起來對他極為懼怕，但那位學長的態度親切和煦的不得了，他把帶來的水果禮盒放在床邊，給病床上的人一個溫暖的微笑。

「把我講的好像惡魔一樣，不用怕，我如果想對你怎麼樣早就把你殺了，我從來不留下對我有威脅的仇人，放心吧，跟你玩玩而已。」

他笑著說道。

「咦？你旁邊也躺著一個育才中學的。」

那位學長忽然轉頭看向我，我身上也穿著育才中學的制服。

「你哪班的？」

「一年二十五班的。」

聽到我的回答，他好像想到了什麼，忽然笑出聲來。

「我想起來，你就是謝哲翰吧。你真的是白目的可愛啊，哈哈哈！」

這讓我嚇一大跳。

「我有這麼有名嗎？」

「你大概不知道你們班昨天出了那件事，現在全校都知道，玩女人玩到這副德性，真的挺厲害的，昨天聽說只有你沒被逮住，那天晚上我和朋友就在打賭你什麼時候才會回去學校，結果你這個白痴隔天赤手空拳就去了。哈哈哈哈！」

那位學長大笑道，我心裡更是迷惑。

「學長我不懂，我不過是沒像他們一樣被人抓起來，為什麼他們就非得殺我不可。」

我好像說了什麼蠢話，他先瞪大了眼睛，又搖搖頭。

「你還不懂二十五班的生存規則啊。」

「反抗成功也有事？」

「你想想看，你們班上多少人想取代馬鈺誠，在他們父親面前證明自己的能力，結果今天這一齣，讓他們完全抬不起頭，他們不整死你，怎麼凝聚對付阿誠的勢態？」

我雖然不喜歡想這些彎彎拐拐的事，但也不是蠢蛋，馬上想到大仔留我下來，給我信用卡的事。不過另外一件讓我留心的事，是這位學長稱呼班長的方式。第一次聽到叫班長「阿誠」，是從成青荷嘴裡，但以她的身份之尊貴後台之硬，當天被她整得幾個角頭兒子都不敢動怒，而眼前這位學長能夠直稱我們班長的名字，他恐怕也不是簡單人物。

「學長，請問您叫什麼名字？」

「你應該有聽說過我，林敬書。」

聽到這三個字，我的手掌下意識就猛然握拳，雙眼盯著他，完全不敢移開目光。他臉上依舊掛著微笑，沒有任何動作，這樣僵持了一分鐘後，我確定他沒有任何敵意才放鬆下來了，但警惕心還是無法放下。

我剛剛真的害怕了。聽到林敬書這三個字，而他本人站在你面前時，育才中學裡的學生沒有不害怕的。

在台中，屬於白道的豪門貴族的子弟一般都是進到衛理中學裡就讀，但是林敬書是個例外，在我還沒進到育才中學時，就在學校的學生網路論壇上，看過不少關於林敬書的文章。

他出身的台中林家不但是中部也是台灣一等一的財閥豪門，林家不但財力驚人，同時是歷史悠久的書香世家，他們家族在政商都有著龐大的影響力。

據說林敬書在衛理中學初中部時，他全科成績一直是全校第一名，卻很少人見到他在唸書，而不論是運動或是各類才藝比賽，他也都能輕鬆拿到好成績。

在學校裡的傳言，就是因為他已經想不到有什麼事能引起他的興趣了，所以決定進到黑道的圈子來玩，他進來育才中學時，主動要求加入那一屆的二十五班，他以一個沒有任何暴力組織人脈的白道貴族身份，在入學一個月後，就把與他作對的同學全都鬥倒，最後以死了十個人的結局來收場，而這些人的父親同時也都不明不白死去。

從此以後，二十五班的人就再也沒有人敢動他，但他似乎也對校園暴力遊戲失去興趣，又轉出二十五班。我旁邊躺的這位學生還能活著，恐怕只是因為連讓他殺的動力都沒有。這樣的人居然站在我面前，我怎麼可能不害怕。

「看來外頭那些傳言真的很誇張，把我說成跟殺人魔一樣，放心，我沒那麼可怕，你看你旁邊那位不也還活的好好的。毫無防備情形下能壓制住竹林幫女殺手，這麼多路人馬動手想殺你，你在都還能活下來，我對有這種本事的人向來很佩服，才不會像那些廢物這麼沒有氣量。」

那位同學被林敬書點名，他轉頭看著我，卻不敢多說什麼。林敬書在他眼裡是個魔鬼，但對我來說卻是個機會，我便把大仔給我買命錢的事告訴他，想知道他的看法。

「這小子也他媽的小氣了吧。」

林敬書笑著搖搖頭。

「你現在就是阿誠手上的刀，只要班上其他人弄不死你，你的存在就可以彰顯他們的沒用，阿誠就可以繼續當二十五班的班長，他給你的不是什麼買命錢，是打手費，你這麼蠢，怎麼念育才中學啊。」

林敬書看著我譏笑說道。

「學長，那我要怎麼做？」

林敬書沒有回答我，只是仔細打量我全身上下。

「你是不是根本沒受什麼傷？三天內就可以出院？」

我心中一驚，他並不是以能打架聞名，但我不知道他對打鬥痕跡的判讀這麼精準。

「不用這樣看我，我林敬書什麼都做得到，雖然我沒辦法成為頂尖格鬥高手，但是基本的本領還是有，馬鈺誠那個小子真的是白痴，他根本沒看出你的底，不然這個時間他早該跑來醫院探視你，順便加碼了。」

我從小就接受嚴酷的格鬥訓練，如何避免攻擊而不死，也是訓練的重要項目，柔道的受身技巧以及如何欺瞞對手表演痛苦，利用心理暗示影響他們下手力道，這些技巧我早就爛熟在骨子裡了。

「其實我明天就能出院。」

說明天其實有點勉強，但是經過這一連串風波後，我也有點開竅了，知道我的本事越好，林敬書對我就更看重。

「你學習能力還不差嘛，知道要說明天。」

我的想法又被他看穿了。

他拿出皮夾，從裡頭掏出一張名片，塞到我的手上。

「很久沒看到這麼有本事的學弟了，不錯不錯，我來告訴你回去學校會發生什麼事吧。你班上的同學會更想讓你死，他們每個人隨便在校外都可以找到上百個人來對付你，你有幾條命可以活？」

「如果真的這麼多人，那我只能休學了，要打這麼多人是不可能的……。」

「就是因為要應付這麼多人，阿誠才要給你那張卡片準備傢伙，只不過他的經驗不夠，或者他可能也沒打算讓你活下去，只求你跟班上的人兩敗俱傷。我剛剛給你的名片，拿起來看一下。」

名片上面寫著店名威忠安全顧問和地址，名片是鐵片做的，最特殊的是，這張名片中間裂開一條深長的縫，好像被一把刀子切開。

「這張卡片是一個我熟識的安全顧問公司給我的，這張是VIP才有的名片。拿著這張名片，他會替你量身打造你需要的東西，幫你安排對付班上那些人，至於錢的事情，你也不用擔心，要玩就玩大一點的，威忠的帳我會幫你付掉。你光靠那幾把槍是幹不過你的同學們。我給你的建議是，明天出院，向學校報告回家養病，請個一個禮拜的假，等威忠安全顧問給你建議和行動方案再回去學校，不要以為轉學就沒事，你轉去別間學校，一樣會被他們找人殺了。」

這就是育才中學二十五班可怕的地方，那些黑道大佬的兒子在其他高中也有許多小弟。

林敬書說完，拍了拍我的肩膀。

「好好表現，我很看好你，如果你死了，那表示我的眼光還要練練。」

「學長，你是想吸收我嗎？」

「這個我還沒想過，比你能打的，我身邊不是沒有，我單純是想看一樁好戲而已，保重。對了，趕緊去外面租間房子住，學校裡面不安全。」

林敬書離開之後，我開始思考自己為什麼會陷入這種處境，如果成青荷沒拿我們當練習目標，我就不會被逼得要展現自己的本事，也才有了後來一連串的事。說到底，終究只能怪自己倒楣。

如何應付班上同學不死不休的鬥爭，具體的計畫我一時間還想不出來，只能先去那間店看看再說。

林敬書離開之後，來了一個我意想不到的人。
「阿哲。」
「小甯?!」
「對不起……我不知道他們會這樣對你……。」
小甯低著頭輕聲說道，手裡拎著粉紅色小手提袋，她不知何時走進病房。
「這跟妳沒關係，只能算我自己倒楣。你怎麼找到這裡來？」
「我今天本來想去找你，可是我去你們班問，你們班長說你被送進醫院，後來我是去問你們學校老師才知道你在這。」
「妳怎麼會想來找我？」
小甯低下頭，閃避我的注視。
「我退出竹林幫了。」
我心臟跳動的越來越快，心裡面在猜想某些可能，可是又覺得沒有這樣的好事。
「那怎麼跟青姐交代？」
「我只是不想再做那種事，青姐也知道我不行。我離開竹林幫後，現在在服飾店賣衣服，那邊錢會少一點，但是工作比較單純。」
我沒有交過女友，可是一個女孩子，特地來醫院跟我說這些，我再遲鈍也感覺得到她的意思。
我小心翼翼把手伸過去，握住小甯的的小手，仔細打量她全身上下。
小甯的手沒有抽開，朝我的病床又走近了幾步，低下頭吻上我的嘴唇。
「我第一次見到你就喜歡你，可是我又要完成工作，真的很緊張，其實被你打倒，我反而覺得鬆了一口氣。我……想當你女朋友，你會嫌棄我嗎？」

這回我用親吻代替回答。

小甯坐在床邊陪我聊了一會兒才離開。仔細想想，我對她還說不上熟悉，只是我從來沒交過女友，第一次被女孩子告白，我根本沒有拒絕的理由。

成青荷雖然帶給我天大的麻煩，但似乎同時也帶給我天大的幸運。

隔天早上，小甯接我出院，我們像普通的情侶一樣一起逛街，上咖啡廳約會。大多數的時間，都是小甯說話，我在一旁聽著，或是她問我答。從小到大，我的生活裡除了讀書就是練武，這是我第一次和女孩子有親密相處的機會，幸好小甯是一個體貼的女孩子，讓我沒有不知道該怎麼和女友互動的尷尬時刻。

儘管那天的意外讓我得到一個女朋友，但也讓我多了一個棘手的困境。我和小甯在晚上分開後，為了避免麻煩，我沒回宿舍，而是在外頭旅館住了一晚，隔天醒來後，我打電話向學校請了兩個禮拜的假，接著前往威忠安全顧問公司。

威忠安全顧問公司位在文心路上，公司大樓外觀看起來就像是一間高級飯店，公司大廳裡的裝潢也呈現和那些五星級飯店一樣的奢華高雅風格，挑高的天花板上掛著閃亮的水晶吊燈，地板上全鋪上紅色羊毛地毯。我拿出林敬書給我的名片遞給櫃台小姐，站在櫃台旁的一位年輕男人立刻接了過來。

「謝先生您好，請問您是由誰介紹過來的？」

「這是我學長給我的，他叫林敬書。」

「原來是林先生啊，他也是我們這裡的大客戶，既然是林先生介紹您過來，我們就更不能怠慢了，您先跟我到二樓會議室坐一下，待會我們就會有專人過來為您服務。」

年輕男人帶著我穿過大廳，來到他們店裡二樓的一間小會議室裡，不久後，一位年紀約在四十歲上下有著古銅色皮膚的精壯男人走進會議室裡，他一看到我便立刻彎身把名片遞給我。

「謝同學，您好，敝姓鍾，有什麼可以為您服務的嗎？」

我把我現在的需求和狀況一五一十告訴鍾先生，我原本以為他多少會有些不耐煩，畢竟只是一件單純的學生鬥毆，但是他的表情看起來非常嚴肅，聽了我的說明後，一隻手托著下巴開始思考起來。

「不好意思，這點小事還來麻煩您。」

我把我的需求告訴他後，自己都覺得有些羞愧。

「不，謝同學，這不能說是一件小事。二十五班在育才中學裡是一個特殊的存在，台中黑道裡許多大角頭的兒子，不管有沒有念大學，他們大概十八歲以後就會開始準備接班，他們在二十五班裡的鬥爭情形，就是那些大角頭評估是否要選擇那個兒子做接班人的指標，也是因為這樣，育才中學每一屆的二十五班都會死上好幾個人。」

「所以我也只是剛好撞上風頭？」

鍾先生點了點頭。

「謝同學，你現在就是被視為你們班長的人馬，只要殺掉你，鬥垮你們班長，你們班上的其他同學才能在自己的父母面前彰顯自己是值得栽培的接班人啊。」

鍾先生這麼一說，我才明白我身上發生的事不是單純的校園霸凌，而是已經捲入未來的台中黑道接班人之間的權力鬥爭。

「謝同學，像這樣的事，也曾經在介紹您過來的林先生身上發生過，我們會參考當時為他打造的行動方案，來為您設計一個防衛計畫，對付現在那些想要殺掉你的同學。不過，在那之前，我想先了解您個人的戰鬥能力。您對槍械使用熟悉嗎？」

「不算熟悉，但我從小就開始學習綜合格鬥技和冷兵器格鬥，應該還算能打。」

「喔？」

鍾先生對我的話似乎很有興趣。

「您能夠告訴我，您的實力大概到什麼程度嗎？」

「在持刀的情況下，大概可以應付三個同樣拿刀的成年人。」

「如此說來，您的身手算是相當不錯，能否到本公司的地下二樓兵械實練場，讓我看看您的拳腳和刀術。」

「沒問題。」

於是，鍾先生就帶著我來到地下二樓。

威忠安全顧問公司地下二樓的兵械實練場裡頭，一共有五間格鬥室，鍾先生帶我去的是場地比較小的B13。

格鬥室裡沒有多餘的裝潢擺設，甚至連牆面都還是沒上漆的水泥牆面，但兩側的牆邊各有一座兵器架，放滿各種武器，有刀劍棍槍和各種冷門武器。

「謝先生，這間格鬥室裡所有的武器你都可以使用，用您拿手的武器就行了。」

我拿了一把武士刀，朝著無人處快速揮擊，就像我以前在道場的練習一樣，武士刀在我快速地揮動中，像極了佈滿空間的銀色閃電，我最為自豪的就是自己的拔刀和揮擊速度，就連道場裡的老師傅有時候一不留神也會被我打倒。

「嗯，以新手來說，還算不錯。」

鐘先生看著我揮刀，竟然這麼平淡地說著。

「鐘先生，我在武館的劍道比試中幾乎沒有敗過，你居然說我是新手？」

「謝先生，我們這裡對新手定義和武術界可能不太一樣，我們雖然是安全顧問公司，其實做的事更像是傭兵或雇傭殺手。對我們來說，一個人的戰力如何，還是要看他手裡的刀械能不能殺掉人，以生死搏鬥為標準來看，謝同學，您還是新手啊。」

「我這樣的程度還殺不了人？」

我有點發火了，他們未免也太瞧不起人。

「謝先生，您可以朝我攻擊一次看看，盡量使出全力沒關係，您手上的刀是沒開鋒的。」

他挑了一隻相同的武士刀，他這麼說，我當然也不會客氣。

我把武士刀拿在腰間，藉著轉胯和蹬腿，把力量送到腰上再傳到手臂，手裡的武士刀像一隻射出去的箭，刺向鐘先生。

鐘先生對刺向他的刀尖竟不躲不閃，只是稍微把頭一偏繼續衝進我的刀圍之中，用著近乎以命換命的打法，一個快步就把未開鋒的刀刃送到我脖子上。

我完全不敢相信自己竟然連他一刀都接不下來。

「您是這裡最厲害的高手嗎？」

鐘先生收回刀，從架子上拿了一塊布，把武士刀擦拭乾淨後再放回去，他笑了笑。

「還算不上，不過就是殺人經驗多一點罷了。」

「你們店裡最厲害的人是誰？」

「咦？林先生沒告訴過您嗎？當然是我們老闆。我對上他的話，恐怕是連揮刀的機會都沒有就被殺了。」

我被鐘先生的話嚇了一跳，突然間我想起了放在他們公司大廳裡的一座巨大雕像。

上半身像獅子，中間像山羊，下半身像惡龍，口中噴吐著火苗，那是電玩遊戲裡常見到的怪獸奇美拉。

「林先生沒告訴你嗎？我們老闆忠哥就是上一代奇美拉。我剛剛說得是他現在的狀況，現在因為退下來一陣子了，年紀也大了，所以身手有些退步。」

我終於知道他們老闆是誰了。

台中是一座黑道之城，各方勢力中都養著許多殺手和戰將，而其中格鬥搏殺能力最強的人，被稱為「奇美拉」，所謂的奇美拉，也就是精通各類型的戰鬥技巧，猶如眾獸力量的綜合體，「奇美拉」在台中通常有著超然的地位，被各方勢力所共同供養，他是台中各方殺手學習殺人技術的對象。

上一代的奇美拉，被人稱為台中黑道史上最強的奇美拉。

上一代的奇美拉是華裔和牙買加黑人的混血，天生就擁有優異無比的身體條件，他從小在中南美洲長大，到了十八歲才回來台灣。他一回來，就將整個台中殺得血流成河，後來他輕鬆一刀砍下上一代奇美拉的腦袋，就這麼接下這個位置。

知道威忠安全顧問公司的老闆是誰後，我終於甘拜下風了。

「我真的很弱，鍾大哥你可以給我一些指點嗎？」

鍾先生拍了拍我的肩膀。

「其實不是你不夠強，我看的出來你的格鬥技術練得其實比一般武者都來得厲害，不過你還差了一點東西，所以你遇上真正的老手，必死無疑。」

「什麼東西？」

「你沒接近死亡過，也沒殺過人。」

鍾先生說這話的時候，整個人散發出冷冽而肅殺的氣息，不再是原來那個和藹可親的業務員。

「只有感受過死亡的恐懼，才能把你的反應神經鍛鍊到極致，只有親手殺過人，你的格鬥搏殺技術才能真正入門。這樣好了。小陳，C方案準備一下。」

鍾先生對我說完，拿起對講機傳呼另一位工作人員。

「謝同學，既然你的格鬥底子不錯，何不再練強一點？鍾大哥幫你準備了一個小遊戲，對你很有幫助的，出來以後你的戰鬥能力就會大幅提升，好好玩啊。」

「鍾大哥，你說的遊戲是什麼？」

「謝同學，你怕藏獒嗎？」

「我沒遇過藏獒，應該也談不上害怕。」

「假設一下，如果你遇上藏獒怎麼辦？」

鍾先生突然問起一連串莫名奇妙的問題，我只能憑著想像和推測回答。

「只要我手上有刀械，應該就能跟牠打。」

「很好，左邊的架子中間那層第二格，裡頭的武士刀有開鋒，去換一把吧。」

鍾先生給了我鼓勵的微笑，要我去換一把武士刀，他卻先離開了格鬥室。

我拿完刀後才發現鍾先生走的時候，把門關上的同時還從外面反鎖，我心裡有些不安，我開始仔細檢視格鬥室四周的環境，我現在才發現格鬥室正對門的牆壁上還設有一道不起眼的鐵門。

鐵門緩緩打開。

出於某種我無法解釋的本能和直覺，當那扇門準備要完全打開時，我手裡的刀已經朝前方快速揮擊出去。

一團灰色的影子就在這個剎那間出現在刀尖的外圍。

一刀斬出後，我立刻收刀壓在身前，追蹤那道灰色影子的去向。

此時我才看到，一條壯碩而巨大的灰色藏獒露出獠牙，正對著我嗷嗷低吼。

這是我第一次親眼看見藏獒。

我將刀尖對準藏獒，腳步前後站開微微蹲低，呈出刀步伐，但我雙手卻還是不聽使喚地不停顫抖著。

只有親眼看過藏獒的人才會知道牠多麼的恐怖。

眼前藏獒光是四腳站立的高度就高過我腰部，牠的眼神殘忍而狡猾，明明想把我撕裂吃掉，卻很有耐心地盯著我，尋找攻擊的時機。

在這種密室格鬥，我一旦被藏獒咬住，最後只有被牠咬死的份。

藏獒、狼和一些大型貓科動物不同，牠們和獵物或對手的戰鬥常採取兩敗俱傷不死不休的打法，所以一群狗或狼的首領身上，往往少隻耳朵，或是滿身傷痕，這些傷痕正代表著那些挑戰牠們失敗而被咬死的狗或狼。

「啊！」

我大吼一聲，壓抑住自己的恐懼，衝向藏獒的側邊。

我以為我的速度已經夠快了，但我錯了。

在我第一步朝左邊踏出時，藏獒就已經察覺到我身體重心的改變，頭一甩，後腿一蹬，竟然閃過我的突刺，恰好撲向我的左側。

我馬上向右方地面滾去，右腳跺地，以此為重心，又朝藏獒揮出一刀。

藏獒差點要咬住我的肩膀的兇惡頭顱馬上往後一縮，但接著，藏獒利用這一瞬間的退步，身體往旁邊一甩，一兩個呼吸間又抄向我的後方。

我右腳又再借力一次，把低蹲的身體拉起來，把刀往上斜挑，擋住藏獒的撲擊。

短短幾次游鬥後，我已經開始大口喘氣了，這種生死間的格鬥，對於心肺能力和肌耐力的消耗都非常的嚴重，我大口吸了幾口氣後，卻發現藏獒的眼神裡露出殘忍的喜意，牠先盯住我手上的刀，又望向我的臉，低嗷一聲，毫無徵兆地，眨眼間就撲上來。

「啊！」

我又大吼一聲，令人難以忍受的恐懼只有吼叫才能抵抗，隨著我這一吼，我又劈出一刀，接著快速後退兩步，恰好擋住了藏獒的攻擊。

這時候，我彷彿看到藏獒笑了。

藏獒一開始就看出了我的恐懼。

牠並不是不害怕我手上的刀，否則他早就撲上來把我咬死了，牠肯定也和人類有過豐富的廝殺經驗，知道人類最大的弱點就在於體能，所以一開始牠就在裝模作樣威嚇我，誘使我發狠攻擊，浪費自己的體力。到現在，雖然我還沒受傷，手上的刀也還在，但我已經拿不穩了，加上極度的恐懼，我的雙手和雙腳都在打顫，根本不可能再發動攻擊。

而且我剛剛那一後退，竟然讓自己站到了格鬥室的角落了。

攻無可攻，逃無可逃。

藏獒，又撲上來。

死亡即將帶來的恐懼和痛苦，讓我忍不住大聲喊叫，藏獒碩大而兇惡的頭顱來到我的面前，牠白森森牙齒就要咬向我的喉嚨了。

直到後來，我也想不出來，我是怎麼作出那樣的反應。

面對死亡的恐懼，我大腦一片空白，但我手裡的武士刀，不知何時，被我像擲矛一樣，射了出去。

「嗷！」

等我回過神來時，藏獒倒下來。

我抬頭一看，我手裡的武士刀，插入牠的前腳。就在牠前腳踩地，準備借勢前撲之時，武士刀恰好釘下去，藏獒一個吃痛加上重心不穩，牠龐大的身軀便倒在地面。

我剛剛根本沒有看到藏獒怎麼移動的，卻能準確抓到牠的重心轉移時機來攻擊，真是不可思議到了極點。人類之所以不可能和藏獒正面對決，除了牠們的爪子和犬齒的殺傷力極強，藏獒全力衝刺的速度也是快的嚇人，人類根本難以捕捉牠的身影。我之所以從頭被藏獒壓制到底的原因也是如此，我的速度遠遜於牠，我手上的武士刀就算再鋒利面對藏獒也是找死。

從接近死亡到活下來後的這一瞬間，我的大腦清晰許多，一見藏獒腳步迤跛暫時無法走動，我馬上衝向武器架，現在藏獒受傷，這樣的機會怎麼能不抓住。

我從武器架上拿起一把木竿長槍，這種武器平常只能作為國術表演之用，我雖然平常用的是武士刀，但長槍也練過，想不到這時候居然派上用場。

長槍，是戰場的霸主，俗話說一吋長一吋強，只是現代槍械攻擊距離更遠，且城市地形多不適合，所以街頭械鬥不會有人使用長槍，但是如果街頭冷兵器火拼，持長槍的一方絕對可以把拿刀的殺得乾乾淨淨。

長槍一上手，誰也近不了身。

藏獒用盡最後的力氣，再次朝我衝過來，負傷的藏獒比方才更加兇猛，後腿一蹬，張開血盆大口朝我咬來。

但也就這樣了。

我手中大槍一抖，往前一挑，不偏不倚刺進藏獒的喉嚨，將牠刺死。

格鬥室的門此時緩緩打開，鍾先生站在門後。

「鍾先生，我不是故意的，我知道藏獒很貴，但是我不殺死牠，牠也會咬死我啊。」

「這間格鬥室裡頭有隱藏式攝影機，我一直都站在門外，只要藏獒一撲上你，格鬥室裡暗藏的麻醉發射器就會射出麻醉針，不過這個不是重點，我想知道的是，你剛剛怎麼躲過藏獒的全力一擊，還反過來殺掉牠。」

鍾先生臉上充滿疑惑的表情，但就連我自己也感到不解。

「我真的不知道，我那時候大腦一片空白，等我回神過來，武士刀已經插在藏獒的腳上，之後我就趁著這個空檔拿了把長槍把牠殺了。」

「預知?!」

鍾先生眉毛一擰，把這兩個字咬得很重。

「你面對的是藏獒不是人啊，這隻藏獒不是普通的藏獒，是最兇最強的鬼獒，牠的速度比一般的藏獒都快得多，你怎麼捕捉牠的身影？」

「我也不曉得。」

我搖頭說道。

我確實是靠「預感」藏獒下一步的動向來殺掉牠，我的動態視力還跟不上這隻藏獒的速度。

「給你休息一個小時，需要任何服務，洗澡，進食，按摩，都隨你叫，儘快恢復到最佳狀態，一個小時後，換我和你對打。」

鍾先生沉思了幾秒後，丟下這句話就先離開。

我也在威忠的工作人員帶領下進到他們休息室的淋浴間裡沖澡，將我身上因恐懼冒出的冷汗以及劇烈運動下產生的熱汗一併沖掉，溫熱的水柱打在身上，讓我繃緊的肌肉舒展開來，沖完澡後，我叫人來為我按摩，順便喝了一瓶能量飲料，為一個小時後的戰鬥作準備。

一小時後，我再次回到原來的格鬥室，手裡拿著工作人員為我準備的武士刀。鍾先生手裡拿著和我一模一樣的武士刀，此刻的他不再是笑容滿面的業務員，而是一個殺氣騰騰的殺手。

「你和我手上的刀都有開鋒，既然你連藏獒都能殺掉，那就來真的吧。」

鍾先生口中的那個「吧」字還沒消失，他就向我騰飛而來，手中高舉的刀如瀑布般直奔而下。他的速度竟然比我初次和他交手還要快上一些。

我手裡的刀也同時揮出，雙方刀刃交擊，發出刺耳的敲擊聲和摩擦聲。

鍾先生的刀不退反進，劍尖一偏試圖再往我的身前刺入，立刻被我用刀背壓下來。

鍾先生一擊不中便迅速撤退，再次將刀握於身前，腳步輕盈看似虛浮，全身肌肉放鬆，眼神飄忽。

這不代表他已經鬆懈下來了，相反地，他現在處於更為可怕的狀態。

正因為他的全身的肌肉都極為放鬆，腳步虛浮，我根本無法判斷他的攻擊方向和角度，而他的眼神飄忽不定，正是要讓我無法從他的目光裡發現他的意欲所在，這種狀態在武術術語中稱為『心如浮舟』，這只有極為上乘的武者才能做到。

鍾先生和我同時按刀不出，格鬥室內一片靜寂，只剩下鍾先生和我輕微的呼吸聲。

我吸氣復又吐氣，之間有個很小很小的間隔。

一道如電蛇般的銀光倏忽間直刺我的瞳孔。

但這道電光，最終還是熄滅，顯露了一把閃亮長刀的模樣。

此時，我手上的刀抵在鍾先生的脖子上，已經刺出血痕，他再往前一步，就得死了。

我將刀撤回，平持於腰間，保持警惕狀態。

鍾先生用力盯著我，過了好一陣子，終於出聲了。

「我很好奇，你是怎麼『看見』我的刀的？以你現在的身體條件根本來不及跟上我的動作。」

「就像我剛剛說的，我是靠『預知』的。」

「預知？」

到了這個關頭，我只好說實話了。

「你雖然能夠保持心如浮舟的狀態，可是你大腦還是有在思考，這時候你的不隨意肌和一些自發性的生理反應，呼吸、心跳，臉部的細小肌肉，手腳、身體四肢的些微擺動幅度都會跟著變化，只是這些變化太過微小，在我對上藏獒之前，雖然知道可以從這些方面來判斷，但是事實上根本辦不到，對上藏獒之後，我開始發現，自己能夠看穿這些線索了，甚至你可能發揮的變招都在我的計算範圍內。」

這些細節我現在雖然能說得明白，但其實都是我在事後仔細回想推敲而得的結果，分析、預測、做出對應動作，我做完這些事的時間極為短暫，根本是在下意識中不經思索完成的，就像有人拿鎚子敲我的膝蓋，膝蓋會自發地抬起的狀況。

鍾先生聽完，眼睛瞇起一條線。

「看來剛剛你在和藏獒對戰過程中，意外出激發你的潛能，你的『預知』能力，其實就是一種遠比常人來得敏銳的觀察和分析能力，恭喜你了，謝同學。」

鍾先生殺氣騰騰的表情瞬間融化，臉上又浮出親切的職業笑容。

鍾先生繼續說下去。

「在這個世界上，有的人跑的比別人快，有的人跳的比別人高，這就是天賦。對於在黑社會裡討生活的人，有搏殺格鬥天份的人當然比沒有的人更能活下來，其中有些人的生理條件和本能反應就是適合用來殺人，有的人天生就是如此強大，有的人只有到生死關頭才會被逼迫出來。」

鍾先生看著我臉上狐疑的表情，笑了笑又繼續說下去。

「我就說說我們老闆忠哥的故事，這個故事在道上蠻有名。十八歲那年，他還沒回來台灣，正在哥倫比亞打滾，有一回他被自己兄弟出賣，中了對方的埋伏，十來個人抓住他，每個人手上都有刀子和槍，據忠哥說，當時至少有四、五隻槍管抵在他的頭上，那些人可不會說什麼廢話，扳機馬上就扣下去。」

「後來呢？」

一出口我就後悔了，當然是活著的人才有資格說故事，但是他卻是本來該死的人。

「老闆在這種必死的情況下，也激發出了潛能。」

鍾先生的眼裡冒出光彩，這麼傳奇的故事，確實值得他津津樂道。

「就在他們的手指壓下扳機前，老闆的頭用力一甩，把那些槍管撞開，用手臂架住一個人，把他當成自己的人肉盾牌，接著，奪槍，殺人，那二十幾個人幾秒內就死的乾乾淨淨，而你再想想，要搶到手指扣下扳機的時間差是多麼的不可思議的事，這就是我們老闆的天分，『快』。」

鍾先生和我閒聊完之後，說會根據我現在的條件設計一個合適的防衛計畫，他帶我搭上電梯回到公司一樓大廳，準備送我離開。

電梯門打開，鍾先生正準備走出去時，突然又轉頭過來。

「對了，你有『預知』天分的事，我會告訴我們老闆忠哥，如果他對你有興趣的話，會請你去他招待所玩玩，說不定會給你一些指點，這沒有壞處。不過，要拿到好處當然要付出代價，到時候，你也要滿足忠哥的需要。」

能夠接受前代奇美拉的指點，我當然欣然接受，這讓我忽略了鍾先生的最後一句提醒。我是從和忠哥見面那一天，開始學習如何成為一名殺手。那時我還不知道，要得到忠哥的指點，是要付出極大的代價。

隔天，我依照威忠公司的建議，先開始練槍。

威忠公司在台中南屯有一個專屬訓練場，威忠公司除了在那裡訓練制式手槍的射擊外，衝鋒槍、霰彈槍、自動步槍和狙擊槍的射擊訓練設備那裡也都有。

我在他們的訓練場練了兩天後，第三天一大早，鍾先生就來到訓練場找我。

「我把我們對打的狀況告訴老闆，他對你很有興趣，邀請你現在去和他打一場。」

鍾先生說完，將我帶上了他的車。

十五分鐘後，我被載到一棟如同宮殿般的巨大建築物前。鍾先生說，這裡就是忠哥的招待所。

我向鍾先生道了謝後便先下車走向招待所門口，走到門口時，門口兩個站崗的小弟似乎都認得我的臉，他們一見到我，便趕緊為我打開大門。

大門打開，浮誇絢麗的巴洛克式招待所大廳映入我的眼簾。兩位穿著禮服臉上帶著甜美笑容的年輕小姐走了過來，挽著我的手帶我走向大廳盡頭，穿過幾條放滿油畫和浮雕藝品的走廊後，那兩位小姐帶我來一個房間前，其中一位敲了敲看起來價值不斐的紅櫸木房門後，一道充滿威嚴感的聲音從裡頭傳出來。

「帶他進來。」

兩位小姐為我打開房門，裡頭有個男人正坐在書桌前讀著文件，他大約有一百九十幾公分，身材魁梧，外表看起來像是黑人和黃種人混血，這是我第一次見到忠哥。他身上穿著亮橘色充滿時尚感的襯衫，外表看起來似乎才三十來歲。房間裡飄散著淡淡的木質香水味，眼前的忠哥像是都會雅痞般的菁英白領遠多過於在黑道刀尖討生活的殺手。

「老闆，我們把人帶進來了。」

「忠哥好。」

忠哥抬頭看向我，微微點頭。

「你們兩個先出去，我和謝同學聊聊。」

忠哥發話後，那兩名年輕小姐趕緊離開，房間裡只剩下我和忠哥兩個人。

「謝同學，我聽小鐘說，你在和藏獒對打時，激發了『預知』能力。」

「是的，忠哥。」

「這是一種在搏殺中很難得的本事啊。我聽說，你父親是個武術家，你也是從小就開始學習格鬥，不過，在這個世界上，殺手的地位可比格鬥家高的多，你知道為什麼嗎？」

聽到忠哥這麼一問，我搖了搖頭。

父親雖然是本地有名的武術家，但是他碰到當地黑道找碴，大多時候也是選擇屈服付錢了事，他常告誡我說，練武的人遇上道上的殺手要讓他們三分，如果不是無法避免，我們練武的人盡量不要和道上的人發生衝突，但我一直以為父親只是單純不想惹事而已。

「我是建議你不要浪費自己的天賦去當一個格鬥家，好好學習成為殺手。殺手的本事比一般武者強多了，而能夠成為最頂尖的殺手的，幾乎沒有不具備過人天賦的。台中這一代的奇美拉現在跟在陳總身邊，他叫憨仔，憨仔不只格鬥殺人技術和我一樣熟練，他還有一個特殊的天賦，記性。」

「記性也是一種天賦？」

忠哥的話讓我大感不解。

「謝同學，你還記得你從大廳進來時走過的第一條走廊上看到的第三幅畫，油畫上少女手上拿著是什麼？」

我連忙搖頭，這種事情一般人根本不可能會記得。

「如果是憨仔，他會記得。」

忠哥看了我臉上驚訝的表情，微微一笑，繼續說下去。

「憨仔有這個外號，就是因為他有點自閉症。除了能打能殺外，憨仔其實不太會和人交流，但可能因為自閉症的關係，他的記憶力和心算能力強的可怕，不只我說的油畫，憨仔會記得他看得見的一切細節。絕大多數的人的記憶裡對眼前的畫面只會有大略的印象，除了特別醒目的東西，比如你現在記憶中對大廳裡應該只有很粗糙的印象。但如果是憨仔，當他從大廳走到我面前時，讓他把整個大廳畫出來，絕對分毫不差。」

「忠哥，照你的說法，憨仔的大腦簡直和照相機沒有兩樣。」

「確實是如此，所以在殺人或打鬥的時候，他能夠掌握到許多對方沒有意識到已經洩露出來的資訊。」

「那忠哥，殺手和格鬥家差在哪裡？」

「殺手，是一種擁有奪取他人性命的特權的人，頂尖的殺手，甚至只要他願意，沒有任何人、任何組織可以阻止他取走別人的性命。」

忠哥的話有如一口大鐘，狠狠撞在我的腦門上，我隱約間明白了殺手的可畏之處。

「謝同學，我等會和你打上一場，你就會知道，殺手和格鬥家差在哪裡。」

和忠哥的這場搏殺，正是我成為殺手的第一堂課。

忠哥說完後，也不囉唆，直接帶我離開房間，搭著電梯到這棟招待所的地下三樓。

電梯門一打開，我就發現地下三樓的風格和大廳截然不同，地下三樓的牆壁完全由黑色大理石打造，充滿了陰鬱肅殺的氣氛。

忠哥的招待所就像他的本質一樣，把那些上流社會人士的優雅殼子擺在外面，但他骨子裡還是一個冷血的殺手。

「跟我來。」

忠哥拋下話後，快步向前走去，我在後頭跟著他，忠哥帶著我走進一間格鬥室，這間格鬥室與先前我和鍾先生打鬥的格鬥室有點相似，但空間要大的多，靠牆的一側同樣有一座兵器架。

忠哥從架子上抽了兩把短刀出來，扔了一把給我，並解釋道。

「殺手的標準貼身配置，通常是一把短刀，搭配一把槍，短刀用於貼近目標後的隱密暗殺，或是貼身防護用，主要的殺人工具還是槍，不過今天只是要來看看你的近身格鬥技術，我們就只用短刀較量吧。」

忠哥身體重心稍微壓低，短刀斜擋在身前，神態自然，在他身上依舊感覺不到一絲殺氣。我深呼吸了幾口氣，調整好姿勢和呼吸節奏，緊緊盯著他，這種我完全感覺不到對手危險的處境，讓我感到更恐懼。

「既然你也準備好了，那就……開始吧。」

忠哥微微一笑，對我說道。

他的身影一晃，眨眼間，他已經來到我的面前，手中短刀幾乎就快要刺到我的喉嚨。

直到這一瞬間，我才嗅聞到死亡的氣息。

我反射性地向後一退，短刀揮出，勉強擋下忠哥的刀。

「鏗！」

我雖然能夠預測忠哥的動作，但他的速度太快，我只能勉強應付他的攻擊，保住性命而已。

「太慢了。」

忠哥輕輕咕噥了一聲，方才對砍的反作用力把我們都震開，兩人之間頓時出現了一個微小的緩衝空間，我馬上弓身抬臂，準備迎接近身纏鬥。

當手中的刀械被擋住後，一般的格鬥家會選擇貼上去以肢體進行纏鬥，但忠哥仍然有辦法在不足以揮擊的空間內刺出一刀，我右手持刀擋住忠哥的刀，左手同時探出準備勒住他的脖子。

但很快的，我就知道自己錯了。

一陣震盪的力道從忠哥的刀上傳遞到我手中的刀，短刀差點從我虎口脫出，雖然我此時已經往左側閃開，但忠哥的刀已經趁著這個破綻，劃傷我的左腹。

他居然能在刀術上運用寸勁，而且在這種快速而細微的戰鬥變化使出來。

我閃開之後，忠哥沒有繼續追擊，他就站在原地等著我調整好狀態。

「以新手來說，還算不錯，你的戰鬥反應能跟上我的速度，應該就是你的預測天份發揮了作用。」

我明白他的意思，我和他的差距實在太大了。

「我就再出手一次，你擋看看。」

就像剛才一樣，忠哥明明離我有好幾公尺遠，但眨眼間，刀刃上的亮光已經出現在我眼前，他的速度確實快的我難以想像，他的刀同樣是刺向我的喉嚨，我馬上持刀撞上，腳步也已先準備轉移。

但就在此時，驟變又生。

忠哥的刀，從他手裡脫飛而出。

我頭一偏閃過射出來的短刀，準備反手刺出時，才發現有一道模糊的影子朝我額頭撞過來。

那是忠哥的手指。

像是從手槍中射出的子彈，狠狠打在我額頭上。

我被忠哥的手指點中的那一瞬間，就失去意識了。

醒來之後，我發現我躺在一張大床上，我還保有昏迷前的記憶，但我不知道何時被安置在這間陌生的房間裡頭。我床邊坐著一個年輕女人，看上去大約二十來歲，長相清秀，她身上有股讓人感覺到溫暖和安全感的氣質。

「你終於醒來了。」

她笑著說道，微笑時臉上有一個小小的酒窩。

「我是忠哥手下的人，你叫我小圓就可以了，你如果有什麼需要都可以告訴我，忠哥說，等你醒來後，叫我帶你去找他。」

「我想先吃點東西。」

小圓撥了手機，叫了一些吃的進來。

我吃了點東西養好精神後，小圓帶我到一開始去的忠哥的辦公室，忠哥已經坐在裡頭。

「你應該有些問題想問我吧，先坐著說。」

「忠哥，為什麼你在平常時身上一點殺氣都沒有，難道殺手的訓練可以做到這種程度？」

「你見過老虎殺獵物需要先威嚇對方再殺嗎？要殺就直接殺了。我從十二歲開始殺人，到現在我差不多殺過上千個人，殺人就跟吃飯喝水一樣平常的事，是要什麼殺氣？更何況殺氣這種東西，對於要避免身份暴露的殺手一點好處都沒有。」

忠哥不急不徐說著，還為自己點上一根雪茄。

「那你把我擊倒的那一招到底是什麼？」

直到現在醒來，我還是想不透最後我是怎麼倒下的，雖然我和忠哥有不小的差距，但我確實覺得輸的莫名其妙。

「你的目標是不是一直放在那把刀上面，因為我的刀對你有最直接的危害。不過你大概不知道，從一開始，我就打算用手指打倒你，那天我還留了手，如果我的手指打中你的太陽穴，你早就死了。」

「忠哥你也會貫手？」

「我精通各類武術，這種把發勁練在指尖的功夫，許多武術都有。」

但能做到可以正面擊倒我的程度，忠哥的貫手功夫恐怕不亞於一些空手道大師所表演的手指打爆西瓜、打穿木板一樣了。我終於明白忠哥一開始的打算。

「你手上的短刀一開始就只是幌子吧。」

「但是我們再打一回，你也不可能躲過我的手指。這就是我要教你的東西。」

忠哥吸了口雪茄，不客氣地吐在我臉上。

「只要是人，哪怕是殺手，在面臨生死存亡關頭，他們的反射反應往往會越理性，也就是認知當中最合理的判斷。但是對殺手來說，這種人在生死關頭中表現的本能，反而是最好的陷阱和催命符，刀子能割斷你的喉嚨，手指被認為不行，不過我可以告訴你，在這種短刀暗殺的狀況中，很多人最後都是死在我的指勁。」

直到此刻，我才明白，打從一開始忠哥拿刀給我，我就已經落入他設下的心理陷阱。

「把人逼迫在一個殺手可以去掌握預測他行為的情境中，就能隨心所欲殺掉他，即使是職業殺手，也很難逃脫這種慣性，如果你真的明白這個道理，你就能成為一個頂尖的殺手了。一個好的殺手絕對不是只要靠好身手就行了，還要有好的腦袋。」

「好了，我該說的都說得差不多了，也教了你不少東西，你也要付出一些代價，小鍾告訴過你吧？」

「忠哥，你說的是什麼？」

忠哥這麼一提醒，我才猛然想起小鍾說過，接受忠哥的指點是要付出代價的。

「我喜歡玩女人，但是我也喜歡玩男人，特別是那些有點格鬥天份的年輕男人。」

忠哥脫掉上衣，開始解開他褲子上的皮帶，巨大的屈辱感像黏膩的地溝油充滿著我的腹腔，但以我的身體狀況以及與忠哥的實力對比，現在想抵抗他，我除了死，沒有其他的結果。

忠哥將他巨大而黝黑的陰莖展現在我面前，不停晃動著。

「來，蹲下去。」

「是，忠哥。」

我只能忍著噁心蹲下去，按照忠哥的要求服侍他，這是在我的記憶中，我最不願意回想的一個畫面，但在經歷過差點被打死的慘痛經驗後，為了活下來，我已經沒有什麼事是忍不下來了。

出院之後的兩個禮拜期間，我在外頭找了間房子租下來，以免現在就被班上同學發現我已經康復。我同時繼續在威忠安全顧問公司的安排下練槍，和小鍾討論他們為我制定的防衛計畫。林敬書告訴我，我的同學們本來要在我回學校的那天繼續好好伺候我，不過他們等得有些不耐煩，打算直接去醫院找我。

現在該是輪到我動手的時候。

禮拜五下午，我終於再次回到育才中學。

進到校門口時，一群警衛看到我身上背著大背袋，手上也拖著一個行李箱，這些人都是老經驗，立刻走向前把我攔下來。

「同學，學校一般是禁止攜帶大規模殺傷性武器。」

幾個警衛手上拿著槍對著我的腦門，同時慢條斯理地講解著校規，我不願意和他們囉唆，從行李箱裡取出一疊鈔票交到警衛手上。

「我是一年二十五班的學生，還請您通融一下。」

這些警衛聽到二十五班，便知道我的意思。這個班級的事不是他們可以插手，其中一名警衛把槍收回腰上的槍袋後，接過我手上的鈔票，迅速點了點，他的臉上露出滿意的微笑，收錢的警衛朝校門口擺了擺手，示意要我進去。

「謝謝您。」

在金錢的打通下，我順利帶著等會要用到的工具進到校園中，走到一年級教學大樓底下。

現在時間，下午三點半，班上同學們都在上英文課，教室裡頭除了我事先通過電話，在今天請了事假的大仔和老黑外，其他人都在。

我拿出遙控器，按下按鈕。

「砰！」

在教學大樓四樓位置，一道白色強光驟然閃現，接著傳出一道巨響，像是炸藥爆破的聲音。

爆炸聲和強光嚇壞了大樓中的學生們，我遠遠就聽到了他們驚恐的求救聲，我趕緊從行李箱裡取出一個擴音器，對著大樓裡的學生喊話。

「各位同學。我是一年二十五班謝哲翰，剛剛我只是在二十五班教室裡引爆了一顆強光彈，對大家都沒有影響，我接下來的行動只會針對我班上同學，請大家不要插手。」

我的聲音傳進了整棟大樓，大樓裡的同學們聽到我的話便都冷靜下來，二十五班的學生之間相互尋仇他們也時常看到，反而是高二高三學長，全都興致勃勃地跑來一年級教學大樓圍觀，看我準備怎麼做。

我慢慢走向一年二十五班教室，從教室外的窗戶可以看到，天花板四個角落的廣播器全都炸掉了，而教室裡的人滿臉驚恐，一動也不動地癱坐在椅子上。

我從行李箱中取出一隻防毒面具戴上，轉開教室前門的把手，踏入教室裡。

在今天早上十點時，兩名威忠公司的人進到教室裡，以教室的廣播器有問題為理由進行緊急維修，但他們其實是在這些廣播器裡頭裝入強光彈和毒氣彈。

在現在炎熱的天氣裡，下午三點時教室一定都會關上門窗打開冷氣，我就在剛才啟動了控制系統，引爆強光彈和毒氣彈，當然威忠公司所提供的只是一種使人癱瘓半個小時左右的毒氣，而非被嚴格控管的致死性神經毒氣。當我的同學們驟然照到強光，下意識閉上眼睛滯留在原地，等到強光散去他們的瞳孔適應過來時，早就都吸入毒氣而且藥效發作了。

這就是威忠公司給我的計畫。

而這個計畫，才剛要開始。

英文老師也癱倒在講台前，一臉驚恐的模樣，我給她一個親切的微笑，先把她扶到黑板旁的一個角落。

「老師，不用擔心，我不是針對妳，妳好好看表演就行了。」

我看了一下手上腕錶，距離我的同學們藥效退去還有一點時間，我該來完成接下來的工作了。

我從行李箱裡拿出一把短刀綁在手腕上，再取出一把SIG P220手槍帶在身上以防萬一，接著卸下我肩膀上的大背袋拎在手上，走到我的同學們身旁，從大背袋裡頭掏出一條條掛著炸彈的金屬項圈，喀的一聲銬在他們脖子上。

我在每個同學的脖子上都綁上炸藥之後又走到講台上，我再看了一下腕錶。

「現在距離大家的藥效消退最慢還有十分鐘，我來讓大家看個表演吧，大家看著阿雄。」

我拿著電子控制器，在輸入面板上輸入「14」這個編號。

阿雄是南屯某個角頭的兒子，那天打我打最兇的其中一人就是他。

「砰！」

阿雄的腦袋，像是被重鎚砸下的西瓜一樣爆開了，四濺的血漿噴灑在阿雄身旁同學的臉部和衣服上，班上同學臉上的懼意更深，幾個藥效開始退散的同學身體開始發抖，但他們卻是一動也不敢動。

我看著阿雄的無頭身體從座位下倒下，空氣中開始散發出混合著燒焦味和血腥味的氣味，我繼續對著底下同學講話。

「剛剛我怕大家不知道你們脖子上的東西是什麼，所以呢，示範了一下。待會大家慢慢都會恢復行動能力，不過我希望大家都可以照我的指示去做，哪位同學對應我遙控器上哪個號碼，我已經背得很熟，絕對不會弄錯。」

「我知道大家都很想幹掉我，很可惜，失敗了，既然如此，那就請大家再殺掉一個人代替我吧。請大家選出一位同學來當作處決目標，如果有兩位以上的人選，那就投票表決了，等把這個人幹掉之後，我和大家在先前的恩怨一筆勾銷。如果在這個票選過程有人不遵守規則，我會同時引爆所有人的項圈。」

過了一陣子，班上的人藥效看來都退去了，他們的手腳恢復行動能力，但他們仍然安靜坐在位置上。

「好，那現在大家開始提名吧。」

講台下的人身體沒有任何動作，但是眼神已經開始相互交會。

我們班上除了大仔外，還有三個派系領袖，分別是阿鴻、衝管和刀疤。這次針對我的動作，就是這三位聯手策劃的，企圖打壓大仔的氣焰。

「我提名山豬。」

屬於衝管派系的某位同學講話了，他提名的是阿鴻底下的一個小卒，雖然是小卒，但是阿鴻派的人臉都黑了。今天衝管派的人要動山豬，表示這個仇已經結下來。

身材微胖的山豬滿臉冷汗，緊張地望著阿鴻向他求救。

「我提名大貓。」

阿鴻派的人馬上提名衝管派的人。

刀疤看著兩邊人馬互咬，嘴裡泛起一絲冷笑，但下一刻他馬上就笑不出來。

「我提名老鼠。」

「我提名阿猴。」

二十五班的學生果然都有充分的黑道歷練，阿鴻和衝管兩邊人馬互咬完後，馬上就同時提名刀疤派的人。

接下來，開始進入三方人馬大混戰。

三方到了這時候算是完全撕破臉，此時提出的殺人名單已經不是為了單純應付我，而是已經在考量把目標殺掉後還可以最大化削弱對方派系。三方除了不敢動對方頭頭外，提名對象層級越來越高，等到三方的爭鬥已經到了不死不休的程度時，我改變了一下規則。

「大家這樣吵來吵去也不是辦法，民主最重要的精神就是妥協，我這邊呢，幫大家搓一下圓仔湯，處決目標開放到三個人好了。三分鐘內推選出三個人，不然我就乾脆將大家都炸掉囉。」

沒有意外地，三方派系這時候已經進到不死不休的階段了，他們不可能只推舉出某一方的小弟，被選中的人都是每個派系的要角。

「好了，既然三個要死的人挑選出來了，接下來就進入下個階段了。」

原本以為這三個人被爆頭就了事的同學們，驚愕看著我。

「這三個人好像都是我們班上三個派系裡的重要人馬，現在開始計時三分鐘，請你們三個派系的人，徒手在三分鐘內殺掉你們派系中被挑選出來的人，三分鐘內他還能呼吸就是你們死，換他活下來囉。」

我話一說完，就聽到淒厲的慘叫聲，對於被處決目標來說，自己派系的人眨眼間就變成了敵人。被處決目標為了活下去，會反抗，而要在三分鐘內把人殺掉，是何等不容易，所以三方派系的人，在死亡的恐懼下，都用了最兇殘的手法殺掉自己人。

「一二三！一二三！」

衝管的人馬殺人最有效率，幾個人抓住目標的腦袋和脖子，幾個人抓著腳，分別用力往頭腳兩端拉。不久後，喀的一聲目標就斷氣了。

「趕快去死阿！」

阿鴻的人馬因為對殺人手法不熟悉，他們的手段反而最瘋狂，他們嘴裡一邊罵著，一邊抓著目標的頭往地面撞，另外有兩三個拼命踹著目標的脖子和脊椎。

刀疤的人倒是很乾脆，把目標的頭往地上狠狠撞了幾下，讓他沒有反抗能力，接下來一人一口大力咬著目標的脖子，連皮黏肉帶血管咬開，直到他斷氣為止。

「時間到。」

他們的動作比我想像的快，三個處決目標已經都死光了。

班上同學一起完成這項任務後，每個人看著對方的眼神都變了。身邊的人為了活命，可以輕易把自己同學推出去送死，可以把自己兄弟當豬狗一樣宰，他們再也不敢相信對方了。這些無法彼此信任的同學，不可能再團結起來策劃對付我，而為了得到大仔的賞識，身邊的人隨時可能會出賣自己，這就是威忠公司給我的計畫。

殺完人之後，這些人沒有忘記脖子上的炸藥，乖乖坐回位置上，等著我發號命令。此時，我才終於有鬆了口氣的感覺。而且，拿捏別人性命當作玩具的感覺，似乎很不錯。

這時候，我的手機響了。

「喂？」

「嗨，謝哲翰你還記得我嗎？我是成青荷。」

「青姐，有什麼事嗎？」

我不會忘記這個女人，我今天的一切慘況都是這個女人造成的。

「讓班上同學玩大逃殺很好玩吧？」

我心底一沉，有了一種不詳的預感。

「你在算計你同學，他們也在算計你唷，你有沒有查過他們剛剛選出來的目標阿祥的背景？」

我拿著手機，心中浮出不祥的預感，聽成青荷的口氣，我似乎漏掉某個很重要的資訊，但我卻一點都不曉得。

「阿祥爸爸的名字你可能聽過，就叫貪吃張。」

我終於知道我漏掉的訊息了。

台中黑道領袖陳總身邊有兩個連台中黑道中人都害怕的怪物，分別叫變性黃和貪吃張，這兩個人被稱為陳總的左右護法。

變性黃喜歡把他的敵人抓到手後，送去做變性手術，接著以一連串變態的方式去調教對方，讓對方變成他的性奴。

貪吃張喜歡吃人肉。他最為人熟知的事蹟，就是他每年會從國外買進許多嬰兒，透過人蛇走私集團帶進台中，養在深山裡，這些國外進口的嬰孩長大後就成為貪吃張的食物——菜人。

陳總對敵人最殘酷的懲罰就是把人送到這兩人手上。

我沒有想到我竟然會撞上貪吃張。

成青荷繼續說下去。

「雖然說台中黑道多半和自己小孩不親，而且生的多，不在乎死一兩個沒錯。不過你大概不曉得，貪吃張就只有他這個兒子，所以當你逼你的同學們互相結下死仇的時候，他們就故意選了阿祥。貪吃張知道阿祥死在你手裡，一定會找上你，你得趕緊想辦法，否則你們一家人就全都完了唷。菜鳥就是菜鳥，才會連在這種情況下都被你同學擺一道。」

我的大腦瞬間一片空白，就連手機從我手中滑落都沒感覺，我看著我面前的同學們，頓時有一種想把他們炸死自己再自殺的衝動。我以為我能夠掌控別人的性命，但從成青荷方才的話，我就已經知道了，我自以為我是在復仇求生存，但其實從頭到尾我都是她手裡的玩具而已。

「青姐很喜歡你，不要一下就死了，那樣她會覺得很無趣。」

突然間，我又想起了大仔對我說過的話。

成青荷的喜歡，原來是覺得我這個玩具好玩，而我一點也沒讓她失望。

萬念俱灰的我，一手握住槍對準太陽穴，一手在遙控器上輸入全部引爆的指令，準備要和他們同歸於盡。

死亡是用來逃避問題的最好方法，我知道哪怕我死後，貪吃張還是會找上我們家，但我已經沒有任何能力挽回了，現在我還可以做的就是自殺順便幹掉這群雜碎。

「謝哲翰，等一下，這件事還有得救！」

原本得到我的通知而請假的大仔，此刻居然出現在教室門口。

他站在門口大口喘氣，臉色脹紅，顯然他是剛才緊急趕來。

「這件事還有得商量，別衝動！」
我望向大仔，手上的槍對著他。
「這群雜碎害死我全家，有什麼好商量！」
大仔面對我的咆嘯，反而舉起雙手，倒退兩步。
「你冷靜一點，你們家還有救，這件事我一定給你一個交待。」
「怎麼交待？」
「我跟你借一把刀子。」
「行李箱裡有一把長刀。」
大仔走進教室，從我的行李箱裡拿出那把長刀。
「用這招搞阿哲全家是誰想的？三秒鐘內找不出人的話，你們被炸掉我也沒辦法。」
阿鴻派系的人立刻把他供出來。
阿鴻當然想得到接下來要發生什麼事，連忙跪下來向大仔磕頭。
「大仔、阿哲，放過我好不好！我手上有多少錢都給你們，你們要多少都可以不夠我再跟我爸拿，只要肯放過我，我會滾得遠遠的不會回來台灣。」
阿鴻跪在地上的雙腿不斷顫抖，褲襠濕了一大片。
「囉唆。」
大仔一手抓住阿鴻的脖子，把他的腦袋往地面狠狠一撞，阿鴻腦袋一暈，就只能任憑大仔割宰。
大仔是用刀好手，三兩下就乾淨俐落砍掉了阿鴻的四肢。
「老黑。」
老黑不知何時也來到這裡，他同時還推著一台推車進來，推車上頭放著一隻和人等身高的鐵桶。

被砍斷手腳的阿鴻在地板上抽動哀號，當他看到鐵桶的那一刻忽然安靜下來。大仔彷彿知道阿鴻要做什麼，搶先掰開阿鴻的嘴巴，塞進一團布。

「別急著死啊，如果你的身體沒被吃光，說不定你還能活下來。」

老黑的手像鐵鉗般緊緊抓住阿鴻掙扎扭曲的身軀，另一隻手掀開鐵桶蓋子。一股刺鼻的惡臭馬上從鐵桶裡頭竄出來，我瞧見鐵桶裡的東西後，就忍耐不住乾嘔起來。

鐵桶裡竟然爬滿了蟑螂和蟲子。

老黑把阿鴻扔進去後馬上蓋上蓋子並上鎖。

「你在裡面好好待個兩天，兩天後你還活的下來，那這件事就一筆勾消。阿哲，這個交代你可以接受嗎？」

淒厲的哀號從鐵桶裡傳出來，桶身劇烈晃動著。

「你只想抓個替死鬼就算給我交待？」

我承認阿鴻這種生不如死的凌虐讓我很滿意，但是問題還沒解決，我手上的槍又緩緩舉起。

大仔臉上露出一絲苦笑。

「我會告訴你保住你和你們家的辦法，這些人全殺了只是給你家惹來更多麻煩。聽我一句，留點分寸吧，讓阿鴻的黨羽從班上消失就好了。」

「你要保證我家不會有事。」

「可以。」

「成交。」

「砰！」

霎時間，一蓬蓬血霧伴著肉屑在教室裡炸開來，更為濃厚的血腥硝煙味瀰漫在整間教室裡。

班上少了三分之一的人。

我的槍對著大仔，手指放在扳機上，大仔和老黑卻是一點都不在意的模樣。

「不要用這種眼神看我，害你的人是成青荷，林敬書似乎也在裡頭參了一腳。我也是剛剛才知道這個消息趕過來，至少現在，你應該可以相信我，我作為班長，我管的班級被人玩成這樣，也很沒面子。」

「你該說說怎麼應付貪吃張，我是不可能相信你的，如果現在沒有辦法解決這個問題，我絕對會先殺了你，再把這些雜碎幹掉後自殺。」

大仔擺了擺手。

「可以可以。不要一副要拼命的樣子。我現在就告訴你，根據道上規矩，進到台中黑道，然後你就和家人斷絕關係，這樣貪吃張就只會找上你，用道上規矩談。我可以請我爸幫忙喬一下，賠點錢，兒子這種東西再生就有了。」

「你可以讓我進台中黑道？」

「當然沒問題，這是你和你家唯一的保命方法。不過你要想清楚，你進去裡頭，就永遠回不了頭了。」

「我都要死的人，還怕什麼？」

大仔用憐憫的眼神看著我。

我的眼神掃過在座位上不停發抖臉色蒼白的同學，一具具倒在他們身邊的無頭屍體，濺滿地面的燒焦肉屑血沫，嘆了口氣，將手裡的槍放下來。

大仔看著我手中的槍不再對著他，也露出鬆了一口氣的神情。此時，我剛才墜落在地上的手機又響了。經過剛剛的事，我的手機鈴聲現在對我來說，聽起來就像閻王的催命聲，但我不敢不接，手機鈴聲越來越急促，我的心跳也跟著變快。

「嗨，謝哲翰。」

又是成青荷。不自覺地，我身體開始發抖了。

「青姐拜託妳，放過我全家吧！我隨便妳處置。」

「我打來是要提醒你，阿誠剛剛在騙你唷。」

成青荷的話才一出口，我立刻把槍舉起對準大仔，老黑連忙把大仔擋在身後，成青荷雖然不在現場，但她彷彿時時刻刻都控制著我們。

「阿誠剛才勸你住手的話，不外是讓你加入台中黑道，保住你家人，他再讓他爸當你和貪吃張的協調人吧。台中黑道確實有把『道上的人』和『市民』區分開來的規矩，不過他也漏了一件事告訴你。他已經不需要你了，甚至希望你去死。」

「青姐，你的話是什麼意思。」

「你已經幫他鏟掉班上的反抗勢力，過不久他就可以收編班上所有的人。像你這樣的人對阿誠來說，不但毫無用處而且還是不能控制的變數，如果你真的照他的話，請他處理，我保證你一走出學校大門就死了，依照台中黑道習慣，斬草除根。」

成青荷把事情揭露的這麼坦白，大仔怒極反笑。

我也準備殺掉大仔了。

「想殺我全家，你先去死！」

「喔，扳機想扣下去了嗎？扣啊，你跟你家人現在還活的好好的，如果覺得不甘心想幹掉我，然後等著我爸帶人去殺你全家，那就來啊！」

「姦恁娘！」

我只能咬著牙把槍往地上砸，不管我多想殺了大仔這個雜碎，他確實扣準我的軟肋。

「不過，成青荷，你一心一意把謝哲翰逼進台中黑道，又是什麼用意？」大仔也開口反咬成青荷。

「這個我得先保密囉。欸，謝哲翰，不要怪我，我查過你們家的背景，如果我不設這個局，你們家死活都不會讓你進台中黑道，不過我畢竟是竹林幫的人，要進台中黑道的話，去找林敬書幫忙吧。」

到此刻我才確定，成青荷和林敬書居然有合作關係。

為了能順利進入黑道，保住我的家人，我必須去見曾經幫助過我其實是在算計我的林敬書。

隔天，我走到二年級教學大樓的天台上，林敬書已經在那等著我。

我衝向林敬書，貼身就是一拳。

林敬書身手雖然不如我，但也勝過普通人，他矮身閃過我，從身上掏出一把槍指向我。

「你腦袋有洞啊，沒有我的話，你早就被你們班同學宰了，連玩大逃殺的資格都沒有。」

「你為什麼要算計我?!」

林敬書露出厭煩的表情。

「不要忘了，是誰讓你進去二十五班的？有本事去轟掉校長的腦袋啊，而且真正想送你進台中黑道的人是成青荷。」

林敬書手裡的槍一直對著我的腦袋，我也稍微冷靜下來，他從頭到尾都沒欠過我什麼，甚至於，就算他怎麼傷害我，我也沒有能力反擊復仇。

「她為什麼要這麼做？」

「這你該問她不是問我，她只是跟我提了一個想法，我順手送你進威忠那裡而已。」
林敬書不耐煩地回答道。
「先這樣吧，我會安排你和貪吃張見面，接下來再幫你找一條進台中黑道的好門路，不會讓你從雜魚角頭的小弟做起。」
能夠擺平貪吃張這種變態讓我放心不少，只是，我還是把踏進台中黑道這件事想的太簡單了。
我和林敬書見面之後第三天，我家裡人不知從何處知道我在學校闖下的事，以及我要進入黑道的消息，我爸在沒有聯絡我的情況下，就來到育才中學。
我還記得我爸來到學校的時候，我正坐在座位上專心聽課，就在老師講解著公式時，一道怒吼聲從教室外傳進來。
「幹！謝哲翰，你給恁爸出來！」
我下意識朝怒吼聲的方向看過去，頓時楞在那。
「阿爸？」
我還沒回過神，不明白為什麼我爸會跑來學校，他就怒氣沖沖闖進教室裡，走到我的座位旁，伸出長滿老繭的巨掌勒住我的脖子，把我從座位上提起來。我脖子上像被鐵鉗壓住的痛楚把我的意識拉回到現實來，接著，我爸提起腳狠狠朝我腹部踹出去。
我整個人就像被失控的汽車撞上一樣飛了出去，一連撞倒好幾張桌椅才停下來，我頭部的劇痛、暈眩感和肋骨斷裂的感覺，讓我明白我爸剛剛那一腳沒有留半分力氣，但比起他接下來說的話給我的痛苦，腦震盪和骨折似乎都不算什麼了。
「你這個畜生！害恁爸全家差點死了了，從今以後，恁爸沒你這個孽子，咱家和你謝哲翰先生從今天開始，田嘸溝水嘸流！」

我看著差點把我踹死，向我破口大罵，要求斷絕父子的父親，一時間竟說不出話來。

我本來過一陣子才要告訴我爸這件事，我還在想著要怎麼道歉，要怎麼解釋我不是不學好，我是被無辜連累的。我還在想著要怎麼向我爸訴苦，想像他會怎麼安慰我保護我。但這一瞬間，我一句話都說不出口。我感覺著鉗住腦袋的暈眩感，手腳和胸口的燒灼感，以及心底比這些重創還要劇烈的疼痛，眼淚，不自覺地就從眼眶裡泛出來了。

我看著父親的臉，雖然說不出口但卻想問他，你兒子差點被人害死，為了保住全家自願進火坑，就算再怎麼不對，養我這十幾年難道一點感情都沒有嗎？

父親沒有迴避我的目光，反而看起來更火大，又衝過來往我胸口再踹一腳。

「瞪三小，幹！」

我轉過頭不再看他了，但耳朵還能聽見父親的咆嘯，我忽然覺得要是我現在就被這樣踹死多好，可是我還得活著扛責任，否則貪吃張真的會找上我們家。

「今天我謝武雄來，就是為了替各位同學出一口氣，順便請各位同學做個見證，這位謝哲翰先生，從今天以後，跟我們謝家沒有半點關係。」

教室裡的人，包括老師，全被我爸的舉動嚇得目瞪口呆。

「至於謝先生放在我們家的東西，我全部都丟掉了，我買給他的東西，就直接在這裡燒掉，要我留東西給這種人，不如放火燒掉。」

爸走出教室，繼續叫罵，但很快我就明白他不只是單純說說而已。

他離開教室後，一股燒焦的臭味從窗戶鑽進教室裡。

「不要啊，阿爸我求你，不要燒啊！」

我一聞到燒焦味，掙扎地從地上爬起來走到教室走廊外，我看到那一團團火光，馬上就知道父親燒了什麼東西。我忍著身上的劇痛，流著眼淚搶救那些東西。火光裡頭有小時候因為整學期保持全校第一名父親買給我的玩具模型，有我生日時父親買給我的拼圖，如今全變成一堆灰燼了，只剩下我第一次學劍時爸買給我的木劍還沒燒起來，我連忙把這把木劍從火裡搶救出來。

當我離開學校回到租屋處後又撥了電話，發現真的被他被設成黑名單，我才相信我爸不是去演戲。這天開始，我就失去親人了。

父親踹的那兩腳雖然重，但以我的身體素質還承受的住，幾天後我就復原的差不多，這時候我又收到林敬書傳來的訊息，他說要向我說明為什麼我爸有這樣的反應。

第四章　冬蟲夏草

林敬書和我約在他在台中市七期的房子，林敬書的房子走的是北歐簡約風格，客廳布置呈現極具未來感的金屬色調。

「坐下來喝一杯。」

林敬書從他擺在客廳的小酒櫃裡挑出一瓶紅酒，拔出木栓，先把閃著琥珀色光澤的紅酒倒入醒酒瓶裡醒酒，接著再倒進兩隻高腳杯裡。

我也不跟他客氣，一屁股坐上沙發，把酒杯裡的紅酒一飲而盡，林敬書則是慢吞吞啜飲著紅酒。

「你不是要告訴我，關於我爸的事嗎？」

「這件事說起來跟台中黑道的文化也有點關聯。」

「道上的文化和我爸的反應有什麼關係？」

林敬書越說我越不明白，林敬書把杯中的紅酒喝完，才繼續說下去。

「台中黑道上有句話說，入台中黑道的人，終生活在三種地獄裡。」

「哪三種地獄？」

「剛入台灣黑道被敵對黑幫鬥倒時，對方的凌虐讓你生不如死，這是阿鼻地獄。」

林敬書說的阿鼻地獄，大概就是我現在的狀態。

「如果你成功在台中黑道站穩腳步，各方人馬開始盯上你，派人滲透你的組織，你手下的人則想取代你，這時候你開始覺得身邊沒有一個人可以相信，人人都可能捅你刀、背叛你，日日夜夜活在被人背叛或是選擇要出賣人怕被發現的恐懼中，這種煎熬帶來的心理痛苦不下身體的凌虐，稱為無間地獄。」

我默默將林敬書的話記下來，這就是我將來的寫照。

「最後，你除掉所有的敵人，也有足夠的本事壓住手下，到老的時候，卻發現你沒有任何可以信任的人，世界上所有能享受的東西你都享受過了，卻沒有任何人可以分享你擁有的一切。許多的黑道大老會開始發現他所做的每件事都不再有意義，這個世界離他很遠，他身邊的人都不把他當成人，而是一個從中獲取利益或是達成某種目的的工具。所以大多數活得夠老的台中黑道大老，下場都是——」

林敬書比了一個手槍對準自己腦袋的手勢。

「這些大老用盡手段殺光所有敵人活到終老，最後卻被孤獨凌遲，反而開始覺得死了比活著快樂，這就是孤獨地獄。這三個地獄，就是台中黑道的最終歸宿。」

林敬書說著這件事的語氣是如此的自然，好像他早就都經歷過了。但他還是沒有提到重點，林敬書並不是喜歡講廢話的人，我也想到了一個問題。

「那這些進到台中黑道的人在踏進來前的好友和親人在哪？」

「這就是我要告訴你的事，也是你爸要離開你的原因了。進到台中黑道的人，能成為一方之霸的人都殺光了自己的至親好友，那些不忍心傷害自己家人的人幾乎都被自己家人害死了。」

「怎麼可能?!」

林敬書的話令人不敢置信。

「難道我踏入台中黑道，我爸媽也會殺我？」

林敬書看我一副不可置信的模樣，哼了一聲冷笑著。

「我可以告訴你，不少黑道大老都是單親家庭出生，由媽媽拉拔長大，最後在事業巔峰時，一個個死在他們老母親的手上，忽然有一天，他們最愛的家人就從背後朝他們腦袋開槍，或是拿刀刺進他們心臟。」

「為什麼？」

「因為他們的家人或是至親好友，不知道從哪一天開始，就成了『冬蟲夏草』了。」

那是我第一次聽到冬蟲夏草這個令人厭惡而害怕的東西。

「『冬蟲夏草』，雖然是道上的黑話，其實意思也跟字面上的意義差不多，冬天是蟲，夏天是草。原本你身邊有個最親近的人，你以為你身邊這個人完全能相信，他甚至願意為你去死，但是往往在你毫不設防的時候，他突然就出手殺了你。」

「我不明白，既然是至親好友，甚至願意替自己去死，為什麼突然就變成臥底？」

「首先，『冬蟲夏草』不是臥底也不是間諜，他不用傳遞任何消息，不需要做任何對你不利的事，直到接到殺你指令才會動作。種植『冬蟲夏草』的時機往往非常早，任何一位具有發展潛力的台中黑道中人，他在入行初期可能就被人種了『冬蟲夏草』。再者，台中黑道把你的至親好友養成『冬蟲夏草』的方法多的是，就以你爸來說，如果今天你的敵人拿你媽和你妹來威脅你爸，你覺得你爸會怎麼做？」

我完全料想的到我爸會怎麼做，換做是我也會這麼做。

「為了讓我妹和我媽平安，他會殺了我，再自殺。」

「種『冬蟲夏草』的方式很多。曾經有位黑道大老為了保護他的老母親，把他母親安置在台中一個偏僻的山區裡，有一天他偷偷跑去山裡去探視母親時，就被自己母親給毒死了。」

「他的敵人怎麼辦到的？」

「後來大家才知道，原來他老母親藏身地點早就被發現，他的敵人收買了他母親的鄰居，給他母親吃下會導致輕微失智的藥物，接著讓那些鄰居幫他母親洗腦，說她兒子早就死了，現在來探視她的其實就是一個害死她兒子又偽裝成她兒子的人。要讓人『自願』去殺掉自己所愛的人實在太容易了。」

林敬書一口氣說完這些事之後，嘆了口氣。

「我其實很羨慕你啊，你有愛的人，也有愛你的人，就算從此以後你們再也不能相見。但是你爸為了保住你媽和你妹的命，也想保住你的命，居然用這種方式來保住你，就算你將來有敵對勢力想拿你家人威脅你對付你，也沒有任何用處了。我如果猜得沒錯，你爸一定還是用某種方式留話給你。那隻木劍你有帶來吧。」

我把被父親丟在走廊外的木劍帶過來交給林敬書，我已經不曉得我希不希望我爸有留話在裡頭。林敬書拿出放大鏡仔細地掃描過劍身，又用手敲了敲，便把木劍放在桌上，去廚房拿了一把刀出來，俐落地把木劍砍成兩半。

那隻木劍，真的被做了手腳，裡頭塞了一張紙條和一個紙捲，我先取出那張紙條，父親原來在這裡頭留了話。

阿哲，阿爸沒用，只能用這種方式跟你留話，我知道你最喜歡這把木劍，一定會搶回去，希望你有辦法找到這張紙條。

你從小就愛練武，也很有天份，但我就是擔心有這天，我一直怕你有一天因為功夫好，被台中黑道拉去，沒想到還是發生了。

是阿爸對不起你，沒本事賺錢，咱台灣除了台中這個地方，其他縣市的房價物價都貴到我們家活不下去。阿爸沒路用，在台灣其他地方養不起家，只好一直留在台中，沒想到害到你，阿爸為了不要繼續拖累你，只能這樣對你。這世人是阿爸對不起你，希望下輩子，你還可以做阿爸的兒子，我們不要再投胎來台灣了。

我讀著信，眼淚不停打在紙條上，看到最後一句話，我再也忍不住，就在林敬書面前嚎啕大哭。

林敬書沒有任何反應，彷彿我不存在他眼前似的，繼續慢條斯理地倒他的紅酒，順便點起一隻雪茄。

我哭了一陣子後，心情稍微平復下來，擦乾眼淚鼻涕，繃著臉，把情緒藏起來，我不想在林敬書這種人面前表現自己的脆弱。

林敬書嘴邊叼著雪茄，又把一杯紅酒推到我面前。

「喝點好酒，平復一下心情吧。既然你都走到這一步了，也不可能回頭，至少知道你家裡人都還能活的好好的不是很好？」

林敬書這種風涼話般的勸慰讓我心中升起怒火。

「你懂個屁啊！」

我終於忍不住破口大罵了。

林敬書突然丟出一個問題。

「你知道我是怎麼成為林家第一順位繼承人嗎？」

「不是因為你是長子嗎？」

林敬書露出我講了某種蠢話的表情。

「原來你不知道啊，我還以為林家的繼承人挑選過程，台中人應該都有所耳聞。你該不會以為像我們林家這種白道財閥就過著男人在公司當總裁女人在家裡當貴婦的生活吧。」

林敬書的口氣很平淡，但我彷彿感覺到，有一把鋒利的染血刀刃，靜靜藏在他的話語之中。

「我說完當初我怎麼被選為林家第一繼承順位，你就明白林家是什麼樣的地方，我為什麼說我能理解你的原因。」

聽完林敬書的故事後，我才明白，從小到大，我被父親保護的多好，只要專心練武就夠了，我以為自己已經夠瞭解台中這座城市的黑暗，但其實我頂多只是駐足在台中這座罪惡之都的門前罷了。

林敬書喝了一口酒，眼神放空，像是在回想著許久以前的事。

「我父親為了確保繼承人的品質，他生了很多兒女，幾乎每個夜晚，他床上都有女人躺著，這些女人生下小孩後，林家會給她們一筆錢，拿完錢後，這些女人就得離開林家，小孩子則留在家裡由保母帶大。如果我沒記錯的話，我自己曾經有過十幾個兄弟姊妹。現在，只剩下四個。」

我越來越能夠把握林敬書的潛台詞了。

其他兄弟姊妹都死光了。

「我們這些林家的少爺小姐們，大概在七、八歲的時候，會得到一樣禮物，家中管家告訴我們，因為我們的身份，隨時可能被綁架殺害，萬一有一天我們真的出事了，在我們鞋底藏有一片刀刃，刀上塗有神經毒劑，隨時可以殺人逃脫。我們當然也要順便學會怎麼隱密俐落地拆下刀刃，刺入成年人的喉嚨中。當時和我一起接受訓練的兄弟姊妹裡頭，當然也有不敢拿刀的人，他害怕得渾身發抖，那位臉上總是掛著親切微笑喊著少爺小姐的管家，就幫他把刀刃刺進喉嚨裡，從此以後，他再也不用害怕了。」

「當時我身邊換了一個保母，她是個很漂亮、很溫柔的阿姨，說是阿姨，但年紀看起來不過三十初頭，我叫她惠儀阿姨。惠儀阿姨比過去照顧我的保母對我更好，擔心我不開心、吃不飽、或是身體哪裡不舒服，晚上的時候，她會在床邊說故事，再抱著我睡覺，惠儀阿姨的眼神很溫柔很溫柔，好像，她真的是我出生以來從沒見過面的媽媽。這麼過了一年，我跟惠儀阿姨的感情好的不得了，我已經完全把她當成媽媽，在沒有人的時候，我都會這麼偷偷叫她，惠儀阿姨會輕輕打我的頭，說不可以這樣叫，可是我看得出她的眼神，非常非常開心，我越來越常叫惠儀阿姨媽媽，那也是我人生中最快樂的時光。」

林敬書說到那位惠儀阿姨時，臉上露出罕見的溫柔微笑。

「有天晚上，惠儀阿姨突然在我床邊啜泣起來，告訴我，她就是我媽媽，但是因為林家的關係，所以不能和我見面，林家只給她這一年的時間來看我照顧我，之後就得離開了，再也不能見到我。」

「那時候，惠儀阿姨問我，願不願意跟媽媽一起離開這裡，我也哭著點頭答應，比起溫柔的媽媽，那個冷酷的父親和這個陰森的家庭，我當然選擇離開。」

「那天晚上，惠儀阿姨就帶著我偷偷逃出林家，在台中某個偏僻地區裡的小公寓住下來。我開心的不得了，雖然那間老舊小公寓和林家豪宅園邸遠沒得比，但能和媽媽在一起，對一個小孩來說，已經很幸福了。」

「直到一個月後的某天晚上。我不是什麼天性冷血無情心理變態的人，我只是警覺心高了一點，在小公寓裡，惠儀阿姨和過去在林家一樣都會哄我睡覺，但等她離開後，我就會悄悄睜開眼，放大耳朵仔細聽房子裡的動靜。」

林敬書說到這裡，說話的速度又緩了一緩，也變得更低沉一些。

「那時候，惠儀阿姨好像在客廳裡講著電話，聲音很低，我慢慢爬下床，把耳朵貼在門邊聽，雖然是這樣，但其實也聽的不是很清楚，只聽到到手了、贖金、殺掉、掩埋這些字眼。惠儀阿姨掛上電話後，我立刻把鞋底的刀刃拔出來，拿在手上，然後爬回床上，我就這麼等了兩三小時，確定惠儀阿姨不會再回來我的房間後，我才偷偷爬下床，輕輕打開她房間的門。」

「然後呢？」

「我走到她的床邊，端詳著她熟睡的臉，然後把刀片用力扎進她的喉嚨裡。」

林敬書的語氣平淡的像是在描述一件非常平常的事。

「我記得，惠儀阿姨瞪著雙眼，開口第一句話就是『小書』，我也很習慣喊了『媽媽』，但不知道是不是因為刀片上的毒劑藥效太弱，惠儀阿姨還可以稍微掙扎，我在惠儀阿姨房間裡找到一座玻璃花瓶，把它砸破後，撿起一個碎片，繼續朝著惠儀阿姨脖子上的傷口猛刺。」

「那個時候，是惠儀阿姨最接近媽媽的時候，她的眼神裡沒有怨毒，只有懇求和哀傷，好像想解釋什麼，但是神經毒劑讓她神智開始混亂，只是重複喊著『小書』，我繼續想著那些電話中的關鍵字，嘴裡也反射性對惠儀阿姨喊著『媽媽』，但我手上的玻璃碎片越刺越用力。」

林敬書說著這段往事時，口氣就像他平時聊天閒談時一樣冷靜，但他冷靜到斂去所有情緒起伏的聲音，讓我好像真的親眼目睹林敬書拿著那片透明冰冷的玻璃碎片，無機而機械性地，一下，一下，扎進他母親的頸動脈裡。

「最後呢？」

我深吸一口氣，小心翼翼問道。

「確定惠儀阿姨沒有心跳後，我馬上報了警，帶著哭腔說看到媽媽被一個陌生的高壯男人殺死，我因為躲在衣櫥裡所以才逃過一劫，林家的人很快就趕了過來把我帶回去。回去之後我才知道，當時還有三名年紀和我差不多的兄弟姐妹，也像我一樣被帶出去，後來卻不知道因為什麼原因死了，只有我是先宰掉惠儀阿姨，安安穩穩活下來。加上長大之後的表現考察，我順利接下林家第一繼承人位置。」

我聽完林敬書的故事，呆在原地，久久不能自已。

林敬書講完故事後像個沒事人喝了口白開水，起身伸伸懶腰，拍了拍我的肩膀。

「你也不是第一個聽完我的故事有這樣反應的人，不過這就是台中，這就是林家，你只需要明白這一點。你先回去，我就不送了。記得，明天和我一起去見貪吃張，我們家在台中黑道上還說的上話，我已經幫你跟貪吃張喬好了。」

「林家為什麼非得用這種方式選繼承人?!」

我消化完林敬書說的內容，很快就從震驚中生起無由來的憤怒，對著他大吼。

「其實我也不知道惠儀阿姨是林家僱用的殺手還是真的是我媽，在我心裡，媽媽已經在那天被我殺了，就算有天我真正的母親出現在眼前，我也不會相信。」

林敬書背著我，似乎在喃喃自語著。

「要成為林家家主，必須具備無怖無情之心，視一切情愛羈絆為無物，毋念生死，眼中只有自我和家族的巔峰。如果不這樣，台中林家怎麼能站穩台中白道頂峰？」

林敬書的話不知道是為了說服我，還是為了說服他自己。

他的回答裡，有一種我無法仰視的蒼茫巨大，但這巨大的存在裡頭卻藏著比黑洞還要深沉的空虛。

隔天，林敬書和我直奔台中南區一棟歐式別墅，我們和貪吃張就約在這裡見面。

我們走進別墅的客廳裡，見到貪吃張在那等我們。

「林同學、謝同學，請坐請坐。」

如果不知道貪吃張那變態稱號的由來，怎麼也想不到我眼前這位中年男人就是貪吃張，他的樣貌普通身材微胖，帶著油滑的笑臉，看起來就像個普通生意人。

「張大哥，我對不起您，雖然我是被設計的，但我還是覺得對你很愧疚。」

雖然條件早已談好了，但面對貪吃張，我該做的痛心疾首慚愧遺憾表情還是得做。

貪吃張已經收了林家介紹給他的一個年輕女人和一個生過小孩的年輕婦人作為補償，他拍了拍我的肩膀反倒安慰起我。

「我兒子就這樣死了，我當然很難過，但我也知道不能怪你，你不要太自責，過去的事就過去了。現在我們都是道上的人了，大家在這裡，就是要握手言和，做個朋友，今天就讓我作東招待一下兩位。」

貪吃張話說完，從口袋掏出手機，撥了電話。

「欸，肥腸，把我最近要吃的最好的菜帶出來給客人。」

我聽到心頭立刻一緊，貪吃張今天真的要來請我們吃人了。這也是他表達立威和威脅的獨特方式。

我想像中的人肉宴，大概是把人宰掉後，作成菜餚端出來，可能留著軀體的型態來嚇人，但貪吃張的吃法徹底超乎我的想像。

五名身材姣好外貌清秀的女人慢慢走進房間裡，她們身後還跟著一位看起來才六、七歲大，有著西方人臉孔的金髮小女孩。

那些漂亮的女人走到貪吃張身邊，開始纏著他撒嬌。

「主人，先吃我嘛，我最近都有好好鍛鍊身材，泡牛奶浴，肉質很鮮美喔。」

我瞪大眼睛看著這荒謬的一幕完全無法思考，腦袋空白。那一瞬間，我不知道到底是我還是這個世界崩壞了。

「Eat me!」

那個小女孩用她小小的手握住我的手指，奶聲奶氣求我，就像求我給她糖果吃一樣。

我嘴巴緩緩張開，想說些什麼，反對些什麼，渾身卻完全動彈不得，一把長刀忽然出現在我眼前，刀光一閃，持刀的人就托起小女孩的腦袋，她的小臉蛋還帶著酒窩笑著，但嬌小的身軀已經倒在地上，脖子切口汩汩流了遍地鮮血。

我終於承受不住，兩腳一軟跪倒在地，胃部拼命攪動，我開始大口大口嘔吐起來。

「被你賺到了，這個菜人妹妹是從東歐買進來的，超難到手的，最好吃的頭等等就蒸起來給你。」

我跪在地上嘔吐，那人還特地彎下腰向我解說。

我吐到只剩膽汁，肌肉慢慢鬆弛下來，把頭一抬，看到了我這輩子最為難忘的一幕。

那些女人都已脫光身上衣物，赤裸裸站在房間裡，只見到貪吃張在她們身上一個個打了針，等那些女人都昏過去，貪吃張的兩個手下將這些女人平置在地板上。又有幾個人推著兩具移動式工作台走到客廳裡，其中一具工作台的長度跟一個成人身高差不多，上頭淨空，另一具工作台上頭放著三把生魚片刀、一盆清水、三條毛巾和十幾個盤子。

「你們有口福了，這五個是用來做沙西米的材料。」

貪吃張開心地介紹道。

當我親眼看見貪吃張把那些女人抱到推車上，拿著生魚片刀將那些女人身上的肉一片片割下來放到另一台推車上的盤子裡頭時，我終於再也承受不了這麼噁心的畫面，眼前一黑就暈了過去。

等我醒來之後，我發現我又回到林敬書的房子，正睡在他的沙發上。

一陣濃郁的咖啡香竄入我的鼻腔，讓我清醒不少，林敬書就在旁邊悠哉喝著咖啡，林敬書見我醒來，也進去廚房裡端了一杯遞到我手上。

「喝杯咖啡醒醒神吧。」

林敬書的咖啡豆自然是頂級的貨，但我聞著咖啡的香氣，卻完全沒有入口的欲望，任何食物的味道都會讓我回想之前的畫面。同樣在旁邊觀看的林敬書居然一點也不受影響，林敬書把咖啡端給我之後，又進去廚房取了煙燻火腿和乾酪配著法國麵包吃，看得我忍不住大罵。

「林敬書，你看完生吃活人的場面，還吃得下東西啊！」

林敬書瞄了我一眼，繼續吃著麵包配咖啡，一副無所謂的模樣。

「我進到育才中學時，見過多少開腸剖肚的畫面，不就是幾塊肉而已，你也承受不住，你已經踏入台中黑道了，如果連這點承受能力和覺悟都沒有，不管你再能打，以你的心性，大概不出三天就準備橫屍路邊了。」

聽了林敬書的話，我心頭一凜。

「我投資你，救你的命，你當然也要付出對應代價，我需要你幫我作一些事。」

「什麼事？」

「我們家族的資源可以幫我打進台中黑道，但是要真正打進台中黑道的核心，我需要一個代理人。」

林敬書的眼神冷酷卻熱切，就像一團瘋狂搖曳的深黑色幽冥火焰。

「還記得我說的，我要幫你找的門路嗎？你的目標，就是成為四獸中豺狼的徒弟。」

四獸在台中黑道中是極為特殊的存在，台中黑道傳統上，為了避免因為各方人馬爭食財路而陷入無止境廝殺，所以道上生意主要是由四個台中最強的殺手出來統籌，他們的實力可以確保威嚇住各方人馬，也可以避免被人暗殺，他們在台中又被人稱為「四獸」。由於四獸鮮少出現在台中市民的視線中，所以台中人多半聽過他們的兇名，但對他們了解不深。

「我對四獸的事不大清楚，四獸中的四個殺手是怎麼樣的人？」

「台中四獸，豺狼，禿鷹，赤蛇，瘋牛，他們分別控制台中四個生意管道。豺狼擅長玩槍和近身格鬥，他負責總管軍火製造買賣，整個台中黑道的火力都是由他掌控。禿鷹擅長使用各種小機關，他的頭腦也是四個人裡頭最靈活的，所以道上特別需要跟人打交道的生意，酒店、夜店、賭場、人口販賣和跨國詐騙生意都是他在打理。赤蛇擅長用毒，他負責的生意就是利潤最厚的毒品販賣。至於瘋牛擅長的是開車殺人，他負責的生意是傳統的工程建設。」

我只是隨口一問，沒想到林敬書竟然能侃侃而談，台中四獸的專長和主掌生意，他居然都一清二楚。林敬書解釋完四獸的背景後，又繼續說下去。

「最近豺狼可能是手上的案子越來越多忙不過來，所以想找個徒弟培養來當他的助力，當然也有找接班人的意思。這次豺狼要求要找二十歲以下的年輕人，這個位置一堆人都想拿到手，我要你，把這個位置搶下來。」

林敬書盯著我的雙眼說道。

「怎麼做？」

「豺狼挑人的方法很簡單，在一個月後，他會安排一場試驗，讓全部的人在一個場地裡競爭，最後能活著的人就是他要的。」

「你這麼有把握我一定搶得到？」

「你的身手不是問題，重點是你的心態，有沒有準備好進入這個世界，如果我看錯人的話，這點投資打水飄也無所謂，但對你而言，可是拿身家性命賭。」

林敬書說著，同時從身上取出手機瞄準客廳裡電視，他在手機上按了個鈕後，電視螢幕亮起。

「欣賞一下這段影片吧。」

林敬書並沒有說這段影片是關於什麼內容，可是隱約間我已經猜出來內容，甚至覺得這樣的事情是理所當然，一點憤怒或是哀傷的感覺都沒有。

這段影片很明顯是偷拍的，場景看起來像是在台中某間汽車旅館的房間裡，男主角就是班長大仔，至於女主角我就更熟悉了，我的女友小甯，此時小甯被大仔摟在懷裡。

「謝哲翰的行蹤，和誰見面，手機電腦裡的內容，跟之前一樣都要記錄下來。」

「我知道了。主人。」

小甯嬌聲回應著，她臉上笑容燦爛如花，絲毫沒有跟我在一起時的羞怯模樣，在大仔身旁的小甯彷彿換了個人。

我心裡有些驚訝，如果是以前的我，這時候大概已經怒氣沖沖去找大仔和小甯算帳了。但此刻我是如此冷靜，好像影片裡的人跟我一點關係都沒有，繼續和林敬書閒聊。

「小甯是大仔的人？」

「喔？」

林敬書投送來一個讚許的眼神。

「你終於進入狀況了一些。」

「小甯一開始是成青荷想在你身上種下的冬蟲夏草，但也不是很認真的那種，大仔大概是在你處決全班同學的事之後，開始重視起你，所以把小甯收買過去。我是從成青荷那裡拿到小甯的資料開始追蹤她之後才發現這件事。」

林敬書解釋完，我才明白小甯一開始接近我就不是什麼狗屁的一見鍾情。

「你要記得一件事，從你踏入台中黑道那一刻，只要你闖出了名堂，手上有點勢力，就一定有對手。他們為了設計你暗殺你利用你奪取你的一切，會想盡辦法收集你所有的資訊，你的真實性格，你各種私人癖好，你的秘密，像小甯從你身上得到的所有資訊，將來都會流到其他人手上。」

「你覺得我要怎麼處理小甯？」

「我的建議是就把她留下來，把她當成真的女友，告訴她你的所有秘密，讓他看見你脆弱的一面，告訴她你心裡最在意的東西。」

林敬書臉上帶著意味不明的笑容說道，我聽懂了他的弦外之音。

「那些資料都是一分真九分假吧，讓將來得到這些資料的對手，制定設計我的計畫的時候出現問題吧。」

「是啊，小甯從你還沒踏入台中黑道時就跟著你，她的資料最為可信。」

這就是踏入台中黑道，不能相信身旁任何人也不能真的動情的原因。

「不過話說回來，你能夠演戲演得至少和你小女朋友一樣好嗎？」

「可以。」

「好了，解決完你的女友的事。現在我們可以來談怎麼搶這份工作的事了，先在這裡等我一下。」

林敬書話說完後，走進一個房間，不久後他捧著一把長刀走出來，那把長刀身長約相當於成人的臂展，樣式有些類似日本武士刀但弧線又有些不同，在這把刀的護手處又延伸出一段月牙狀的短刃，我從沒見過這麼奇怪的刀。

「用用看。」

林敬書將長刀放到我手中。

這把長刀的刀柄的部份設計成以一個特殊弧度延伸出去，如果用一般的持握方式並不好揮動這把長刀。我試著比劃這把長刀的握法，雖然覺得有些彆扭，但我彷彿能試出這把刀的正確握法。

「這是什麼刀？」
我不禁好奇問道。
「你知道什麼是謝家刀嗎？」
我搖搖頭，林敬書所說的東西似乎與我家有關，但我從沒聽過。
「看來你爸真的是保護你到家，連你們家族這麼傳奇的故事都沒說過，這段故事本來已經被人當作所謂的鄉野奇談，沒有多少人記得，我如果不是從我家的收藏裡找到這把刀的打造圖紙，我也不會相信。」
「謝家刀，它是世界上最頂尖的冷兵器殺人技術之一。」
林敬書這句話讓我心頭一震，我從不曉得我們家有如此厲害的武術。
「暗殺活動或是小規模戰爭是現代武術和格鬥術的起源，如同日本武術之所以聞名世界，便是因為日本曾經發生過為期數百年的小規模戰爭，個人的武藝強大與否一定程度決定了戰爭的成敗。」
「謝家刀的產生也是源於類似背景。你應該曉得明朝嘉靖中期開始，日本浪人和中國海賊在中國大陸東南沿海大肆掠殺，在當地居民以及明朝軍隊與倭寇的對抗中，日本武士的刀術，海賊在狹窄甲板的近身搏殺技巧，以及明朝軍隊的刀術，揉合成一套兇猛毒辣的刀術雛型，就在東南沿海的居民手中流傳下來。」
「後來呢？」
「清朝之後，這套刀術由福建人和華南一帶的客家人帶到台灣來，他們用著那套刀術雛型演變出的各種刀術互相械鬥廝殺，可能只為了搶一塊地，甚至只是一碗飯。往後很長的一段時間，漳州人與泉州人廝殺，閩南人與客家人廝殺，漢人與原住民廝殺。這套刀術框架就在不斷地廝殺中，從屍山血海裡演化成極致武道，而這套刀術最終在一個姓謝的人手中發揚光大，並依據這套刀術製造出適合他的刀術的刀，那個姓謝的人可能就是你們的祖先。」

我看向手中的那把刀，覺得無論如何都無法置信。

「在歷史文獻中，這套刀術被傳的神乎其神，我當時讀到這段紀錄時其實不怎麼相信，但我繼續翻讀文獻，就發現一件驚人的事，在一些台灣秘密結社的歷史中，一直都有一個謝姓的高手存在，用著一把樣式怪異的刀，專職負責暗殺任務，我才肯定，謝家刀是存在的。」

「我後來在我們家的收藏品中看到那張古怪的刀具樣式圖，沒人知道這張圖卷的來歷，我們家前幾代長輩或許只是因為這張圖的歷史價值而買下收藏，從沒人想過這張圖裡的刀是什麼，但我的直覺告訴我，這就是謝家刀。」

「之後的事你應該就猜得出來，我從那些歷史族譜中追蹤到你們家，我相信你們家就是謝家刀的擁有者。」

「你爸一定用了某種方法，教會了你謝家刀。」

林敬書的眼睛緊緊盯著我，彷彿想從我身上挖掘出謝家刀的秘密。

「那天我在木劍裡，除了找到我爸給我的留言紙條，裡面還有一個紙捲，在那個紙捲裡寫下一個雲端硬碟的連結網址，在那個雲端硬碟裡，有好幾份父親留下來的影片檔，父親在裡頭教導我過去學過的刀術的進一步應用，包括有效的出刀策略，判斷及誘導對手攻擊的方法，對敵人造成最大殺傷的各種手段，總結起來，也就是在極大量的搏殺中所累積建立出的最佳模式，父親沒有說這套策略準則到底是什麼，這些結合過去父親教給我的東西，可能就是你說的『謝家刀』。」

我仔細思考後，終究還是把這個秘密告訴林敬書。

林敬書點點頭，這件事似乎在他的預料之中。

「回去之後，用最短時間掌握後你父親交給你的謝家刀，你能不能成功上位，就看這次試驗了。」

離開林敬書的公寓隔天，我找了小甯來我租屋處。

我接到小甯打來的電話，一打開房門，門外的小甯就撲到我身上，她的嘴唇在我臉上輕啄著。

「我好想你，阿哲。」

如果我沒看過那段影片，說不定還以為小甯真的喜歡我。

「我也是。」

我溫柔回親著小甯，將她抱起來直接放到床上，我們沒有空多說些情話，急著把彼此身上的衣服脫下，然後就開始激烈做愛。

當然小甯不會知道，我遊走在她全身上下的手指，正在刺激著她身上幾個特定穴道，那些穴道可以促使人進入深度睡眠的狀態，宛如服用高劑量安眠藥的效果。

等我確定小甯睡著後，我仔細搜著小甯的側背包，她的側背包底部縫了一層很不起眼的小夾層，夾層裡的東西也薄，不仔細摸索是不可能會發現的，那是一個微型錄音器。

我接著解鎖了她的手機，終於找到大仔傳給小甯的訊息。

「查查謝哲翰和林敬書談了那些事，如果能得到林敬書的資訊更好。」

「想辦法從謝哲翰口中問出謝家刀的消息，我想知道謝哲翰到底有沒有學到謝家刀，這個東西到底是不是真的存在這世界上。」

我讀到這條訊息心中大驚，大仔怎麼會知道謝家刀！這個疑惑我暫時在心裡壓下，這個晚上裡，我還得扮演好男友的角色。我再次躺回床上，把小甯搖醒，我遵循林敬書的教導，告訴小甯我要參加豺狼安排的試驗的事，小甯聽到我下禮拜要前去參加試驗，臉上浮現出擔心的表情，眼眶甚至微微泛紅，我柔聲安慰了她幾句，向她信誓旦旦保證我會平安回來。

這個夜裡，我和小甯就在連綿情話中度過，對我來說，演戲和欺騙，實在是一件遠比搏殺打鬥更累的事，但我總算成功讓小甯相信我只是一個稍微能打一點的武術家，也沒身懷什麼絕世武功，很可能會死在這次試驗裡。

隔天小甯離開我的住處後，我便立刻傳送訊息詢問林敬書。

林敬書的訊息裡，似乎對這樣的事一點也不意外。

「你最近幹出了那件大事，成青荷又對你青眼有加，早就有一堆人去盤你的底，當然會找到謝家刀那個傳說，不過他們大概只是有些好奇而已，不用擔心。」

看到林敬書傳來的訊息，我放心不少，但又生出了疑惑。

最近一連串發生的事件，仔細想想不是有林敬書參與其中，不然就是他彷彿早就已經知情，但這些念頭很快就又被別些事情驅趕走，畢竟對我而言，現階段連性命都未必保得住，哪還想得到未來的事？

接下來一個月，我所有的心神都用在回想過去我父親交給我的刀術技巧並揉合了雲端硬碟裡教學影片的內容，試著建構出完整的謝家刀樣貌，並將謝家刀融入我的搏殺技巧中。

第五章　山鬼

一個月後，我拿著林敬書給我的試驗資格書，前往台中南屯一處郊區，等豺狼的人前來接我。

豺狼沒有透露關於他的試驗的任何資訊，只曉得參與者須在指定地點時間內出現，允許攜帶一件冷兵器，熱武器統一由豺狼提供，至於其他具體規則和地點沒有任何人曉得。

早上十點三十七分，我看了一下腕錶，這時間豺狼的人該來了。

我正想著這件事時，一輛BMW汽車開到我身旁，車門打開，一個身材魁梧的撲克臉男人打開車門走出來。

他看了我一眼，再拿出事先約定好要讓我看的驗證文件，這是為了避免有人冒充豺狼的人殺掉參與者。

「謝哲翰？」

撲克臉男人冷冷問道。

「對。」

「戴上。」

撲克臉男人從車上拿出一只頭罩。

「這是做什麼用的？」

「為了不讓你知道試驗的地點，你必須戴上頭罩，你可以放心，那個地方對於所有試驗者都沒有優勢，老闆對每位參與者都一樣，你們都要戴上這個頭罩，另外，這輛車有特別的隔音和避震設計，你們是絕對無法從視覺外的任何感官得知你們所在地點大概位置。」

撲克臉男人解釋完也不囉唆，粗暴地把頭罩套到我頭上後，就把我推進去車裡。確實如他所說，在我心中估算約三小時的車程中，我完全聽不到任何聲音、聞不到任何具辨識意義氣味也感覺不到震動，這車程也未必是抵達目的地的最短車程。抵達目的地後，撲克臉男人才解開我的頭罩。

我一睜開眼下車，發現四周就只有我和撲克臉男人，沒有其他參與者。

我在山裡，全然陌生的山林。

「這裡是哪裡？」

「你不需要知道。」

撲克臉男人依舊是異常冷漠的姿態。

「其他人呢？」

「待會你就會見到了。我現在先告訴你遊戲規則。試驗方式是這樣，包括你在內的所有人現在都已經被丟進這座山裡，他們處境跟你一樣，也有一個像我這樣的人替他們解說，你們每個人手上會有一張地圖，一把手槍和一把突擊步槍，還有一些彈夾，每個人的彈匣數都是一樣的，地圖上會有路徑圖，你們只要走在路徑上就一定會相遇，目的地則是在山頂。當你抵達山頂後，在場的人中，包含自己的地圖，手中地圖數最多的兩個人，就是老闆要的人。當然，如果你害怕不想玩了，沿原路走回去，或是乖乖交出地圖就能活命。」

聽完他的說明，我開始提問。

「如果不走在預定路徑上的話會怎麼樣，這試驗既然是在山裡，你們怎麼掌握過程不會出亂子？」

撲克臉男人露出殘忍的笑容。

「因為啊，這座山，就是『山鬼』的地盤。這裡是我們跟山鬼約定好的借用場地，你們出了路徑，就算是進了山鬼的地盤，別想活著走出去了」

「山鬼？」

我疑惑問道。

撲克臉男人鄙夷地看著我。

「原來你不知道山鬼，我看你恐怕連『獵人』是什麼也不曉得，現在還有點時間，我就再仔細講，讓你不要不知好歹跑進不該去的地方。」

這次撲克臉男人終於願意多說一些了。

「『獵人』是一種保護目標不被暗殺的職業。獵人和殺手不一樣，殺手為了追求隱密性，執行行動時人越少越好，但獵人是守方，人當然是多一點好，甚至還有他們擅長的狩獵地點，那些付得起錢又怕死的人，知道有人想暗殺他，就會躲進獵人的地盤，直到獵人殺掉殺手為止。」

「山鬼就是所謂的獵人？」

「山鬼，就是台灣最強，也是亞洲數一數二的獵人組織，這片山林就是那些山鬼對付頂尖殺手的最佳獵場。」

撲克臉男人接著說起山鬼的由來，談話中，他的臉上竟然出現懼意。

所謂的「山鬼」，指的不只是那個獵人組織，也是他們首領的綽號，他本名叫莫那・伊旺斯。

莫那是山地原住民，他靠著怪物般體能進了台灣最強特種部隊之一的涼山特勤隊。

莫那的部落位在台中山區，當年政府將莫那的部落強迫納入管轄範圍之後，部落裡的男人只能下山進城市當奴工，女人一個個被台中黑道拐賣進妓院裡。當莫那退伍後，才發現到自己的族人生活的慘況。

有一天，莫那路過位在台中北區的一間妓院時，看到他認識的一名部落少女，全身僵硬地被妓院裡的人從妓院門口抬出來丟到馬路上，那名部落少女，當然是死在妓院裡。據說那一天，莫那就單槍匹馬把整個妓院裡的人全部殺光。

自從莫那大開殺戒之後，他就開始隨機屠殺台中黑道中的人，並且放話，這一生中，他能殺多少台中黑道就殺多少，他要比台中那些惡鬼更殘忍。

莫那靠著軍中人脈，招來了一群軍中弟兄以及跟隨他的族人，訓練出亞洲最強的獵人組織之一——「山鬼」。在山林裡，他們就是跟魔神仔一樣的神靈，台中黑道每年都要死上好幾個大角頭和重要幹部，道上的人都曉得是山鬼幹的，但也從來沒有人敢踏進山鬼的地盤裡找他們報仇。

我聽完撲克臉男人的說明後，對台中黑道的處境毫不同情，在心裡為山鬼暗暗叫好。

「所以豺狼就故意向山鬼借場地，來確保他的試驗中道上沒有任何一方能夠動手腳？」

撲克臉男人微微頷首。

「所以我要提醒你，你想離開預定路徑，想不遵守遊戲規則，依據老闆和山鬼的約定，這種參與者就隨便山鬼處理了。

我聽完撲克臉男人的說明突然想到一件事。

「參加人進到山鬼的地盤後，多久之內他們會動手？」

「一分鐘。你離開預定路徑一分鐘他們就會出手，可能是活抓你，也可能是直接殺掉你，看你的利用價值。不過能來參加試驗的人都不是普通貨色，你想的到的事他們也想的到。關於這次試驗的資訊我們只能提供到這樣，剩下的還是憑你自己的本事。」

男人馬上就看穿我的想法，我知道其他人肯定和我一樣，對於山鬼的復仇執念毫無畏懼，反而想利用他們來幫自己殺掉對手。

男人解答完我的問題後，便打開後車廂拿出一把M4A1和一把沙漠之鷹，連著地圖一起交到我手上。

「你們每個人同樣都會拿到這兩把槍和兩個彈匣，如果你有辦法殺掉對方，對方身上的東西全歸你所有。還有什麼問題嗎？」

「我都瞭解了。」

「那麼，試驗正式開始，希望我還有機會看到你活著出現。」

男人話說完，便開車離開，這片山林放眼望去四周就只剩我一個人，但我相信，沿路中一定佈滿了山鬼和豺狼的人。我將M4A1背在身上，左手握著沙漠之鷹，右手握刀，往地圖上的路線前進。

我一邊探路，一邊換算地圖上的距離所需的行走時間。山鬼佔據這座山本來就是為了改造成用於保護客戶、獵殺前來的殺手的陷阱，所以能供人行走的路徑極為曲折，我踩踏在遍地枯葉上，眼前的視線全被一顆顆巨大的老樹佔滿，看不見半個人影，對手不知道什麼時候就會突然出現，我只能豎起耳朵仔細聆聽周遭環境的聲音，時時刻刻保持警戒。

我停下腳步，把身體重心壓低，走得更慢，一遇到轉角就停下來藏身探查，我往前走了十五分鐘，終於在遠方看到一個微小的人影，我一看到那個人影的同時，對方也立刻停下來，顯然對方也發現我了。

我們同時做了相同的事，迅速取出狙擊鏡裝設在M4A1上，朝對方扣下板機。

沒中，子彈飛出去的剎那，我快速估算出我們之間的距離，七百公尺。

此時，我和對手做出不同的選擇，對方停在原地不動，準備再開一槍，我則提著槍忽左忽右以蛇行姿勢向前狂奔，我一口氣衝了兩百公尺才又向他開了一槍，這一槍雖然也沒能打中他，但他不再停留在原地，放棄遠距離狙殺我的念頭，選擇和我近距離接戰。

對方顯然是經驗豐富的老手，他也知道在五百公尺以內到二百公尺之間的距離是不可能用M41打中動態目標，而在二百公尺之內手槍更為有用，我們互相朝對方開了幾槍都被閃了過去，直到距離相差三公尺，我們同時抽出身上刀械加速衝向對方。

幾秒鐘之內，我手中的刀就和他的刀對上了。

一時間，我和他都想將對方手上的刀壓下去，就在雙方僵持之際，我持刀手的小拇指慢慢往下移，扣壓手中的刀握柄底部的開關，刀柄靠近護刃的位置驟然射出一道疾影衝向對方頭部，那人頭稍一偏就立刻躲過暗器，但他顯然被激怒了，爆發出一股力道把我的刀壓下去，在他眼裡我似乎已經支撐不住，等他攻破我的架子就能殺掉我。

所以，他到死前都不曉得自己是怎麼死的。

剛才朝對方射出的東西不是單純的暗器，那是一個前端成尖錐狀的微型飛行器，遙控器也藏在刀柄上，當他再次舉刀要砍向我時，微型飛行器同時刺進他的頸動脈中。

對手從頸動脈爆出的血噴的我滿臉都是，他瞪大著眼睛往後倒下，直到此時，我才仔細觀察起他。這是一個年紀和我差不多的男孩子，或許不到十八歲，我們沒有交談過，我也不曉得他是誰，但短短十分鐘內，他就死在我的手上，我沒有太多的感慨，在台中黑道裡，生死的邊界無比模糊，甚至，活著的人反而更辛苦，死掉的人反而安詳。

我從山道旁的樹上摘了樹葉隨意擦了下我的臉和飛行器，把飛行器重新收回刀柄裡，便開始收繳他身上的地圖和彈匣。

我收拾東西的時候，忽然聽到山道旁的樹叢有呼吸的聲音，旋即又消失了。我知道這就是山鬼裡的獵人，以他的本事是不可能讓我發現的，他是以這種方式提醒我，山鬼的獵人們正隨時盯著我們。

我已經沒有後路了，為了活下去，我必須踏過更多的屍體。

我殺掉第一個遇到的對手後，略為鬆了一口氣，我把東西收拾好才繼續往前走，因為下一步開始，隨時都可能會遇到下個對手。

我以為我已經夠小心，但我思路上的一個小小盲點，差點讓我一不留神就被殺掉了。

當我走到一處僅能讓一人通過的小徑時，一隻粗壯的手臂突然從山道茂密的樹林裡冒出來勒住我的脖子，那隻手臂的力氣大的嚇人，把我箝制的連喘氣都沒辦法。第一次，我產生了恐懼的情緒，我所有的本事在這瞬間都派不上用場了。

就在我大腦陷入空白時，我的腹部傳來一陣劇痛，讓我徹底清醒過來。對方應該是在看不見我清楚身形情況下逮住我，開了一槍，子彈擦過肚皮而已，讓我逃過死劫。

這瞬間，我把手中長刀的暗器發射口轉向後方，從我感應到的對方身形位置射出，對方終於頓了一下。

我沒有試圖把刀向後刺或是拔出我腰上的槍，現在他手上正拿著槍對著我，我的任何反擊絕對都比他的子彈慢，我當下立刻選擇衝進樹林裡，把對方撲倒在地，和他糾纏在一起，我忍著痛開始大聲倒數。

「五九。五八。五七。」

「沒用的。」

對方不停嘲諷著，我忽略他的聲音，死命壓住他，讓他無法有任何動作。

「我和你們這些菜鳥不一樣，我從一開始知道規則後，就利用一分鐘的漏洞拼命往兩旁的樹林裡鑽，每經過四十秒我就再回到路線裡。利用這個方法，我已經把山鬼和豺狼的人的分佈位置摸透了，他們的人可沒多到佔滿整座山，他們只是在某個固定範圍裡巡邏，只有你們這些白痴會以為山鬼有辦法在時間一到就能動手。」

我明白對方的策略了，但我相信，我的作法是對的。

「三九。三八。」

「白痴，繼續喊吧。」

我身下的人拼命掙扎，他手中的槍在我剛才那一撲擊時掉落，但他還想騰出手拔刀殺我。

「你可是中了一槍，距離最近的山鬼至少再一分鐘才能走到射擊位置，我看你還能再撐幾秒。」

我和對方都看見山鬼了，山鬼現在才出現在六七百公尺外山道的另一側，由於樹木和山道坡度的關係，山鬼至少要再花一分鐘，才能取得能夠殺掉他的位置，這一瞬間我心涼了一截，我猜錯了，對方說的對。

在遠處的山鬼突然就在原地停住，取出了一台約與機關槍差不多大小的機件出來，瞄準我們所在的位置，但這一點意義都沒有，從他那個位置開槍，子彈會被一堆樹擋住，從那麼遠的地方，就算他想連我一起殺也根本打不到。

但山鬼開得不是槍。

就在我快壓制不住的瞬間，對方身體忽然一僵，就徹底脫力了，我一感覺到對方脫力，毫不猶豫就跳回到預定路徑中，接著將對方也拖回來。

一把樣式怪異的短箭不偏不倚地穿過這個狡猾對手的脖子。

此時我才有機會仔細觀察這個差點殺掉我的人，他身上扎滿樹葉樹枝，連皮膚都抹上泥土。

「我們山鬼說要殺人就一定有辦法殺人。」

在遠處狙殺我的對手的獵人，此時慢慢走過來，聲音帶著濃重的原住民腔調，皮膚黝黑體格壯碩，這是我第一次真正看到山鬼中的獵人，就憑剛才他那隻能夠繞過障礙物以弧線方向前進的箭，在這樣的山林裡絕對稱得上是鬼魅。

「你遇到的這個人叫扁鑽，十三歲就開始搶劫殺人，跟過好幾個角頭，在台中黑道混了五年，經驗可比你豐富多了，所以就把我們當傻子。」

「他到底是怎麼躲過我的視線的？」

我以為我已經夠小心了，沒想到還是中了埋伏。

「扁鑽在樹林裡拼命鑽，他找出我們真正的位置分佈後，就一路在樹林裡跑，時間快到時他就回到原路徑，找好適合隱蔽點，利用身上的偽裝藏好。他靜止不動時，在遠處你根本看不出他的形體，他準備殺你的時候，就會拉開我們跟他的距離，在你會經過的樹林裡埋伏。」

「你的箭是怎麼辦到的，居然能夠轉彎？」

站在我身前的山鬼輕蔑一笑，沒有回答我的問題，轉頭帶著他剛才使用的武器，又走進山林裡。

「山鬼的箭我們也不知道他們怎麼稱呼，我們是把這東西叫做甩箭，甩箭的發射動力也是用火藥，所以射程和一般的子彈一樣遠，但是他們的短箭在結構上的特殊設計，還有我們完全不曉得的發箭手法，讓他們的箭飛行時可以透過氣流作用來調整他們想要的前進弧線。」

一個穿著黑色衣服的陌生男人等到山鬼離開後也走過來，豺狼的人果然也在這裡，他解答了我的疑惑。

「剛剛山鬼也是利用規則上的漏洞想讓你和扁鑽一起死，這算是我的疏失，我會幫你做好簡單的包紮，再送你兩個彈夾做為補償，這樣應該可以吧。」

「這樣就夠了，謝謝。」

我並沒有要求什麼，豺狼的人已經盡力維持了規則的公平性，事實上，我會中招還是因為我太大意了，我讓豺狼的人幫我包紮好傷口後，我在原地休息了半個小時，又繼續前進。

下一次的對決我就沒這麼倒楣了，對手用槍的本事不如我，我憑著火力上的優勢輕易殺掉對方，又多爭取到一些時間休養。

依照地圖上的路線示意，我若在下一個岔路遇到對手，只要擊倒他就能走上山頂了，只是不曉得同樣爬上山頂的人有幾個。

在下一個岔路又遇到一個對手，這次遇到的對手大大出乎我的意料，那是一個外型亮麗的長髮少女，當我們一看到對方的身影時，就互相朝對方開槍，對方也是個用槍老手。

因為不曉得攻上山頂的人還有多少個，能多保留一些子彈就多留一些，我定下計畫後，便不斷以蛇行姿態往前狂奔，偶爾開個一槍做防禦性反擊，沒有多久我就衝到她的身前，將刀抵住她的脖子。

她漂亮的大眼睛瞪著我，臉上充滿驚慌的表情，她發現我抵住她脖子的刀開始陷入肉裡後，便趕緊放下手上所有的武器，用哀求的眼神看著我。

「不要殺我，我給你地圖，放我回去好不好？」

她的樣子就像一個可憐而無辜的小女孩，而不是一個殺手，她沒有耍任何花樣，小心翼翼地從身上取出地圖交到我手上。

「我可以走了嗎？」

長髮少女的聲音又甜又柔，如果不是剛剛還在和她對戰，我根本不相信這女孩子會是殺手，地圖上頭有著和她身上一樣的香水味。

突然間，我的腦袋有些暈眩。我原本抵住長髮少女脖子上的刀從手上鬆開，拿著槍的那隻手，也垂放在腰間。

「把槍給我嘛。」

少女嘴裡向我撒著嬌，但她雙手可沒閒下來，硬是將我手上的槍搶過去。

「乖乖站好，不准動唷。」

少女用甜膩的娃娃音下了第二道指令後，便舉起手上的槍，對準我的頭頂。

不過，下一秒發生的事，是她絕對想不到的。

我一腳把她踹進了山道旁的樹林裡，拔出藏在褲檔裡的另一把沙漠之鷹對著她。

「我的槍已經對準妳，你只要敢動我就殺了妳。」

她用不可置信的表情看著我，但臉上哪裡還有一點剛才嬌弱的模樣。

「你怎麼抵擋住我的香水。」

「只要稍微有點警覺心的人都會感覺到不對勁，怎麼可能進來這種地方還會在身上噴香水。你身上的香水竟然還有迷暈人效果，確實讓我大開眼界，不過我一聞到你的香水就立刻閉氣，我的肺活量還夠支撐到殺掉你。」

雖然她不可能活著離開，但我對她非常敬佩，一點輕視的意思都沒有，她的殺人手法確實是獨出心裁。

她的眼神裡充滿了不甘願和憤怒，但沒有槍的她只能任我宰制。

「山鬼大哥，我故意留著不殺她，就是要給你享用的，不拿去嗎？」

她愣了一下，頓了一秒鐘才明白我的用意，一分鐘到了。

就這麼一瞬間，一隻短箭不知從何方猛然射進她的尾椎裡，一根套索隨之出現，套在她的身上，把她給拖進山林深處，我沒有如預料中再一次見到山鬼的身影，但還是看到我所要觀察的山鬼手段。

「不要啊！不要啊！豺狼哥，救我！」

她哭得淒厲無比，但沒人救得了她，她的四肢已經癱瘓動彈不得，恨死台中黑道的山鬼，不知道會怎麼凌虐她，但如果當初她真的願意交出地圖不再反抗，或許她就能平安離開了。

我聽著那女孩子的聲音慢慢消失在山林裡，也不曉得她會怎麼被山鬼凌虐，但我已經不想再去思考這件事了，接下來我就可以直接走上山頂了。

我在走過一段兩旁被雜草和樹叢擋住的小徑後，眼前景象忽然開闊起來，目的地原來是一個廣場。整個廣場目測相當一座普通小學操場的面積，廣場中間有一間鐵皮屋，在鐵皮屋的一側站著統一穿著黑衣黑褲的人，他們應該就是豺狼的手下，在豺狼手下的對面，有一群穿著邋遢、有著明顯原住民輪廓的人，應該就是山鬼的人。在豺狼手下身邊還有四個年紀跟我差不多的少年和一個留著短髮面容清秀的少女，他們應該也是參與試驗的人。他們看著我慢慢走過去，一臉驚訝的表情，豺狼的人臉上表情卻好像該當是如此的樣子。

「怎麼沒看到扁鑽？聽說他也有來參加這次試驗，扁鑽從還沒上國中就開始殺人，他應該是所有人裡面最強的。」

一個身形削瘦的少年看到只有我出現似乎相當疑惑。

「我殺掉扁鑽了。」

我走到他們身邊，順口回答，他的臉色驟然一變。

「那小香呢？她是赤蛇的女人，也是他手中最年輕的殺手。」

那短髮少女接著問道。

「是不是一個很會用槍，身高約一六五，身材偏瘦，大眼挺鼻，長相甜美的女孩子？」

「小香也死在你的手裡？台中四獸裡殺人手法最難纏的就是赤蛇，他的手下居然也被你殺了。」

短髮少女用看怪物的眼神看著我，倒退了好幾步。

我萬萬沒想到，兩個被他們認為最可能出線的人剛好都死在我手中。

「不愧是敢綁架育才中學二十五班學生的人，你們連謝哲翰都不認得，實在是有眼無珠。」

一個老臉少年似乎認得我，還點出我的名字，從他怨毒的雙眼，不難看出他可能是某個死在我手裡同學的兄弟。

「好了，最後的規則跟之前可都不一樣，想解決私仇的，等你們還有命下山再說。」

一位矮壯男人走向我們，冰冷說道。

「喔？不是我們再一起互殺，活著的人就算贏了嗎？」

一個眼神狡猾氣質油滑的少年笑嘻嘻問道，看起來頗為輕浮，他恐怕也和扁鑽一樣善於鑽漏洞而且難纏。

矮壯男人沒有理他，走到我們之間，環視我們在場這六個走上山頂的人。

「阿得，活躍於南屯，擅長放暗槍和縱火。」

矮壯男人看著那個油滑的少年說道。

「洪寶，稱手武器是球棒，道上有十幾個以能打著稱的人都被你用球棒打死。」

矮壯男人看向那個老臉少年。

「老鼠，擅長寢技和關節技，不少人都是被你纏上動不了之後，再被你一刀刺死。」

矮壯男人對著一位身材矮小的少年說道。

「小欣，你是禿鷹的人吧，這一路上都是靠一堆突然出現的小機關把對方殺掉。」

那位短髮少女似乎沒想到自己會被看穿，但也不否認。

「阿龍，你是這裡所有人當中唯一能夠同時使用兩把槍形成交叉火網的人。」

矮壯男人望向那個身材削瘦的男孩子，最後看向我。

「謝哲翰，一個月前才踏入台中黑道，據說精通各類格鬥技，從這一路上看起來槍法也不錯。」

「我會給你們充足的武器和彈藥，小欣你既然是禿鷹的人，你完成任務後，老闆會給你其他的獎賞。至於其他人，誰能夠活下來，就能成為豺狼的弟子。」

豺狼的人不知何時從鐵皮屋裡拿出一堆槍械讓我們選，我仍保留手中的M4A1和沙漠之鷹，只是多要了一些子彈，其他人則換了他們慣用的槍。

在屋子另一側的山鬼用興奮的眼神看著我們，正等著看我們上演互相殘殺的戲碼。矮壯男人的眼神再次掃過我們，我明白他真正的意思。

「都明白了嗎？」

我們一同走向空地的中間，離那些山鬼近了一點。

「明白了。」

我們六個人異口同聲說道。

「那就，開始吧。」

男人正式宣判比賽開始。

我們這六個人同時轉身向旁側的山鬼開槍，那些在山林裡形如鬼魅的傢伙，這下子真的全成了鬼了。

「監視你們的這些山鬼，他們身上的訊號傳遞裝置都已經被動過手腳了，我現在再給你們一份新的地圖，只要殺進地圖上的目的地，你們就算通過試驗了。希望各位都能活著下山，到時候各位要什麼就有什麼。」

矮壯男人臉上露出一絲得意的微笑，台中黑道對山鬼的全面開戰，以及我們最後的試驗，正式開始。

當那個矮壯男人問我們明不明白的時候，包括我在內的所有參與者就已經知道怎麼做。我想當其他人被推上車來到這裡的時候，一定也和我遇到相同的事。

那時我上車後，不知道過了多久，開車載我的男人突然開口說話了。

「放輕鬆，各位都是台中各勢力推派出來的菁英，不會死在我們的車裡的，我們的設計固然有維持規則公平性的用意，不過也是為了防止我們的對話外洩。這次的試驗不只是為了選出老闆的接班人，也是執行一項重要行動的障眼法，不過為了更逼真一點，我不會告訴你試驗規則的任何內容，也不會告訴你這項行動的內容，我只能告訴你，如果你能進到這場試驗最後的階段，必然會加入這次的行動，你們成功完成任務，才有機會讓老闆選上。」

「你們的內部難道被滲透的這麼厲害，必須做到這種程度嗎？」

我已經不再是對於台中黑道的險惡一竅不通的普通高中生，一聽到男人的話，我就明白豺狼恐怕認為他的手下已經被對方的間諜滲透。

「我們台中黑道一向相信一件事，這世界上沒有所謂的忠誠，只有你出的背叛籌碼不夠。這次的行動必須畢其功於一役，計畫執行人獲取情報完整度都是越少越好。」

「那你呢？豺狼憑甚麼相信你不是間諜？」

「因為啊，我們也所得到的情報也不多，就算我們是間諜也不可能改變這個計畫，厲害的間諜也要得到足夠完整的情報，才能確保自己的行動不是對方所設下的圈套。」

他一說完，我對於台中黑道有了更深一層的認識，那種只懂打打殺殺沒有理性的流氓混混在無數次火拼中要不就是死的差不多，要不就是只能在黑社會的底層，是沒有機會上位的。

當我拿到地圖時發現到，在地圖上的山頂位置上畫了一個骷髏頭標誌，等我走到山頂，看見那些山鬼的人，就明白是真正的行動是什麼了。

矮壯男人繼續說下去。

「現在各位應該都很清楚你們的任務是什麼了吧，山鬼之所以是亞洲最強大的獵人組織，除了他們本身的實力外，還有憑藉著山林的地形優勢。各位地圖上路線的終點，也就是山鬼真正的老窩，他們絕對沒想到我們有辦法在他們設置的滿山陷阱裡開出一條直攻他們本部的路，山鬼打的算盤其實也是把在這座山裡頭的台中黑道全部殺光，不過他們的過度自信讓他們先死了一批人了。」

「我們的任務包括去殺掉山鬼的首領嗎？」

那位叫小欣的短髮少女問道。

矮壯男人搖搖頭。

「各位只要殺到他們老窩門口，製造混亂就行，剩下是我們的事，老闆已經進到這座山裡了，只等各位成功製造出混亂，就是他的出手時機。各位手上的地圖有三條路線，請各位選擇其中一條路線進攻到山鬼的老窩，山鬼還以為你們都在互相廝殺，他們的人在旁邊觀賞著，但是時間一久他們就會發現不對勁，各位最好儘早行動。」

矮壯男人說完後，在場的人就開始挑選自己路線以及決定是否要找搭檔，阿龍和洪寶決定單獨行動，但一起走同一條路，阿得和老鼠則湊在一塊，走進另一條路線，而小欣竟然走到我身旁。

「我要和你搭檔。」

小欣的選擇讓我大感不解，其他人都是台中黑道的老手，她偏偏選了我這個剛進台中黑道的菜鳥。

「你為什麼要和我搭檔？」

「我想知道，為什麼小香的手段在你身上居然失效了。」

小欣的眼神在我全身身上不停打量著，臉上滿是好奇的神情。

一路上，小欣都在仔細觀察著我，當然她無論如何也看不出我是怎麼抵抗小香的香水。

「你到底是怎麼抵抗住小香的迷藥香水？」

小欣一提小香又再度引起我的好奇心了。

「你知道她身上那個可以迷暈人的香水？說穿了也沒什麼，我只是警覺到她身上的香水有問題，我靠著比一般人更強的身體素質和肺活量躲過她的暗算。」

「說起來，我和小香也算是好姊妹。」

小欣在路上開始說起小香的事。

「小香和我一開始都是台北一家酒店的的紅牌，之後我們被台中的皇爵大酒店挖角。我們因為不想再伺候男人了，乾脆進到四獸底下接受殺手訓練，後來小香爬上赤蛇的床，就此得到赤蛇的賞識，從他手上拿到那種可以迷暈人的香水，成為了赤蛇手中最厲害的女殺手。」

小香只是從赤蛇手上拿到一瓶香水就如此厲害，赤蛇不愧是台中最強的殺手之一。

我和小欣沿著地圖上的路線又走了好一陣子，一路上暢通無阻，遠處還會聽到疑似山鬼之間的傳呼喊叫聲，但離我們相當遠，而這片廣大繁密的山林裡，在沒有機關陷阱情況下，根本找不到我們。過了十分鐘，我們終於在遠方看到一道閘門，一群山鬼拿著槍就在那守著。

小欣大大吐了口氣，此刻我們終於可以稍微放鬆。只要除掉這些人，在門口製造出動亂，接下來暗殺山鬼頭領就是豺狼的事了。

「我們來分配誰負責殺掉左邊那個……」

「小心！」

小欣話還沒說完，我抓著小欣衝進右側樹叢裡趴下，一隻箭無聲無息地從我們剛才位置的飛掠過來，最後狠狠射入樹幹中。

小欣的臉色慘白無比，我們都明白發生什麼事了。

即將飛過來的絕對不只這隻箭，豺狼這個隱密到極點的計畫，不知怎麼被山鬼破解，我們恐怕已經被重重包圍了。

我和小欣趴在地上大口喘氣，就差一點，那隻無聲無息的箭就貫穿我們的身體。

山鬼沒有任何動作，不再發箭，也不開槍，但他們不再掩飾腳踩碎樹葉的聲音，我們從這些聲音判斷，我們至少被超過十個人以上包圍。

我和小欣已經徹底絕望了，我們在山鬼的陷阱裡和他們硬拼，沒有任何逃脫的可能，但即使投降，以山鬼對台中黑道痛恨的程度，我們恐怕也沒有活路。

小欣知道我和她就要死了，反倒看的開，勉強對我擠出笑臉，一邊啜泣一邊笑著說道。

「沒想到會跟你一起死在這裡，我們也算是一對亡命鴛鴦了。」

小欣靜靜抱著我，把頭塞在我胸口，已經不在意山鬼何時會殺了她。

這一刻，小欣選擇擁抱死亡，但我卻是選擇直視死亡，山鬼慢慢走近，我心裡反而更加平靜，甚至開始思考，如果是林敬書在這種必死的局面，他會怎麼做，我的腦海裡浮現林敬書的臉孔，他的思考模式，他觀看事情的角度。

這一瞬間，我不再侷限於我當下的處境，我看見了豺狼，看見了坐在台中黑道頂點的男人陳總以及要和整個台中黑道決一勝負的山鬼首領。我脫離了棋子的角色，反過來成了棋手，我的視野好像真的越飛越高，看見了這座山的山頂，看見了整個台中盆地。

這個計畫背後的計畫，真正的計畫，我終於明白了。

從被成青荷下套進到台中黑道以來，我這一路都只有被人算計被人操控的份，哪怕我學會了謝家刀，也沒有絲毫安全感，直到這一刻我才有信心立足於台中黑道。解開謎底的暢快感和逃過死劫的放鬆感讓我放聲大笑。

小欣愕然看著我。

「我們都快死了你現在才嚇到發瘋，怕什麼，就算死也有我陪你。」

「小欣，只要你照著我的意思做，我們就能活下來了。」

小欣露出疑惑的表情。

「你是不是真的瘋了？」

「你等著看就知道了。」

我扔掉身上的槍和手上的刀，深吸一口氣，對著四周大喊。

「我們投降，我有這次計畫的重要情報，留我一條命我就說出來。」

山鬼的腳步全都停下來了，他們當中的一個人慢慢走過來，一臉不屑的樣子。

「台中黑道的人果然都是一些卑鄙無恥的垃圾，你是這些人裡最軟弱的一個，你的同夥還會抵抗一下，你居然沒用到連反抗都不反抗。」

「我就是這麼無恥下賤，為了活命我連自己父母都可以出賣，不用講那些大哥。」

包圍我們的山鬼這時候才走了過來，把我和小欣的手壓在背後，用槍抵著我們的頭。

我和小欣被押進一輛車裡，接著我的頭被一個黑布袋蓋住後，車子開始緩緩行駛，如果我猜得沒錯，我和小欣接下來會被帶進山鬼的總部。

等我頭上的布袋被掀開時，我才發現自己已經被關進一間牢房裡，牢房的前面豎立著一根根粗大的鐵欄杆，欄杆外有五六個人守著，手上都拿著槍，我熟悉了環境後，才回過頭看看身邊的人，除了小欣外，和我們一起執行計畫的阿得和老鼠都在，只是他們身上都帶著傷，精神委靡。

小欣頭上布袋被掀開後，發現自己還活著，一點事也沒有只是被關起來，開心地在牢裡大叫起來，阿得和老鼠看著小欣的眼神又嫉妒又羨慕。

「我們真笨，幹麼要反抗，像你們乖乖投降就沒事了。」

「阿龍和洪寶呢？」

小欣看到他們兩個人，順便問起阿龍和洪寶，這兩個人的下場我則是已經預料到了。

「那兩個人對自己太有自信，特別是阿龍，他的槍法絕對有職業殺手的水準，他們大概是想要突圍結果被殺了，我們是本事太差，連槍都開不了就被人射中腿，直接被綁進來。」

「旁邊那群人呢？」

小欣又問道。

此時我才發現關在牢裡的不只我們這幾個，居然還有幾個看起來像是山鬼的人，他們身上沒有被銬打凌虐的樣子，但是模樣看起來比阿得和老鼠更委靡。

「他們啊，是我們安排在山鬼裡的內應，就是他們幫我們偷偷開出那三條路，本來的計畫裡，他們是要和我們裡應外合，結果豺狼的計畫被破解了。」

老鼠不曉得本來就是個多話的人，還是想要緩解心中的恐慌，也不怕外面守著的山鬼聽，就自顧自的說下去。

「不曉得你們對山鬼夠不夠熟悉，山鬼這些獵人的山間匿蹤下套殺人技術當然是一等一，但是讓山鬼變成亞洲一流的獵人，連我們台中黑道都拿這些人沒辦法，真正的原因不是這些人的身手，而是他們頭頭的弟弟。」

老鼠左右張望一下，又偷瞥了站在欄杆前的人，看他們沒有半點反應才又放低音量繼續說下去。

「我剛剛跟坐在那邊的山鬼內應打聽到，他們頭頭的弟弟就是山鬼的情報頭子，名字叫巴蘭・伊旺斯，之前在美國ＣＩＡ搞情報戰。」

老鼠說的事，讓我先前對於這次真正計畫的猜想越來越具體。

「後來巴蘭不知道發什麼神經，好好的美國人不當，居然跑回部落和他哥瞎混，結果真的幫山鬼建立了一套情報系統。我們台中黑道這幾年完全拿山鬼沒辦法，只能讓山鬼跑來台中獵人頭，連這次的行動都要掩蓋成這樣，就是因為巴蘭。」

「我們這次的行動會失敗也是因為巴蘭的關係嗎？」

老鼠終於說到重點，小欣忍不住插嘴發問。

老鼠看了蜷縮在牢房角落的那些內應一眼，嘆了口氣。

「我也是聽了那些內應講才知道，巴蘭好像從一開始就在猜豺狼一定有其他計畫，他在派山鬼的人到山頂時，臨時下了另一道命令，要求他們所有人必須在指定時間把手機跟無線電同時關機十五分鐘，可是我們的內應一定不可能這麼做，結果我們的內應就被巴蘭找出來，最後換我們被反埋伏，那些內應也被關進來。」

「為什麼巴蘭不殺我們？」阿得問道。

「可能是想從我們口中套出東西吧。」

老鼠說到這裡，我對整個計畫才完全弄懂。

「不是有人說他手上有攻山計畫的機密情報嗎？」

就在老鼠滔滔不絕說著時，另一個聲音突然在牢房外響起。

聽到有人終於想問了，我連忙搶答。

「就是我，陳總的計畫是這樣，他讓豺狼以挑選接班人的名義進到這座山，實際上是想一舉滅掉山鬼。他派了我們突襲總部吸引你們的火力，同時叫內應開出一條密道讓豺狼進來。除此之外，我猜陳總手下的人現在都在路上準備殺上山。」

「嗯，還有呢？」

我話說完，才轉頭望向方才發話的人，那是一個看起來約莫三十歲左右的男人。他臉部有著原住民的深邃輪廓，但身材比我見過的山鬼獵人矮瘦多了，他穿著簡單的襯衫，帶著眼鏡，看起來更像是都市裡的白領上班族，而不是山鬼的獵人，他應該就是山鬼的弟弟，巴蘭‧伊旺斯。

「為了保命，更重要的消息我當然不能說，這消息關係到你的計畫。」

「喔？我有什麼計畫？」

巴蘭看起來一副毫不在乎的樣子。

「你一定反過來利用陳總制定的計畫，也安排了一批人在這時候殺進陳總的老巢，他現在在台中市區裡的人馬應該不多，如果我沒猜錯，你一定是策動早就想幹掉陳總的山線坤哥，趁機殺過去吧。」

「啪、啪、啪、啪。」

巴蘭慢慢拍掌，給我一個讚許的眼神。

「我的計畫，你是猜出來的嗎？」

儘管我已經看透整個計畫的謎底，但親身面對山鬼裡這位情報天才，我還是有些緊張，我僵硬的點點頭。

「當我被包圍，知道豺狼的計畫被識破後，我就反過來想到你是怎麼做的。」

「嗯，很不錯，這麼年輕就有這樣的見識，等這件事結束搞定後，你就來我手下做事。」

「謝謝巴蘭哥的賞賜，我一定會盡心盡力。」

我嘴上這麼說，但是臉上一點欣喜的表情都沒有，巴蘭看著我敷衍的態度也沒發怒，但巴蘭臨走前看著我的眼神有些疑惑。

我想，他已經明白我是真的看穿整個計畫的謎底。

等巴蘭一走，小欣和其他人也用狐疑的眼神看著我，但是他們不敢在這個地方問，因為我所知道的事情很可能就是大家保住性命的關鍵。

只有我曉得，整件事根本就在他們想像之外。

小欣、阿得和老鼠知道自己暫時死不了，經歷了一整天的生死搏鬥和方才的劇變，早就累的不得了，紛紛在牢房裡倒頭就睡，我的身體雖然也疲憊不堪，但一點睡意都沒有，我已經預見接下來的事態發展，繼續在腦袋裡推演後續行動。

等小欣他們醒來後，時間已經是晚上，山鬼的人拎著一袋麵包和礦泉水過來，但除了送晚餐的人外，還有十來個人跟著一起來，他們全身掛滿彈鍊，手裡拿著步槍。

送餐的人打開牢房前的送餐門，把那袋麵包和礦泉水扔進牢房裡。

「趕緊吃飽好上路。」

老鼠聽到這句話，嚇到全身發顫。

「不是說……留我們……一條命嗎？」

小欣也驚惶地看著我。

「放心，我們會活著出去。」

我連忙安撫小欣才又轉頭看向送餐的人。

「這就是你們合作的誠意嗎？」

他聽到我這麼一說，張口大笑。

和我們一起被關在牢裡的那些山鬼內應，看到他臉上的表情，原本委靡的神情一掃而空，變得神采奕奕。

「原來你知道我們是自己人啊。」

送餐的人終於露出友善的笑容。

「我的刀還在吧？槍應該也上滿子彈了。不只這些人是自己人，我還知道，巴蘭・伊旺斯也是自己人。」

此刻，牢裡的人全都驚愕地看著我。

他們不敢相信山鬼的情報頭子居然會是台中黑道最大的內應。

送餐的人點點頭，證明我說的話。

「我叫達多，巴蘭派我們來和你們接頭，他說你知道他真正的計畫，我本來不相信，還想試探你一下。」

台中黑道始終很難滲透進山鬼的最大原因就是山鬼的人全都是同個部落的族人或是山鬼首領莫那的軍中同袍，想插入間諜或是種下冬蟲夏草簡直難如登天，豺狼能夠成功策反幾個山鬼已經讓我感到不可思議，即使我已經猜到巴蘭就是豺狼這次行動的真正底牌，但直覺上我還是無法相信。

「好了，別說這麼多，負責來看守我們的人也是巴蘭的人吧，趕快放我們出來，告訴我你們的佈置。」

我不再客氣，要求達多趕快放我們出去。

達多他一下令，牢裡所有的人就全都被放出來，我們一邊吃著麵包，一邊聽著達多跟我們講解這次行動真正的計畫。

「在我們裡頭，對莫那絕對效忠，把台中黑道當成絕對死敵的人大概有四分之一，其中一半被派出去外面埋伏了，只剩下一半留在總部，巴蘭的人絕大多數都留在總部，也就是說，現在總部的人裡面，有一大半是巴蘭的人。」

巴蘭的計畫這時候才真正展開在我們面前，以為看穿豺狼的誘餌計畫的莫那和坤哥，都準備死在這次的行動中。

十分鐘後，達多帶我們展開行動，我們四個台中黑道成員和進來牢裡的巴蘭內應合作，分別前往總部四個重要的據點會合，軍火庫、監控中心、補給庫和情報室。

我負責前往軍火庫，等我和巴蘭的內應進到軍火庫時，看到三個活人和一具屍體，活著的人滿身傷痕和血漬，面帶微笑歡迎我們，等我們一就定位，其中一人就按下警報鈴並衝出軍火庫外大聲用他們的族語呼喊。至於其他三個地點恐怕也是像這樣被巴蘭的人控制住了。

從現在開始，那個行蹤有如鬼魅，台中黑道始終暗殺不了的男人，換他被關進這座他自己蓋起來的牢房了。

一切如同巴蘭所預料的，當我聽到腳步聲靠近，朝軍火庫外一瞥，一大群人衝了過來開始朝軍火庫開槍，如果不是庫房大門是加厚的鉛板特製的，恐怕子彈早就已經穿進門裡了。

在子彈密集打在門上的聲音響起之後，緊接著又響起一陣密集的槍聲，這時候我才打開門，巡視外頭的狀況，被派來攻破軍火庫的山鬼成員大約有五十幾個人，當中的十個人已經倒在地上，他們恐怕到死前那一刻都不曉得這是怎麼回事。

站著的人彼此對看，臉上都有一種恍然大悟的表情，巴蘭為了防止消息走漏，故意不讓每一條線知道彼此的存在，他們看著我走出來，紛紛向我頷首致敬。

和我一同潛進軍火庫的其他內應此時也走出來。

「謝先生，其他三個據點也搞定，現在該是會合的時候了。」

「莫那是在指揮中心嗎？留在那裡的人也是我們的嗎？」

「現在留在指揮中心的人大約還有二十個人，莫那的人應該死得差不多了。」

「我實在不瞭解，你們全都是同族人，山鬼這幾年賺的錢應該也多的讓你們花不完，有什麼誘因讓你們背叛山鬼？」

整件計畫到此終於進入收尾，我忍不住提出疑問。

巴蘭的內應聽到我這麼一說，全都面露苦笑。

「謝先生你誤會了，我們這幾年並不像你想像的那麼好過。」

跟我一起行動的內應駁斥我的說法，但他說完後，就不再透露任何事了，他的話讓我捕捉到一絲線索，但我還是無法猜測到具體的原因。

我暫且按捺住心中的疑惑，和這些山鬼成員前去總部的指揮中心，等我到指揮中心的門口時，指揮中心已經被巴蘭的人包圍住了，在指揮中心裡的人全拿著槍對著一個身材高壯的男人，那男人看起來有些蒼老，頭髮黑白夾雜，臉上佈滿如刀削的皺紋，但身上那股野獸般凌厲野蠻的氣勢仍壓迫得我喘不過氣，這是我第一次看見莫那，沒想到會是他臨死前的最後一面。

莫那的目光巡視指揮中心四周一圈，臉上沒有半點表情，又回頭看著站在一旁的巴蘭。

「我的人看來都被你殺光了，豺狼怎麼還不現身？」

莫那一說，一個全身黑衣的精瘦男人從包圍住指揮中心的人群裡走出來，他的表情冷漠，身上有股強悍的氣勢，整個人就像一塊堅硬而冰冷的鋼鐵。

「我就是這次行動的總指揮，豺狼。久聞山鬼大名。您的行蹤飄忽，野外求生能力強，如果不是利用這次機會，也無法把你困住。」

「很好很好，不愧是台中四獸，能夠把我逼到這種地步，但如果不是巴蘭，你們也沒辦法這麼順利得手。巴蘭，我今天已經不可能活著離開了，我只想知道一件事，為什麼你要背叛我？」

莫那的語氣還是平淡無比，一點怨恨或是憤怒都感覺不到，但他的眼神直勾勾盯著巴蘭，像是想從巴蘭眼裡看穿答案，一向看起來從容不迫的巴蘭，這一瞬間居然也有些慌張，嘴巴反覆開闔，卻一點話都說不出來。旁邊的豺狼便代替巴蘭出聲。

「莫那，還是讓我來跟你解釋吧。」

莫那瞪著豺狼，他潛藏如山的憤怒竟已有些顯露在外。

「亞洲第一獵人，這座有進無出的山，號稱殺手的墳場，當然讓我們膽顫心驚，不然也不會前幾年我們屢次派人來這暗殺你，沒有一個人能活著回來，但是我也相信，想要建立這麼一座獵人基地，很花錢吶。」

莫那瞳孔驟然一縮，顯然豺狼說到了要點上。

「巴蘭的情報網確實厲害，我們沒有能力破解，但是我們台中黑道沒辦法正面和你對決，不表示我們就對付不了你。大概在兩年前，最後一次的攻山計畫裡的殺手死光後，我向陳總提出另一項新的策略，我們準備了一大筆錢以及這幾年和你們交手的心得，送給泰國、緬甸、越南、柬埔寨和印度的新興獵人組織。」

「新興獵人組織的技術雖然不如山鬼，但是他們的獵人更便宜、更不怕死，在我們提供技術和資金支援的情況下，他們的技術也大幅追上你們，你們這兩年流失的客戶，就是被他們搶光的。我說句不客氣的，就算你們是所謂的亞洲第一獵人，但是真正的有錢人，何不找歐洲那些歷史更為悠久技術更高明的獵人？比如說西歐的『沃茲薩』，或是俄羅斯的『巡者』，他們的創辦人還是從ＫＧＢ出來的。說白了，會來找你們的客戶都是有預算考量的人，當有更便宜本事差不多的東南亞和印度獵人出現，你們的客人就全都跑光了。」

聽完豺狼這番話，莫那整個人好像徹底垮了一樣，野獸般的氣勢消散無蹤，看起來又蒼老許多。

「你們這兩年裡，雖然也會來台中殺人，但是依據我們的分析結果，暗殺那些人所要付出的金錢和資源只有過去的十分之一，我就曉得計畫成功了。」

「你的計畫勝過我一籌我沒話說。但是為什麼我的族人要背叛我？他們當年被你們台中黑道欺壓凌虐，生不如死，是我把他們帶上山來，教他們自保，讓他們溫飽過上好日子。為什麼你們要背叛我！」

莫那對著空無一人的身旁大吼，所有舉起槍對準莫那的山鬼紛紛低頭，不敢直視莫那。

「回答我，你們和你們家人的命是我救的，為什麼要背叛我？」

巴蘭閉上眼睛，嘆了一口氣。

「莫那，人是會變的，當年族人跟你一起過苦日子的時候，大家不會有半點怨言，但是當他們過得起奢侈生活，習慣享受之後，要他們再過起苦日子，他們不會記得你的好，只會怨恨你。我們的錢越來越少，為了維持這座山的運作，生活越來越糟，他們就生起背叛的念頭了，你總以為只要是我們部落的族人就能團結嗎？當他們翻身之後，卻還要過以前的苦日子，這些人怎麼可能不背叛。」

巴蘭說著，突然用手指著一個拿槍對準莫那的寬臉男人。

「像多納，你大概不曉得他每年出國去玩都在幹麼，多納的姊姊十三歲就被台中黑道抓去賣，結果這傢伙，哈，每年飛去泰北玩雛妓，還曾經弄死過好幾個女孩子，花光身上積蓄才了事，這件事後來被台中黑道掌握到，他就是最早背叛組織的幾個人之一。」

那個名字叫多納的男人被巴蘭當眾抖出醜事，嚇得臉色發白，持槍的右手不停發抖，最後連槍都握不住，掉到地上。

「我可以不在乎我所有的族人背叛我，那你呢？巴蘭，你都忘了嗎？媽媽死了之後，就由我照顧你，供你吃穿，讓你唸書，去美國留學，當年是你堅持要回來幫忙的，為什麼回來之後卻背叛我，你是我弟弟，你怎麼可以背叛我！」

「莫那，因為，我想讓其他族人活下去，我們族裡的女人和小孩雖然都不在台灣，可是他們的行蹤早就因為那些背叛的族人而被掌握住了。當台中黑道跟我聯繫上時，我才發現我們的客戶原來是因為這樣被挖光，而我們族人的行蹤也全都在他們手裡。」

巴蘭說話的表情，悽苦無比。

「我們這些人死光了沒關係，但是我們當獵人，拿命換錢，不就是為了讓那些孩子可以平安長大再也不用受苦嗎？你說過，光明和黑暗就是一隻秤子，我們想要讓下一代在光明的一頭升起來，那我們就要留在黑暗裡。台中黑道的人說了，只有你死，他們才接受我的投降，放過那些孩子和女人一條生路。」

巴蘭終於把他想說的話都說出口了。

莫那慢慢走到巴蘭面前，包圍住莫那的人全都立刻把槍口對準莫那站的位置。

「巴蘭，既然我要死在這裡，那我希望由你來動手，把我殺了之後，記得把我的頭割下來，我才能回去見祖靈。」

巴蘭的手不停發抖，但還是從懷裡取出一把短刀，刺進莫那的心臟。

莫那的血在衣服上緩緩暈開，他雙眼微瞇，右手撫胸，吃力地坐到地上。

「巴蘭。」

刺入那一刀後就一直低著頭的巴蘭，聽到莫那的呼喚，抬起頭，眼眶泛滿淚。

「我已經累了，我先睡一覺，我以後沒辦法保護你了，你要好好照顧自己，還有能力的話，再保護好……族人。」

莫那說完，倒在巴蘭懷裡。

巴蘭將莫那的屍體平放在地上，他的眼淚沿著臉頰不斷滴入從莫那胸口流出的血泊裡，他安置好莫那的屍體後起身，忽然開始高聲唱歌。

「亞依瑪，納薩哇瑪卡羅卡，依錯思蘭達。」

「亞依瑪，納薩哇瑪卡羅卡，依錯思蘭達。」

在場所有的山鬼雖然選擇了背叛山鬼，但仍然跟著巴蘭高聲歌唱，這似乎是他們的送葬儀式，雖然聽不懂他們在唱什麼，但他們的歌聲卻是悲壯哀戚的動人心魄，他們足足唱了十分鐘才結束。

儀式結束後，巴蘭擦乾眼淚，綳著臉，臉上看不出半點哀傷的表情。

「豺狼，換你履行你的約定了，雖然我掌握了總部，但總部外還有大批人馬，如果你出爾反爾，那我只好用命換命，我相信那些選擇背叛的族人，如果看到你們現在就反悔，恐怕也不會相信你們的承諾。」

豺狼嚴肅地點點頭。

「這是當然的，巴蘭，你現在可以打開你的手機查看，我現在正將約定好的一億美元匯入你指定的帳戶裡，不過你怎麼覺得有了這筆錢就能保住你的族人往後安全？」

「這個帳戶不是我的。」

豺狼聽了這話有些緊張，顯然他也不曉得巴蘭在玩什麼花樣。

巴蘭說完突然撥了一通電話。

「shalom？」

我隱約只聽出第一句的發音，接著巴蘭所講的話我一句也聽不懂，不曉得是哪種語言，只見到豺狼仔細聽著巴蘭的對話直到巴蘭掛掉電話，他的臉色變得非常難看。

「摩亞德？」

巴蘭點點頭。

「那一億美元是給他們的，從現在開始，我們海外族人就受到摩亞德保護，只要你們台中黑道敢動他們，摩亞德就會找上門報復。」

雖然我不曉得那個叫「摩亞德」組織是何方神聖，但豺狼對他們似乎也有幾分忌憚。

看來豺狼本來還想反悔，控制他們族人來進一步箝制巴蘭和剩下的山鬼獵人，但他的打算落空了。

這場山鬼和台中黑道的戰爭最終是以台中黑道勝利收尾，山鬼大概沒想到，台中黑道在情報戰和武力戰都打不贏的情況下，竟然利用經濟戰扳回一局，而扣掉小欣，我和阿得在這次行動中表現最為優秀，豺狼當面承諾回去之後我們兩個就正式成為他的手下，作為接班人培訓，但我此時卻一點也開心不起來。

我正準備下山時，巴蘭叫住我，問我到底是怎麼看穿他的計畫，我向他提出了一個要求作為交換條件，他也痛快接受，我說完我的推論後，他長嘆一聲搖搖頭。

「沒想到台中年輕人還有第二個人有這樣的頭腦。」

「第一個是誰？」

「當然是那位林家少爺。」

林敬書的名號居然連巴蘭也曉得，這讓我大吃一驚。

「接下來，我們還有機會見面。」

巴蘭深深看了我一眼。

我照著巴蘭給我的情報，走到了總部外一間隱蔽的囚室。

我打開門，已經全身癱瘓的小香就躺在裡頭。

她看到我的瞬間，臉上的表情不是我所預想的憤怒或是驚惶，而是期待，她白嫩的身軀到處都是傷痕。

「救救我。」

我仔細看著小香臉上的表情，看起來完全不像是作假。

「你不恨我嗎？是我把你害到這個地步。」

小香臉上仍帶著淺淺微笑，搖搖頭。

「對戰本來就有可能會死，何必怪別人，而且你那時候也沒殺了我，我才能夠活到現在，我身上的錢夠我好好過下半輩子了，如果你願意，回去之後，我就當你的玩物，隨便你怎麼玩。」

我走向小香，伸出右手撫摸著她的鎖骨，慢慢往上探，輕輕摩挲著她的脖子。

然後用力一折。

小香瞪大眼睛看著我，死不瞑目。

我幫她把眼皮蓋上，才悄悄走出囚室，直到小香死前那一刻，我都不曉得她是真的不恨我還是恨我，但是我無法允許有任何潛存的威脅發生。在小香被山鬼帶走的時候，我就一直思考著如果小香還活著，我要救她還是殺她，哪怕她已經全身癱瘓了，憑著她的資產和她能夠驅使的男人仍然可能危害到我和我的家人，正如同巴蘭所說得，我們已經決定站在黑暗這一端，就是為了讓自己想要保護的人在光明的那一端升起。

第六章　勝者即是正義

在山上所有的事情了結之後，我和阿得坐上豺狼安排的車前往皇爵大酒店。作為豺狼新收的徒弟，豺狼特地給我們兩個人一個見面禮，今天晚上在台中最知名的皇爵大酒店裡，豺狼安排了幾個店內熱門的紅牌招待我們。

阿得過去曾當過酒店少爺，那些小姐都是過去他碰不到的，甚至言行舉止間都瞧不起他們這些少爺的妖媚女人。性欲和征服欲使然，阿得的興奮完全表現在臉上。

「我很好奇，你到底是怎麼確定山鬼裡有我們的人？」

阿得見我不想和他聊待會去酒店如何玩女人的話題，便改問起他在牢裡時最想知道的事。

阿得的問題，在我被山鬼抓住的那一刻就有猜想了，但一直到整件事情結束，我也才看清事情的全貌。

為了好好整理我所理解到的東西，我開始向阿得仔細解釋我的推論過程。

我們是黑道，是殺手，而不是格鬥家，當一開始接獲這個計畫時，我也被迷惑過，以為這次行動靠得是我們的身手殺掉或擊倒山鬼的人，在生死關頭的那一刻我才想通。

台中黑道不會真的動不了山鬼，只是一來台中黑道裡不知道有多少內鬼，再者山鬼背後牽扯到各方勢力。如果動用全台中黑道的力量去圍殺他們，甚至施放毒氣都可以成功攻破山鬼的據點，但那樣一來台中黑道的損失也會相當慘重，台中黑道一直以來無法真正擊破山鬼的原因，是因為攻破這個組織不符合效益。

那麼仰賴少數幾個內應佈置好的機關以及頂尖武力去暗殺山鬼，再讓後方人馬接著殺進來，這種需要拿大量人命來填，一刀一槍打下山鬼組織的行動方案，仔細一想就會知道這完全無法確保計畫的成功，甚至也不合乎行動的效益，這並不符合豺狼這種頂尖殺手的作風。想明白之後，我便猜想在發動這次行動之前，豺狼肯定有其他的妥善安排，既然到我們被發現的那一刻都還沒看到豺狼的人，我就肯定豺狼的安排是在內部。

要用武力戰勝對方時假裝我們要以謀略計算對方，要用謀略計算對方時就要假裝想用武力戰勝對方，這就是豺狼的策略。

阿得瞪大眼睛看著我，這些事是他完全想不到的。

「不愧是林敬書推薦的人才，你的頭腦幾乎不下於他。」

在前頭開車的人也忍不住發話了。

「過獎了。」

回神過來的阿得哈哈一笑，又開始談起他過去見過的酒店小姐，但我知道他心裡已經在醞釀殺機，想辦法除掉我這個競爭豺狼接班人位置的巨大威脅。

不久後，抵達目的地，位於文心路和中港路交叉口的皇爵大酒店。

我們被帶進三樓一間KTV包廂後，已經有四名小姐在那等著，有臉蛋清純氣質高雅的小姐，有容貌性感身材火辣的小姐，有身材嬌小臉蛋如鄰家小妹一樣可愛的小姐，還有一位身材普通相貌雖然清秀但不如其他三人的小姐，這樣的小姐被叫進來肯定有什麼過人之處。

那位叫小希的巨乳美女和叫朵朵的嬌小美女上前迎接阿得，把他手臂塞進自己的雙乳間，叫做小雨的氣質美女和那位條件較為普通的雯雯則靠到我身上。

我打量了雯雯一眼就不客氣問道。

「你雖然也長得也不錯，但還差其他人一截，怎麼會叫妳進來？」

雯雯聽了也不生氣，反而貼著我的手臂撒嬌。

「人家的按摩技術可是一流的，哲哥要不要試試？」

聽雯雯這麼一說我心裡就有底了，只是阿得還不曉得。

「小雨，你去服侍阿得。」

小雨用不可思議的表情看著我，這種自己不玩還送人玩的客人恐怕也不多見。

「哲哥你是不是想要小希還是朵朵？」

「我都不要，你們去好好的服侍阿得。」

「原來哲哥對雯雯特別情有獨鍾啊，那我過去，你們兩個好好玩。」

小雨親了我一口後就笑著走到阿得那邊。

「幫我按摩。」

我拉著雯雯的手放到我的肩膀上。

雯雯點了點頭，不再多話，安靜坐在我身旁幫我按摩。

包廂裡的沙發夠大，讓我能整個人趴在上頭，雯雯仔仔細細推開著我身上每一塊疲勞僵硬的肌肉，我整個人在這樣的按摩中放鬆下來，開始昏昏欲睡。半閉半睜眼間，我瞄了一眼沙發另一頭的阿得。

只見阿得左擁右抱，不停被灌著酒，他的雙手一刻都閒不下來，在三位美女身上來回穿梭，但他似乎是喝得多了些，連坐都坐不穩。

我則是在雯雯按摩之下，昏昏沉沉睡了過去。

我不曉得在沙發上熟睡了多久，但當包廂的房門被人一腳踹開的劇烈聲響傳到我耳裡時，我立刻驚醒過來。

走進包廂裡的人大約有十來個，手上全拿著西瓜刀，來服侍我們的小姐早就全都不見蹤影，阿得則是昏倒在地上，他也是聽到房門被踹開的那一刻就驚醒過來。

阿得一臉驚恐看著這些不速之客。

「你們是誰？我是豺狼的徒弟，四獸聽過沒有？敢動我你們會死的很難看！」

我看到阿得的雙腳正在發抖，能夠被選入參加試驗，他的身手自然也相當不錯，但在剛才一番荒淫作樂和酒精催化下，他的身體早就沒力了。

持刀的人沒有回答他的問題，他們分成兩撥人，分別朝我和阿得殺過來。

我一把抓住第一個衝上前要砍我的人的手，奪下他的刀反手殺回去，此時我的體力精力已經完全恢復，持刀的人似乎沒打算和我生死相拼，只要我一使出以命換命的招式，他們就會向後躲開，固然我時時刻刻都要提防著他們，但一時還死不了。

另外一頭的阿得肚子上插了一把刀，癱倒在沙發上，流了滿地的血。

他十成本事一成都用不上，一下子就被那些人亂刀砍死。

阿得一死，圍攻我的人就立刻放下手邊的刀。

「恭喜你，謝哲翰，從現在開始，你正式成為老闆的入室弟子。」

一個全身黑衣的男人從包廂外走了進來，看著躺在血泊中的阿得，誠摯向我道賀。

「不過我聽雯雯她們的描述，似乎你又猜到這次見面禮的真正目的？」

「豺狼哥大概不曉得我當年踏入台中黑道的契機，就是差點栽在成青荷底下的女殺手手上，從此之後，我早已養成不論何時何地都要能保有足夠警惕心和自保能力的習慣。從一開始豺狼哥提出兩個名額這件事情時，我就有所懷疑，精蟲充腦的阿得卻毫無警惕之心，這種只懂得暗殺別人不懂得防止自己被人暗殺的蠢貨，根本不配當殺手。」
我看著豺狼的人冷冷說道。
「歡迎來到真正的黑道世界。」
黑衣男人笑著伸出手，歡迎我加入他們的行列。
無時無刻都要想著怎麼殺掉眼前的人，以及如何防止突如其來的暗算，這不過是作為殺手最基本的常識。
我也伸出手用力握住他的手。
「豺狼哥有說我什麼時候見他嗎？」
「以後你該改叫老師了，老闆現在還不急著見你，你最近都在準備試驗沒怎麼到學校，你現在畢竟還是學生，該念的書還是要念，先回學校趕上你的功課，兩個禮拜後老闆才會找你。」
豺狼的想法倒是讓人出乎意料。
黑衣男人似乎也看出我的想法。
「不用覺得奇怪，一個只會打鬥沒有腦袋的人是沒有辦法成為優秀的殺手。」
黑衣男人話說完，從褲子口袋裡取出皮夾，從裡頭抽出一張信用卡。
「這是老闆的一點意思，這張有五百萬的額度，應該很夠你花。」
我接過卡片連忙收好，此時才發現我還沒調整好自己的心態，心在地獄身在天堂，這就是台中黑道過的生活。
黑衣男人把事情交待完後也不囉唆，帶著他的人離開。
我走出皇爵大酒店的大門後，才發現這時候已經快要天亮了，我終於能夠真正放鬆下來後，一整天累積下來的巨大疲憊感和睡意浮上我的腦中。我趕緊回到我的住處，簡單盥洗後就躺上床，但當我躺到床上之後，卻又睡不了，腦海裡不停浮現這一個月以來發生的一件件巨變。

我被捲入一場我根本不願意參與的鬥爭，被成青荷設計殺了我惹不起的人，然後為了保住自己家人的性命而踏入台中黑道，這一切直到此刻才暫時了結。我心裡覺得有些茫然，我一路走到現在，都不是我主動去做那些事，在成為豺狼的手下後，不再需要為保住性命掙扎，生活也不缺錢了，但我卻不知道自己想要什麼。

隔天早上，林敬書打了電話過來。

「明天下課後，跟我去一個地方，記得準備一套西裝帶去學校。」

林敬書沒頭沒尾說完就掛掉電話。

當天下課後，我換上臨時買的西裝走出校門後，就看到一輛敞亮的賓利轎車停在校門前，林敬書從後座車窗中探出頭，要我上車。

等我一上車，前座的司機開始行駛，我還沒開口，林敬書就先解釋了。

「我想帶你看看幾個地方，等下我們會先去參加一場生日趴，對方是張家第五代，能被邀請的都是相同階層的人，比如像廖家、賴家這些家族的年輕人。」

林家、廖家、賴家和張家正是台中白道裡最為有名的四大家族。

「你是想帶我多交結一些上層社會的人脈？」

「你是黑道的人，在還沒上位之前，白道人脈對你而言沒有任何意義，我是要讓你看看我們的生活方式，以及另一些人的生活方式。」

林敬書的語氣，一點也聽不出要參加豪門生日派對好好享受的快樂，反而有些沈重。這股沈重感，一直到我們離開了宴會現場去到另一個地方時才明白。

林敬書的車子開上大坑山區，停在一座奢華的歐式庭院大門前，林敬書的車子他們肯定認得，過了幾秒後大門便敞開，這台賓利駛過門前庭院的大片草皮，又經過一處假山造景，開了兩分鐘後才抵達目的地。

那是我這輩子見過最豪華的私人別墅，眼前矗立著一座巨大的象牙白哥德式城堡，旁邊還有一潭人工湖，音樂聲和喧嘩的人聲從遠方飄過來，我和林敬書一下車，張家的人已經站在我們旁邊，帶著我們到別墅後方的庭院。

這時已是晚上，但庭院裡卻亮的和白晝一樣，在庭院裡有十幾個二十來歲的年輕人，數十個姿色都不遜於皇爵大酒店小姐的女孩子圍繞在他們身旁談笑著。

庭院裡擺滿餐桌，餐桌上放著一瓶瓶香檳和紅酒，一道道菜不停地從別墅裡端出來，這場生日派對不是正式的宴會，參加者的穿著也相當輕鬆，但舉止間都保持著優雅的儀態。

「Hi，Bruce，你來晚了，大家都在等你。這位是？」

一位身材壯碩的英俊年輕人走到我們面前。

「這是我的學弟，這位是Daniel，今天宴會的主人。」

「幸會幸會，現在party才剛開始，去和大家打個招呼吧。」

這位叫Daniel的白道權貴子弟雖然對我仍表現出十足的禮貌和熱情，從他的眼神裡卻可以讀出他對我的輕蔑，但我也看出他對林敬書這個比他還小上幾歲的人的深重敬意。

林敬書端著酒杯走進一個談話圈裡，和他們聊著紅酒、跑車、名錶、在國外新購置的別墅，乃至最近家族裡做的大型投資案，我只能在一旁靜靜聽著。才十六歲的林敬書，在他們面前卻像是同年紀的人，我此時也發現林敬書在他們面前的舉止及語調也都做了細微的調整，和在學校裡的模樣完全不同，成為了最為標準的貴族菁英子弟。

他們聊了一陣子，林敬書拉著我到一旁用餐，用嘲弄的表情看著我。

「怎麼？覺得很不習慣？台中白道就是一個擁有自己生活品味和文化的菁英圈。在場的這群人都是在國外長大，他們全都有雙重國籍，像你這樣沒有英文名字是一件非常奇怪的事，這樣的派對如果是辦在長島或是新加坡，在場的人就全都改講英語了。」

我一邊聽著林敬書的說明，一邊把我盤子裡的牛肉送進嘴裡，難以言喻的濃厚香氣和豐郁的肉汁在我口中散開，我從沒吃過如此好吃的牛肉。

林敬書看到我陶醉的表情，眼神中有些鄙視。

「不過是Dry aged，你居然也沒吃過，你沒看到桌上擺得滿滿的，等等吃不完的還要扔掉，你已經進到台中黑道，該開始習慣過像樣的生活了。」

我看著遠方山腰下的熠熠燈火，突然覺得自己所在的這個地方，離這座城市的芸芸眾生無比的遙遠。

「Bruce，玩的還開心嗎？」

正當我看著夜景發呆，不知何時這場宴會的主辦人Daniel走到了林敬書身旁。

「非常的滿意，謝謝你的招待，也非常感謝你願意賣那副畫給我。」

「哪裡哪裡，一點小小心意而已，也麻煩您替我向Uncle Tony問聲好。」

「我爸選的地點會在下禮拜和伯父打高爾夫球時告訴他。」

「那就麻煩您。」

「別這麼說，Daniel我先跟你說聲抱歉，我很想留下來再多玩一會兒，不過今晚實在還有事，有機會我們再見個面。」

「Bruce你太客氣了。」

Daniel和林敬書交談完後，便派人送我們回到停車場。等我們上了車，車子沿進來的路開出去一段距離後，林敬書開始談起Daniel賣他的那副畫。

「Daniel賣我的那副畫是西班牙一位新銳畫家Miguel的作品，他買進來時大概三千美元，三個月後，那副畫會在台北的劉得晏畫廊以一百萬美元的價格賣出。」

這個數字讓我倒吸一口氣，這一兩個月經歷過這麼多事，我也明白林敬書話裡的意思。

「你們要送他相同金額的錢？」

「我爸幫他選的那塊地的路旁，一年後會有大型的公共開發案，炒上來的價差大約就是這個數字。」林敬書淡淡說道。

「相同的手法還可以類推到古董、紅酒或是基金會的慈善募款吧。你們永遠不會被查到有利益輸送或是收賄的事。」

我冷冷看著林敬書，我終於明白除了台中以外的地方，台灣其他地區的普通人窮如開發中國家人民的原因了，但那些白道貴族擁有更多的資源和不對稱的訊息，即使平民手中握有選票也沒有任何意義。

「這個方式只是一個行之有年的習慣罷了，以林家和其他家族對媒體的控制程度其實連這點動作都不需要。說到底，什麼事情是錯的？不就是違法的事，但是法律是我們林家這些豪門白道定的，我們說了算，勝者即是正義。」

林敬書說得輕鬆，他的話解開了我長久以來的疑惑，林敬書又繼續說下去。

「目前台灣，除了台中以外的地方，有五成的資產掌握在百分之一的人手中，其他的人都活得像狗一樣。在台中，可能好一些，因為有台中黑道的存在。如果這個城市的人民還有力氣暗罵台中黑道的可惡和恐怖，而不是在貧窮線與飢餓中掙扎，全靠得是台中黑道的施捨，畢竟在白道掌握的世界裡，所有的規則和法律都是由我們制定的，當然也只對我們有利，想要獲得資源是不可能用『合法』的手段辦到的。」

林敬書所說的，就是我們家無法在台灣其他地方活下去的原因。

「這就是台中黑道產生以及如此壯大的由來，因為支持他們存在的人，就是你們，為了壓下我們這些財團豪門，只好忍受著台中黑道的威脅。你的父母，你身旁的長輩鄰居親戚朋友一直以來就是這麼做，你卻恨台中黑道恨得要死，你不覺得好笑嗎？」

林敬書的話讓我一直以來抱持的信念和價值觀徹底瓦解，我久久說不出話來。

「黑道和白道不同，沒有階級僵化的問題，只要夠狠夠聰明，就能殺掉上頭的人爬上去，一分耕耘一分報酬，而且錢不會只留在特定家族的人手中，在我看來，台中黑道可比台中白道可愛多了，生活在台中這個地方的人也一直這麼認為，直到一個人的出現——。」

林敬書的話突然打住，我一直聽著他說話，專心到忘了車子開到哪裡，此時抬頭一看，才發現我們已經回到台中市區裡，正往東區的方向走。

「直到陳總殺掉前任的台中黑道領袖，自己坐上這個位置之後，台中人唯一的希望，他們所相信的事，也改變了。」

這台賓利彎進幾條敗破的街道，掠過一處處更為骯髒、更為敗破的房舍，一直開到路的盡頭才停下來。我打開車門下車，一股帶著刺鼻酸味和腐敗味的惡臭竄進我的鼻腔裡，我看著眼前的影像，瞪大眼睛不敢置信，眼前的景象讓我害怕的想轉移視線又不忍別過頭，我呆立了許久，眼淚不自覺地從眼眶裡一滴一滴掉落到地上。

在巷弄的盡頭林立著幾間老舊的鐵皮屋，看起來極不穩固，隨時都要坍塌，鐵皮屋連門都沒有，路燈的光線照向鐵皮屋時，便能把屋內的擺設看得一清二楚。

這些鐵皮屋恐怕是許久以前殘留下來的無主建築物，房子的鐵皮上頭佈滿了鏽蝕的斑紋，門口堆滿了大量的垃圾，其中有廢棄的舊家具，一綑綑廢紙和堆積如山的鐵罐寶特瓶罐，以及一大袋食物殘渣，裡頭飄出的酸敗腐臭氣味連我都難以忍耐，嘔吐感幾度漲到我的喉間。那一大袋食物殘渣裡頭有黏著肉屑的骨頭，發霉又骯髒的麵包塊，一坨坨五顏六色的黏稠物體，一大群的蒼蠅就在那些食物殘渣的周圍盤旋。

十來個衣褲上沾滿油膩汙漬，渾身散發著惡臭的男人正翻著袋子裏頭的食物殘渣，把那一坨坨五顏六色的黏稠物和發霉的麵包塞進嘴裡，這就是他們的食物。

這些男人一個個瘦如削柴，被環境摧殘的看不出年紀，有幾個人甚至斷了手缺了腳，他們把垃圾袋裡的廢棄食物吃得乾乾淨淨，臉上露出滿足的笑容，他們轉頭看了我和林敬書一眼，就又轉過頭繼續做他們的事。

「我常來這裡看他們，剛開始他們還想跑過來搶劫，我的司機開了幾槍後他們就乖乖回去，我也不干涉他們的生活，只是在旁邊看著，久而久之他們就習慣我的存在了。」

林敬書在我身旁說道。

那些男人吃飽後，走進其中一間鐵皮屋，我的視線跟著他們看過去，那間鐵皮屋裡有十來個女人，她們全身赤裸，全都被鐵鍊綁著，這些女人的樣貌絕對說不上好看，甚至是相當怪異，她們還有一個共通的特質，看起來都像是智力障礙或是精神失常。

這間鐵皮屋裡還放了好幾個狗籠，裡頭關著幾個看起來只有五、六歲大的小女孩，小女孩們大多如這些女人一樣，似乎也有智力障礙，其中有兩個小女孩看起來像是正常人，她們蜷縮著身體，驚惶地看著向她們走過來的那些骯髒男人。

「這些小女孩都是女人被這些男人上過後懷孕生下的小孩，如果是男嬰，就殺掉煮來吃，女嬰就養起來，當成他們將來的洩欲工具。」
林敬書說著，臉上竟露出一種我從未見過的憐憫表情，他又繼續說下去。
「我第一次在其他地方見到類似的情形時，是在我十二歲的時候，我連自己親生母親都能毫不猶豫地殺掉，我曾經以為像我這樣的人，根本不可能對人有任何的情感，但當時我親眼看見那些人餓到殺男嬰充飢時，我第一次哭了，男嬰的肉，恐怕是這些人唯一能夠吃到的真正食物。」
林敬書的話讓我全身都爬滿了寒意。
「你是不是覺得這些人很變態很可惡？」
聽到林敬書的詢問，我搖搖頭。
「我比你想像的要瞭解現實，如果在印度，有一堆乞丐兒童是被綁來之後，被人砍斷手腳或是弄瞎弄啞做出來的，但在台中的流浪貧童，多半被黑道抓去當雛妓或是養起來當竊盜犯，沒有利用價值的人，就是像你帶我來看的這些人，只能用這樣的方式過活。」
「這樣的群落，已經越來越多了。」
我聽到林敬書的話開始感到有些害怕，過這種生活的人簡直比死還慘，卻越來越多人過這樣的生活？
「我說過，一切都是從陳總上位後開始改變的，陳總上位後，台中黑道便如同白道的社會一樣僵化了，他和身邊幾個手下和派系逐漸控制了整個台中，台中就像是他的禁臠。接下來，陳總準備把他的手滲進整個台灣。」
林敬書的話讓我聽得怵目驚心。
「你為什麼要告訴我這些事？」
「我想改變這一切，不論是被黑道控制的台中，或是被白道豪門箝制的整個台灣。」

我聽了林敬書的話不禁冷笑。

「你還真的以為你是什麼大人物，你也才十六歲。我說好聽是豺狼的接班人，但現在還不過只是一個見習小弟，你以為我們能做到什麼。」

林敬書聽了我的話，反而贊同地點點頭。

「正因為我才十六歲，才要在這時候作成這件事，我的時間不多了，等我過了十八歲，我的一舉一動就不會被視為小孩子玩家家酒，我的一切布局，也是因為我的年紀太小才不會被人看在眼裡。而我選擇你，也正是因為你沒被能夠影響這個計畫的大人物看在眼裡，但卻擁有改變目前局面的能力。我十四歲時就成功反狙殺了索羅斯的禿鷹團隊，十五歲時讓SP500裡的一間公司從倒閉邊緣起死回生，我可遠比你想像的更加聰明，在這世界上，包括我父親在內，沒有人能想像得到我的才智和能力。」

「如果有一天，你真的取代了陳總和那些大人物，你會不會也變成像他們一樣的人？」

「陳總是一個無情而瘋狂的傢伙，他對這世界上任何人都沒有情感，甚至連對自己也是如此。」

「你不也是如此？」

「我不一樣。」

林敬書的語氣無比堅決。

「我從親手殺掉自己母親那刻，就知道我這個人無法和這世界上任何人有情感聯繫，我無法愛任何人，但我還想確認自己存在於這個世界上的價值，所以啊，我選擇愛所有人，像耶穌基督所說，神愛世人。」

林敬書的口氣透著一股我難以理解的巨大蒼涼，他彷彿是漂浮於天空俯瞰著眾生的神祉，無喜無悲，無憎無愛。

「你想要我做什麼事？」

「你現在不需要知道，但我相信到了需要你的那天時，你不會拒絕我的要求。」

林敬書沒有正面回答我的問題，直到後來，我才明白我根本不可能拒絕林敬書的要求。

「至於現在，你進到豺狼底下擺脫貪吃張，不代表你就平安沒事，台中黑道是什麼樣的地方你也清楚，如果一年後你還活著，再來談這件事。」

林敬書從懷裡掏出一張信用卡。

「這張卡每年額度有五千萬，我相信足以證明我的誠意，這筆錢可以讓你做很多事，包括建立自己的團隊，打通關係，站穩地位。」

林敬書的慷慨反而讓我遲疑了。

「這筆投資你將來要討幾倍報酬回來？」

「光是掛在我名下的資產，每年就有兩千萬美元的收益，我要跟你討那點錢？」

林敬書輕描淡寫的口吻，讓我明白自己對台中白道財勢的想像仍然如井底之蛙，但也讓我意識自己的身份已經方便做一些事了。

現在台中市裡一棟普通的公寓都要五千萬，早已遠超過一般人所能負擔的價格，林敬書送我回租屋處後，我打了電話給豺狼的手下董哥，他很乾脆地幫我約了一間台中知名建設公司的老闆，我看上了他們公司一間開價八千萬的房子。那位建設公司的老闆本來只想降到兩千萬，但當董哥挨近他的身旁，在他肩膀上重重拍了兩下之後，那位老闆便爽快地再打對折，賣我八百萬，我接著又請董哥打了電話給銀行，立刻拿到六百萬無息貸款。

總而言之，一個禮拜後，我便擁有自己的房子了。

而我約好的人，改在這間房子裡見面。
禮拜六早上，電鈴響起，我打開玄關大門，穿著緊身黑色洋裝的小欣已經站在門口，我連忙把她帶進房子裡。
小欣真正的身份是成青荷的人，臥底在禿鷹手下。
在我和小欣行走在山路時，她塞了一張照片給我，那是成青荷用拍利得拍下的自拍照，她的笑容還是那麼甜，最重要的是，小欣也在照片裡，成青荷的另一隻手上舉著一張可以清楚看見的紙條，上面寫著「小欣是我的人」。
當時小欣告訴我，成青荷現在不能直接來找我，只能先透過她當聯絡人，有什麼事需要幫忙的就請她轉達。
在林敬書帶著我參加那場宴會和去看貧民窟的隔天，我向小欣提出了一個要求。
調查林敬書。
我對於林敬書想要我做的事和他對我的各種安排，有了更多的疑惑，但我如果我去查他，一來根本不可能找到真正的原因，二來也讓他知道我在查他並且我現在能運用哪些管道和資源。
「林敬書的資料也沒什麼好查，他們台中林家誰不曉得，他爸林如海當立法院長快二十年沒被換過，林家的勢力遍及政商和媒體界，林敬書也就是典型的白道公子，他確實是比和他同代的小開來得聰明一點能幹一點，林家有一些公司讓他參與營運，但他畢竟才十六歲，還進不去林家的權力核心裡。」
「他為什麼要進入黑道圈子？」
「黑道都想跨入白道，白道為什麼不會想自己直接掌握黑道的力量？林敬書現在在外頭養了一些台中黑道的小人物，開了一家討債公司，至於他找上你大概也是因為想透過你和豺狼搭上關係，用更便宜的價格買到更多火力，好加強他那間討債公司的實力。」

「你們只查到這樣？」

小欣像是惡作劇得逞般笑了。

「小姐說，你找台灣任何一方勢力去查這件事都只能得到這樣的答案，更何況林敬書這樣的小屁孩根本不會被人放在眼裡。」

我聽出了小欣話裡的弦外之音。

「至於那些人查不到的事，小姐說她確實知道，但是她說現在告訴你反而是害了你，他叫我提醒你一點，在林敬書達成他的目標之前，他會保證你能活著，但是在他的計畫中，林敬書是不在乎你最後能不能活下來的，可是小姐她在乎。」

「為什麼？」

「因為，她喜歡你啊，她一直都很喜歡你，小姐手上還有一張你十三歲時的照片，我也看過。」

霎時間，我的腦袋一片空白。

「怎麼可能？她是竹林幫的小公主，我只是——。」

「小姐要我來也是為了傳達她的心思，等她和你見面的時候，她會告訴你的。」

強烈而瘋狂的幸福感撞擊著我的心臟，我此刻才敢承認，我一直都喜歡她，和小甯上床時我還是想著她，那個我高攀不起的黑道千金，但下一秒我一想到當時那些事我又升起怒氣。

「真的是這樣的話，為什麼成青荷要這樣害我和我們家?!」

「小姐知道你一定會這麼問，她說從一開始這件事就是林敬書計畫的，林敬書說服了她，並由她站在檯面上來推你進入台中黑道。」

成青荷的話讓我陷入了迷惘，林敬書到底想要做什麼？

正當我想著林敬書的動機時，小欣推了我一把，我才回過神來。
「欸，謝哲翰，你到底有沒有喜歡過我？」
我當然喜歡小欣，她有活潑的個性，姣好的外貌，和她有過共同的冒險經歷，怎麼可能會不喜歡她，可是我對小欣的喜歡也僅只於好感。
「我喜歡的是成青荷。」
我掙扎了一下，決定直接告訴小欣我真正心動的對象，也變相拒絕了她。
小欣聽了我的回答，臉上沒有一絲沮喪的表情，反而看起來更加開心。
「我當然早就知道你的心意。但是，在山上的時候，我差點以為自己要死的時候，我才發現自己其實也喜歡你，第一次感覺到真的喜歡上一個人的感覺，你願意把我當成你的女友嗎？就這一晚就好了。」
小欣說著，眼淚慢慢滑過臉頰。
那一晚，我盡我所能的服侍小欣，說盡我所知不多的甜言蜜語，我真的把她當成女朋友來對待。即使如此，我我在那一晚能給小欣的，仍然太少太少了。
隔天醒來，小欣已經不在我的床上，她留了一張紙條。
「謝謝你，讓我感覺到愛一個人的感覺，所以我向小姐要求接下一項任務，事成之後，我就可以接到小姐允許我脫離竹林幫的指令，得到作為一個女人的自由了。不用擔心我，我會在一個沒人找得到我的地方，換一個樣貌，去找我這輩子從來沒有感受到的真心。」
我看著小欣留下的紙條和空蕩蕩的雙人床，心裡不免有些失落，而小欣昨天帶給我的那些消息，仍讓我震撼到無法思考。小欣給我一些答案卻又帶給我更多的疑惑，林敬書的計畫到底是什麼？他怎麼說服成青荷？這些消息到底是不是真的？小欣不告而別是要去執行什麼任務？

我一想到這些，頭就開始痛起來，正準備到廚房泡杯咖啡醒醒神時，手機鈴聲突然響起，我暫時離開餐桌，回臥室接起手機。

「謝哲翰你人在哪？」

是董哥打來的，他的聲音又急又憤怒。

「在家裡，董哥怎麼了？」

「待在家裡把門鎖好別出門，我馬上過去，除了我以外別讓任何人進來！」

董哥對著我大吼一陣後立刻掛掉電話，他的口氣讓我感覺到不祥的預感，我立刻去房間裡取了一把短刀和SIG P229手槍出來，待在客廳，等著董哥或是其他不速之客到來。

過了十分鐘，董哥終於到了，他在我房子門外大聲喊著。

「是我，董哥。」

我一開門，見到董哥大口喘著氣，臉色鐵青，憤怒的眼神像是想殺了我。

「你這小子怎麼這麼他媽的會惹事，你闖大禍了！」

「怎麼回事？」

「趕快下樓上我的車，你這邊已經不安全了，上車再說！」

我趕緊帶著短刀和手槍下樓，跟著董哥上車。

走到樓下，我才發現董哥這次來接我帶了大批人馬過來，在董哥的車子附近至少跟了七台車，顯然都是豺狼的手下。

「肏你媽的！」

董哥看著我，又忍不住大罵，他本來想繼續罵下去，但瞪了我好一陣子後還是沒有罵出口，只是悻悻然嘆了口氣。

董哥的反應讓我越來越害怕。

「到底是怎麼了？」

「算了，雖然是你這小子惹禍，但也不能怪你，你真的是個瘟神，上次弄死貪吃張的兒子，已經搞得雞飛狗跳，但我沒想到你這次居然又害死小馬的兒子。」

董哥的話讓我一時反應不過來。

「小馬是誰？」

「陳總身旁最得力的手下之一，他兒子就是你們班上綽號叫大仔的小子。」

聽到董哥的話，我身體裡的血液這瞬間彷彿凍結成冰河。

「我發誓，我絕對沒動過他。」

「如果是你動的手，你以為你還能坐在我的車上嗎？」

董哥的氣稍微消了點，但聲音仍舊冰冷。

「是小欣幹的，我還不知道你們什麼時候有一腿。小欣找到你那個叫小甯的馬子家裡去，應該是要搞什麼搶男人的談判，結果撞門進去看到小馬兒子和你馬子在客廳裡打砲，小欣不曉得發什麼瘋，幹掉你馬子就算了，居然連小馬兒子都殺了。真他媽的匪夷所思，小馬兒子居然跟你扯在一起還死在情殺，小馬已經接到他兒子死訊，準備來找你。」

我的腦海裡又浮現成青荷的臉，那個讓我又愛又恨的女人，這一定是她搞得鬼！她不曉得是為了殺掉大仔還是小甯，打從一開始跟我上山的小欣就是她佈下的餌，為了讓小欣名正言順殺掉他們兩人，才讓小欣先接近我。現在的我早已不是當初那個單純無知的高中生，成青荷佈下這樣的局，如果只為了殺掉小甯和大仔而製造出這麼多麻煩，還得犧牲掉一個手下，這絕對不合乎她的利益。

現在的我回顧成青荷所做過的每一件事，看似是隨性而為的瘋狂舉動，其實每一步都嚴密地環環相扣，在人意想不到的時候達到她的目的。

「你們打算把我交給小馬嗎？」

「你是老闆選出的接班人，哪怕是你真的親手殺了他兒子，也不可能讓他把你帶走，講的難聽一點，他媽的不過死一個龜兒子有什麼好翻臉，幹到我們這位置，誰不是在外頭養了五六個女人生了一堆種，小馬他是在陳總授意下，利用這次事件想搶下四獸的權力。」

董哥見我似懂非懂，便又繼續解釋下去。

「在台中黑道裡面，四獸就像是管家一樣，雖然他們只負責幫忙打理財路和抽成，再把資源財路分出去，但是陳總早就不滿意現況，想要把四獸手上的生意收回去。」

董哥講完，我隱約覺得我快猜到成青荷的真正目的，可是又覺得有幾個地方說不通。

「老闆現在暫時把小馬按捺下來，我們約在南屯區一個地方談判，老闆和禿鷹都會過去，小馬這次擺出一定要把你和小欣交出來不然就火拼的態度了。」

董哥的話把我的思緒拉回到當下，這回我不會有生命危險，但如果處理的不好，我也會非常麻煩。至於小欣，我相信她現在早已透過某個秘密管道離開台灣了。

這次的事態嚴重，車子也開得特別快，十分鐘的時間，我們就抵達目的地。

那裡是一大片空地，我從車窗外就看到豺狼，他身旁跟著一個高瘦的像隻竹竿，臉上長著八字眉，看起來一副落魄模樣的男人，那應該就是禿鷹。他們的身旁跟著大批人馬，這些人手上都握著槍，甚至有幾個人端著衝鋒步槍。在豺狼和禿鷹對面有另一批火力更強大的人馬，站在最前面有兩個人，一個是挺著大肚子的中年人，長得有些像大仔，他應該就是董哥口中的小馬，另一個人的模樣有點奇怪，他的身材勻稱而精瘦，肌肉的力量都壓縮在體內，這是真正練武人的體魄，但臉上的表情看起癡癡傻傻的，頭微微向肩膀的一側偏斜，一點都沒有身為武者該有的剽悍和殺氣，我不禁想到一個在台中黑道裡的傳聞人物。

我下了車，戰戰兢兢走到豺狼的身邊。

「我願意接受老師的懲罰。」

我低著頭，準備好挨一頓豺狼的揍，一般來說為了做給對方看，像我這樣的人可能會被迫當眾斷小指給人看。

豺狼看了我一眼，沒有動手，臉上沒任何表情。

「這件事不是留下你幾根手指頭就能解決，小馬是要你的命，去我後面站著。」

「謝謝老師。」

禿鷹的眼光也掃過來我這，充滿怨怒。

「你搞上小欣就算了，搞到大仔被殺掉，你他媽的有本事啊，小欣在哪？」

「我真的不曉得。」

我是真的不曉得小欣跑到哪，看起來禿鷹也還不知道小欣是成青荷的人這件事。

禿鷹嘆了一口氣。

「小欣是個聰明的女孩子，我把她從酒店接出來後就當成真的殺手培養，沒想到因為你的小弟，搞成現在這副局面，人還失蹤了。」

「說這麼多有什麼用。」

豺狼說道，給了他一個意味深長的眼神，禿鷹似乎也心領神受，沉默下來，那樣的眼神交換，也只有現在的我才能明白那個意思。

陳總早就想動豺狼和禿鷹了，只是找不到時機，這次的事件不過是提早把衝突放上檯面。

對面的小馬仔細打量著我，他的眼神像是想要撲過來將我生撕。這瞬間，我心頭生出一股莫名的警兆，我拔出身上的刀，抽向身前某個空間，我手上的刀到了定位後，聽見一陣槍聲在耳邊響起，我接著感覺到我的刀刃上撞上了子彈，我這才發現小馬身邊的殺手放了冷槍。

若不是我的分析天賦已經精純到可以從眼前的畫面細節中，下意識感覺到危險並且做出對應動作，恐怕早就死了。

小馬一臉鐵青，他完全沒想到這樣子放冷槍我還能接住。

那個模樣有些癡傻的人，好像對我也有點興趣，右腳往前踏出一步，微微弓起身子。

豺狼和禿鷹臉上同時變色。

「舉槍！」

黑森森的槍口同時對準癡傻男人，同時好幾把西瓜刀攔在我身前。

癡傻男人的頭仍然歪著，臉上露出傻笑，把腳退回去，身體鬆懈下來。

「他、跟我、有、點、像。」

癡傻男人艱難地把話說完，口齒有些含糊，但勉強聽得懂。

豺狼臉色稍霽，命令所有人把槍和刀收回去。

「憨仔大，有話好好講，我們這麼多人，手上都有槍，要來拼，你也不一定贏。」

我心頭一凜，正如同我所猜想的，他就是這一代的奇美拉憨仔，雖然有自閉症，但也因此獲得強大的記憶和計算能力，能夠從周遭環境中的一切細節變因中，安排出對自己最有利的出手方式。三年前，他把前代奇美拉忠哥打得不成人形，正式成為新任的台中黑道奇美拉。

就在我們僵持不下時，又有一群車隊朝這裡開過來。

大約八、九台黑頭車在距離我們不遠處停下來，其中最前頭的那台車裡先走出來幾個人，身上都穿著傳統宮廟的制服，等到其他的黑頭車穿著相同制服的人全都下來後，被夾在中間的車輛的車門才緩緩打開。

一個方頭大臉身材肥碩的中年人從車子裡走出來，他的雙眼瞇成一條凶狠的線，但嘴角噙著慈悲的微笑，肥碩中年人兩腳一落到地面，身邊的人立刻包圍住他的四周。

在眾人簇擁下，那個肥碩中年人緩步走到我們這邊。

「阿奇啊，今天我的功過簿是黑字多還是赤字多？」

肥碩中年人轉頭向旁邊叫阿奇的男人問道，肥碩中年人說話的口音帶著濃重的台中海口腔，他和我一樣都是來自台中海線，而且聽這腔調，還是比較靠近梧棲大甲一帶。

「董欸，你今天把十五個人剁成肉塊拌水泥做成消波塊，但是還沒有救到一個人，算上你蓋的醫院和造橋功德，今天功德簿還是黑字多喔。」

「這樣喔，我是媽祖娘娘的信徒，我將來死後，是要去天庭掛號做仙做佛的，生意要做善事也要做，今天的功德還不夠功過相抵，我只好把這個囝仔救下來。」

小馬見到那個被喚作董欸的中年人，臉上神情有著說不出的憋屈。

「洪董，你怎麼突然跑來？」

肥碩中年人看了他一眼，瞇成一條線的眼睛看起來更加陰冷，嘴上佛一般慈悲的笑容變成魔一般的冷笑。

「什麼時候輪到你這個細漢仔跟我洪阿彪喊聲？」

原來他就是洪阿彪，台中海線黑道領袖，全國宮廟黑道之首，中華道教總會理事長兼立法委員。

洪董的出現，再次讓現場局面有了新的變化。台中黑道裡掌管山線的坤哥已經被陳總滅掉，現在洪董就是就是台中黑道裡陳總以下第二號人物。

「董欸，今天我是代表咱大欸來，我尊重你是海線大欸，不過這小子害死我兒子，豺狼他不把人交出來，這件事不會了結。」

小馬冷冷看著他，一隻手插進身上的西裝外套口袋，道上的人都懂這個暗示，告訴對方他準備拔槍。

洪董沒有理會小馬，轉頭看向豺狼。

「豺狼，阿哲他爸早年跟我也算有點交情，只是這幾年比較沒來往，這次出了這款代誌，不如讓他做我乾兒子，當作對謝家的一點補償。」

豺狼、禿鷹和在場的人驚訝看著洪董，包括我，都無法理解洪董這句話。看豺狼的眼神，他好像已經明白洪董的意思。

「你覺得彪哥的提議如何？」

換豺狼看向我。

我猶豫了三秒鐘，這三秒卻是如此的漫長，但我也想明白了。

如果我甘願做別人的棋子，我才需要擔心被出賣利用，但是經過這麼多事後，我早就無所謂利用或欺騙，忠誠或背叛了。雖然我不曉得洪董的目的是什麼，但至少現在他有我可以利用的地方。

「乾爸。」

洪董聽到我喊這一聲乾爸，連瞇著的眼睛都笑開了。

「阿哲，不用怕，乾爸挺你。」

洪董表明了態度，小馬反而一改方才的憤怒模樣，平靜的不得了，眼神在我和洪董身旁掃視著，像是在想著什麼事。

「我說小馬，死一個雜種而已，多幹幾個查某就有啊，我挑幾個漂亮的小姐給你，再賠你一些錢，我看這件事就算了。」

洪董看小馬平靜下來，開始勸起他時，不知道什麼時候，一根黝黑的長鐵杆已經刺進洪董身前一公尺。

鐵杆的前端削成銳利的尖刺，普通的刀還會反射危險的光亮，鐵杆的存在看起來毫不起眼而沉默，也沒有讓人警覺的刃口，但所有致命的殺傷力全收斂在最前端的那一點，我反應過來拔出刀要衝過去時，鐵杆距離洪董的脖子只剩半公尺。

簇擁在洪董身邊的人這時候才反應過來要拔出手槍，但小馬身邊的人也同時拔出槍來對準洪董身邊的人，已經沒有人來得及救洪董了。

洪董往後退了兩步，神情依然鎮定，但他肥碩的身軀根本不足以逃過憨仔手中的鐵杆，憨仔的身手雖然快，但充其量略勝現在的忠哥一點，這樣的速度還不足以讓所有人反應不過來，真正的關鍵是在憨仔他那驚人計算能力。

直到此刻，我才回想起他是怎麼做到。

半分鐘前，我轉頭看向洪董，沒有意識到憨仔略為轉身，左腳向前平移了半步距離，腳跟微微離地。

十秒鐘前，上空的雲朵完全散開，太陽直射下來，站在站在洪董人馬中最前面的人撇過頭瞇了眼，憨仔從他身後的手中抽出一根鐵杆和一把短刀。

八秒鐘前，憨仔衝到了站在最前面的人身前，短刀先抹過他的喉嚨，接著往右前方射出，第二個人下意識往左邊一閃趕緊舉槍，卻被他身後也在躲這把短刀的人撞上，手臂一晃槍口也偏了。

六秒鐘前，憨仔此時恰好來到第二個人的身前，左手伸出兩指挖出他的眼珠，並利用第二個人偏移的身體擋住第三個人的視角，右手快速將鐵杆由第二個人的腋下插進第三個人的胸膛裡。

三秒鐘前，憨仔一個晃步，順勢拔出鐵杆指向了洪董，其他想包圍他的人恰好全被突然倒下的兩個人和被插瞎雙眼痛的在地上打滾的人擋住，而其他人也都已經來不及救人。

在憨仔準備暴起殺人的那一刻，他彷彿預見了未來十五秒內可能發生的事，讓每個人都照著他想要的方式行動。

憨仔的鐵杆準備刺入洪董的脖子時，恰好有一隻手擋在憨仔的鐵杆前，鐵杆的尖刺穿過他的手掌，但憨仔的鐵杆也順勢被這隻手往下一帶，離開了洪董的脖子。

我轉頭看向這隻手的主人，他的表情極為怪異卻又讓我覺得十分熟悉。他似乎感覺不到疼痛，拿著刀的另一隻手直接就朝憨仔砍去，他出刀的姿勢讓我的心臟陡然一滯，這分明就是謝家刀的刀術！

「謝家刀雖然以你們家傳承的刀術最強，但這套刀術的架構不是只有你們家有，謝家刀本來就是南方海上實戰刀術的大成，洪董底下的人都是海線一帶的人，有殘缺或變形版的謝家刀很正常，不過畢竟是殘缺版，洪董為了加強他底下人的戰力，為他們打造一套叫請神術的東西來與謝家刀結合使用。」

豺狼彷彿看出我臉上詫異的神情，向我解釋起來。

我繼續望向憨仔，包括最先擋住他的那個人，又有另外三個人衝到了憨仔身前，雖然他們一下就被憨仔擊退，但總算成功拖住了憨仔幾秒鐘，這些人都有共同的特色，毫無痛覺，力大無比，我總算想起在哪看過這些人臉上的表情了。

「他們全都是乩童！」

我看著他們驚呼道。

「這些人不是乩童，他們叫『鬼面』，是洪董手上最強的戰力，這些鬼面起乩之後的實力相當於山鬼裡的精銳，這些人受過請神訓練後，就可以請到陰廟的陰神鬼將上身來提高戰力。聽說洪董也想讓這些人請真正的武神上身，但還沒有成功過。」

豺狼向我解釋，這才是洪董敢來談判的本錢。

憨仔這一停滯，洪董的人便都包圍上來，這時憨仔又仰賴著他強悍的戰鬥能力與計算能力，甩開所有的人，直取洪董。

又一個男人以無法想像的快刀擋住了憨仔，他臉上雖然也有起乩時會出現的怪異表情，卻又有著凜然不可侵犯的威勢。

那男人也掌握了殘缺版的謝家刀，他的力量、速度和判斷力卻遠勝過方才那四個鬼面，硬生生把憨仔擋下來，憨仔一見無法得手，就立刻離開洪董回到小馬身旁。

此時，雙方的人馬槍口都舉向對方，但沒人敢隨便開槍。

憨仔微微喘著氣，盯著方才擋住他的那個人，臉上露出疑惑的表情。

「鬼……面？」

洪董得意的笑了。

「這個不是鬼面，他是請真正的武神虎爺上身，這叫做神將。」

很多人只記得洪董在海線黑道上的地位，卻忘了他在台灣傳統宮廟中的力量，那才是他核心戰力的強大後盾。

憨仔緩緩喘著氣，神情陌然，好似周遭一觸即發的嚴峻情勢與他毫無關連。

在場的人手上的槍都已經舉起來對準對方，只等一個引爆點，就準備展開一場血流成河的槍戰。

「哈哈哈哈！」

洪董忽然不合時宜大笑起來。

「小馬你現在氣有沒有比較消啊，我剛才差點被憨仔殺掉，也算是幫你兒子抵命，就看在我面子上，放過我乾兒子好否？我剛才給你的賠償都還算數。如何？」

洪董這番話讓小馬再也沒有任何著力點，委實相當厲害。

「憨仔大？你看呢？」

小馬沒有理會洪董，轉頭問向憨仔，但顯然是已經做出讓步。

「走。」

憨仔頓了一下，吐出一個字。

「董欸，你們把槍放下，我們就收槍。」

「收槍！」

洪董和小馬同時大喊，雙方的人馬盯著對方手上的槍，同時收進懷裡中。

「走人。」

小馬繃著臉下達命令，他頭也不回上了車，帶著他的人，一下子就離開這裡。

豺狼向洪董彎下腰深深一鞠躬。

「洪董，多謝了。」

洪董拍了拍豺狼的肩膀，又是豪氣地大笑。

「陳明華這個跤數現在越來越有本事，除掉阿坤後，想連我都殺，你們的生意伊嘛想要，但是我洪阿彪還在海線的一天，他就不敢亂來，免煩惱。」

「董欸……我……。」

禿鷹苦著臉向洪董抱怨，洪董也立刻爽快回應。

「我乾兒子的事我來處理，禿鷹我幫你安排一下，從阿保那裡挑出好貨，讓你訓練出更厲害的女殺手。」

禿鷹得到洪董的承諾後連忙道謝，帶著他的人先行離開。

在場的人只剩下豺狼和洪董的人馬。

「豺狼，阿哲我先帶過去鎮瀾宮，我要在媽祖娘娘和兄弟面前，讓大家見證阿哲成為我的乾兒子，正式拜師的事過幾天應該也不急，如何？」

「洪董不用跟我這麼客氣，你就先帶他走吧。」

洪董和豺狼的對話著實讓我嚇一跳，認下乾兒子，和在媽祖及海線黑道重要幹部前認我當乾兒子是兩種不同意涵的事。

我原本對洪董的揣測，看來是多餘的，豺狼的話讓我驚訝的地方，在於他對話口氣中所透露出和洪董的關係，遠比我想像的更加密切。

「阿哲過來。」

洪董向我招手，一個像是他司機的壯碩男人站在洪董身旁，洪董對他擺擺手。

「紅頭你去坐阿漢的車，我自己開就好，去鎮瀾宮路上，我要和阿哲好好談。」

於是我便坐上了洪董的車，卻不知道洪董要跟我說些什麼。

洪董帶來的車隊都跟在他的車子後方，從台中南區開到大甲是一段不短的距離，但洪董反而把車速壓的更慢一些。

「你知不知道我為什麼要收你做乾兒子？」

「不知道。」

「我和你阿爸熟識的事不是亂講，早年我跟他很好，我到現在還是把他當作我兄弟，只是因為他不想沾黑道，我們才漸漸沒聯絡，不然在海線這裡教武術的，有誰可以不跟我打交道。我跟你講這些，是希望你不要懷疑我的用心，我是真的把你當成我的兒子，我今年都五十了，最多再做十年就要交給年輕人了，我不放心交給外人。」

洪董的話隱隱勾起我一些非常模糊的回憶，大概是我四、五歲時的事，那時候父親有個朋友常來家裡坐，他的身邊一定跟著幾個流氓樣的人守在我家門外抽煙，父親常坐在客廳和他泡茶聊天，常常聊到他留在我家吃晚餐，那個人的模糊的印象逐漸和眼前的洪董重合起來。

「你抱過我，我還叫過你彪叔。」

洪董臉上露出欣慰的笑容。

「現在要叫乾爸。」

「乾爸，為什麼不把事業交給你親兒子？」

「十幾年前，我的事業開始做起來了，我兒子準備要上國中，那時候，我做了一個決定，我跑去找我當時的執政黨秘書長，台中林家前任的家主，就是現在立法院長林如海的爸爸林崇恩，求他收我當乾兒子。」

洪董沒回答我的問題，反而先講起另一件不相干的事。

「所以算起來，你和林敬書也是很有緣，他爸爸就是林如海，林敬書看到我也是要叫我一聲叔仔。話頭又講回來，那時候，我去求林先生，馬上就被他拒絕，我當時在台中已經是喊地地動喊水結凍的人物，我一樣不要臉皮跪在林家的家門口求他，跪了三暝三日啊，又派人送了一堆錢才讓林先生收我做乾兒子。」

「為什麼？」

我對於洪董的行為無法理解，洪董笑了笑，充滿了無奈和自嘲的味道。

「我當時事業已經做到夠大了，要錢要勢我都有，在道上走跳的人，對性命看得也不是很重。但是我唯一的希望，就是我還真的有兒子和家人，我回到家裡，我可以真正放輕鬆，我兒子是真心叫我爸爸，不是想要找機會暗算我或是變成別人手裡的冬蟲夏草。從那天起，我就從海線的老大變成林家的一條狗。」

我聽著洪董的話，想想自己的處境，心裡不禁同情起他。

「那時候看不起我笑我沒種的人很多，一個月後，林如海借我林家的力量，我把所有出聲的人全部殺光，從此以後再也沒有人敢講半句話。到今天，我不只是台中海線的角頭，還管到台灣西部半條海岸線，但我的兒子改姓林，進到台中白道裡，所以在我之後，我們洪家已經沒人可以接我的事業了。」

有人說，人活了一輩子，有人活成了面子，有人活成了裡子，都是時勢使然。我以前聽不懂這句話的意思，我直到這時候才明白。

一樣都是台中黑道的龍頭，陳總不甘現勢，想要當台中黑道皇帝，老婆小孩都死光也無所謂。洪董寧願變成白道的一條狗，也想要享有一般人的父子親情，誰對誰錯，沒有人曉得。

「那你就這麼安心把你的事業交給我嗎？不怕我將來捅你一刀？而且我還是豺狼的弟子。」

「交給你我很放心，我底下那些人如果上位了，做事都不會有分寸，一定會變成另一個陳明華，他們只是和陳明華一樣瘋但是沒他本事，我不希望海線像陳明華的地盤一樣變成地獄，我對這裡的鄉親還是有感情。再來，我退下來之後就不管事了，我會搬去美國，我的兒子就在台中林家，台中海線從此以後就沒有姓洪的人會出來管事了。」

洪董解答完我的疑惑後，開始講解他底下的各派人馬，洪董底下人馬之多簡直難以想像，畢竟他幾乎等同於管理台中黑色經濟的對外貿易，從軍火走私、人口販賣、洗黑錢、盜賣古董、幫人潛逃都是他生意。

但我注意到一件事，洪董不碰毒。

「乾爸，你為什麼不做毒品？」

洪董又是一聲哈哈大笑。

「我不是說過，我死後還不想下地獄，殺人放火還可以靠做善事救人來抵掉，但是去賣毒，絕對是進十八層地獄不能翻身。我最多是做大麻煙的生意，其他的我全都給赤蛇去處理，毒品的部份你將來想要收進來做還是全都給四獸我沒意見。不過毒品生意真的是好賺，我知道赤蛇光做毒品，他一年賺的錢就快跟我一年所有財路賺的錢差不多。」

我和洪董聊了很久，這時候我才抬頭望向窗外，車子已經開進大甲市區了。

可能是因為接到洪董要來的消息，鎮瀾宮附近被清空，沒有平時熱鬧的模樣，鎮瀾宮內外全站滿了洪董的人。

洪董車子一停好，就有人幫我打開車門，我的腳才一踏到地面，就看見鎮瀾宮外的所有人同時鞠躬大喊。

「老闆好！」

洪董則抓著我的手走向他們面帶微笑揮手。

「大家辛苦了，這位我新收的乾兒子，他叫謝哲翰，以後你們就叫他哲哥。」

「哲哥！」

幾個百個人同時這麼一喊，頓時讓我有些彆扭，但又覺得有種輕飄飄的感覺，好像我正站在高空俯視底下這些人，這就是那些大人物捨不得放棄的權力美妙滋味。

洪董帶著我緩緩走進鎮瀾宮裡，在外頭的那些人沒有跟進來而是守在外面，看來是地位最低的一群小弟。進入鎮瀾宮廟前的廣場時，又有一批人站在這，洪董對他們的態度明顯更親切一些了，他們對我的稱呼也從「哲哥」變成「阿哲」，這批人正是海線黑道中的小角頭或是洪董底下的重要幹將。

我和洪董踏入鎮瀾宮殿內，裡頭只站了六個人，站在宮殿最前面的三個人看起來像是洪董的老婆和他兒子，還有鎮瀾宮的主委，稍微靠後一點站了三個男人，卻不知道是什麼身份。

「這位就是武雄的兒子，之前有跟你們講過，從今天開始他就是我們家裡的人，阿哲，這個是你乾媽。」

洪董的老婆看起來才三十多歲，保養的相當好。

「乾媽。」

洪董的老婆笑著握了握我的雙手。

「以後我們就是一家人，如果遇到什麼問題，還是誰對你不好。都可以來跟乾媽說。」

「這個是你大哥，阿觀。」

洪董指向那位長相和他有些相似、看起來像是他兒子的年輕人說道。

「小弟，以後大哥就是你的靠山，你們學校的事我也有聽說過，如果你們班還有誰目洨不知死活的，不管他是阿誠還是誰，我都會讓他好看。」

觀哥雖然已經是台中白道的人，去美國拿了個碩士學位回來，現在還是台中海線的議員，但他身上仍然充滿了江湖氣息。

洪董向我介紹完他家裡的人之後，便繼續往前走，要把我介紹給那三個男人。

「這個是我的好兄弟，瘋牛。」

「瘋牛叔好。」

眼前的男人是我見過體型最為巨大的男人，他的身高將近有兩百公分，身材比忠哥還要壯一些，渾身充滿了野獸的氣息，特別是他的脖子，粗的不像話。

「之前阿彪跟我泡茶聊天的時候，就很常講到你，你在學校殺同學跟去殺山鬼的事情我都知道，很不錯，繼續好好加油。」

瘋牛用他那隻又大又厚的手掌在我肩膀下重重拍了兩下，這力道有如被一隻重鎚用力敲下，所幸我的身體素質還算不錯，經他這一拍，身體仍然站得穩穩的。瘋牛看著我穩固的身姿，眼神裡透出了訝異和讚賞的意思，果然要這些人隨便接受一個將來有可能接下海線黑道領袖位置的人是不可能的。

「這位是赤蛇，也是我的好兄弟。這位是陳主任，本來是化學補習班的主任，後來跑來跟赤蛇做，台中毒品生意可以做到今天這種規模，都是靠赤蛇和陳主任。」

「赤蛇叔好。陳主任好。」

赤蛇的身材偏瘦，臉頰凹陷，下巴尖挺，看起來真的就像一條蛇，他臉上始終繃著一張陰冷的表情。

「嗯，要好好跟你乾爹學習，如果在學校碰到什麼問題都可以跟我們說，不用客氣。」

赤蛇的口氣相當漫不經心，雖然他說的話和其他人差不多，但顯然他把我定位在一個普通的小鬼，完全不把我當成有可能接下洪董事業的人，赤蛇的心思讓我暗暗警惕。

洪董將我向所有人都介紹過後，便在主委的帶領下，一起走到了媽祖娘娘的神像前跪下。

洪董舉著香高聲祝禱。

「媽祖娘娘在上，弟子洪阿彪，收我兄弟謝武雄的兒子謝哲翰，做我乾兒子，我會對他親像對我親生兒子同款，請媽祖娘娘和各位佛菩薩眾神，在此為我見證。」

洪董的聲音回蕩在整個宮廟中，從今天起，我就成為台中海線黑道的太子爺，豺狼的接班人和台中海線黑道的太子爺這兩個身份可以保證再也沒有人敢隨便動我，但我心裡卻沒有多少喜悅，因為站得更高的同時，也準備要迎接更多以前不會遇到的危險。

我沒想到的是，風波和危險很快就到來了。

第七章　魚龍變

在白天的儀式結束後，到了晚上仍繼續跑攤，洪董帶我去到台中海線最大的麗晶酒店，繼續和海線的大角頭、重要幹部以及瘋牛赤蛇等人繼續喝酒。

我們一抵達麗晶酒店門口，就見到一輛輛高檔進口車排在酒店前，大批的少爺在酒店門外穿梭著，忙得不得了。我和洪董一下車，就在洪董的人簇擁下走進麗晶，麗晶酒店的外觀和內部裝潢固然大氣奢華，但少了幾分皇爵大酒店的時尚和貴氣，在麗晶酒店的少爺帶領下，我們進到四樓的ＶＩＰ包廂中。和皇爵大酒店相比，麗晶酒店唯一勝過之處就在於大，這間ＶＩＰ包廂的空間足足是皇爵大酒店的兩倍，陪酒小姐人數也是如此。

我們進去時，大多數人都到了，瘋牛喝到滿臉通紅，他一看到洪董就拿了一個大杯子往裡頭猛倒酒。

「來來來，阿彪你這麼晚來，實在是沒意思，先罰三杯。」

洪董笑呵呵地接過酒杯一乾而盡。

「乾！」

「水！」

「董欸好有氣魄喔！」

包廂裡的人看著洪董連續三杯一乾而盡，紛紛鼓掌拍手叫好，連包廂裡的小姐也在幫忙吆喝。

洪董喝完接下來就換我了。

「少年郎卡有擋頭，來，替你乾爸喝五杯。」

一個我沒見過的長輩把倒滿酒的杯子端到我面前，我只能硬著頭皮喝下去。

「水啦！」

我手中的一杯啤酒一乾而盡，在場的人也緊接著鼓掌吆喝起來。

我一連被灌完五杯酒，腦袋頓時一陣暈眩，先趕緊坐下。我才一坐到沙發上，立刻就有三個女孩子湊到我身旁，其中一個人直接把她的胸部朝我的臉壓下去，濃重的香水味從溫熱而巨大的乳房裡竄進我鼻腔，差點喘不過氣。

他們中年人玩的花樣對我來說有些無趣，我只好有一搭沒一搭地陪身旁的小姐閒聊，順便喝幾口水來解酒。正當這群人酒酣耳熱之際，赤蛇突然叫了我一聲。

「阿哲。」

赤蛇喝了一堆酒，但他的臉色在昏暗的燈光下仍顯得蒼白。

「你有沒有興趣來我這邊學幾個月啊。」

或許是因為酒精的作用，讓我壓抑住的焦躁感一次爆發出來，我竟然直接對著赤蛇表達出我心裡對他的不屑和不滿。

「我才不要碰毒品生意。幹！如果讓我來管，我一定只做大麻生意，四號、褲仔和冰糖這些的，我都要禁掉。」

我話才一說出口馬上就驚醒過來，但已經來不及了。

整個包廂像是有一陣冷風從門外灌進來，包廂內的氣氛瞬間從火熱變成酷寒。此時，所有的人都安靜下來，赤蛇的臉色，像是隨時都要爆發，包廂裡的小姐全都嚇得跟兔子一樣。

「幹！你這個麅仔是要管啥洨！毛都還沒長齊，酒都不會喝，醉成這款，笑破人內衫褲，囝仔人乖乖聽大人講話就對了啦。」

我看到洪董向陳主任打了眼色，陳主任馬上走到我旁邊敲了我的頭，笑著罵了我幾句。

「囝仔人不懂代誌，赤蛇不用跟他計較，以後他會慢慢學。來來來，大家乾杯，阿哲，你剛才講不對話，再罰三杯。」

「歹勢歹勢！赤蛇叔我今仔日卡憨慢講話，我向你陪失禮。」

洪董和陳主任一搭一唱，我連忙起身道歉再連乾三杯。這件事就此揭過，包廂內又重新恢復熱鬧的氣氛。

一小時後，我開始覺得身體不太對勁，充滿著我從來沒有感受過的快樂和舒暢。身體輕飄飄的，眼前的景色開始扭曲浮動，我的知覺好像慢慢朝空氣中擴散出去。

二小時後，大家準備散會時，洪董才發現我的異狀。

我已經看不清他的表情了，只會流著口水吃吃傻笑。

「赤蛇，你給他吃了什麼！」

洪董憤怒的聲音傳進我的耳朵裡。

「好東西啊，董欸，我想阿哲對毒品生意這麼排斥，應該是不知道這東西的好。我剛剛給他吃了最新產品『跨界』，效果據說是高純度四號仔的好幾倍，他吃上癮之後，就不會排斥毒品啦。不對，跨界這個東西據說吃一次就戒不掉了，效果超好，哈哈。董仔，你不想做毒品生意，別人要做啊，你底下的兄弟想要很久了，有幾個私底下都來跟我接單順便抱怨啊，其他的走私和營造瀝青都沒這麼好賺，你如果要公開講明白，大家都不好看。」

「紅頭，把阿哲帶走。」

洪董沒有回應赤蛇，直接走人。

後來的事，我已經搞不清楚狀況，那種美妙的感覺像是性愛的高潮、權力的征服感、各種感官享受的極致以及各式各樣無上快樂的綜合體，甚至還要超過，我感覺到我快爽到要崩壞，跨出理智和思考的界線了。

我的感知和思考能力變得很慢很慢，整個人像是浮在沒有方位的太空中，輕輕的，沒有壓力，但是什麼都摸不著。我花了很久的時間才知道自己現在躺在一間臥房裡的大床上，我還在繼續流著口水傻笑。

臥房的門突然被打開，走進來一個綁著馬尾的女孩子。

我魂牽夢縈的女孩子。

我快要崩壞的理智，被眼前的人狠狠拉住了，我無比渴望無比想要清醒看著她的臉。

她穿著簡單的T恤和牛仔褲，沒有化妝，就像一個普通鄰家女孩。

她解開她的髮圈，讓髮絲散開來，隨意披在肩膀上，接著把T恤和牛仔褲脫下來，扔到一旁，身上只剩下內褲和胸罩。

她走到我的身旁，輕輕拉下我的褲子和內褲，細嫩的小手伸了進去。

「舒服嗎？」

她的聲音又甜又膩。

「小青……。」

我忍不住，突然想直接呼喚她的名字，心裡全是滿滿的驚喜。

我彷彿感覺到「跨界」帶給我的快感浪潮逐漸被另一波難以言喻的快樂給壓下，我用力壓制住逐漸渙散的意識，雙眼注視著眼前的小青。

我本來不聽使喚的手突然能動，我抓住小青的肩膀，把她整個人拉到我身前，我仔細巡視過她全身上下每一個地方後，捧住她的臉，用力親吻她，小青也更激烈地回應我，我們舌吻了好一陣子後，才慢慢分開。但「跨界」帶給我的快感仍充斥在體內，完全沒有消退的感覺，更糟糕的是，我似乎真的無法脫離「跨界」帶給我的快感。此時，小青突然把我推開。

小青把她的胸罩和內褲都脫下來，坐在我的兩腿之間，緩緩地把我的陰莖放入她的身體裡之後，緊緊抱住我，把她的乳房貼在我胸膛上。

「不准動！」

小青嚴厲吩咐道，接著她的屁股慢慢動起來。

「你仔細感受你的陰莖給你的快感，把那個快感想像成一種能量，閉上眼睛，想像能量慢慢凝聚成一團紅色光團。」

小青的手同時在我胯下遊走摩娑，她的聲音很柔很細，但卻有一種催眠般的魔力。

「跨界」讓我的意識扭曲並產生幻覺，但也讓我更容易想像出不存在的東西，我彷彿真的看見小青和我交合的位置產生了一團紅色的光。

「你繼續想像那個光團引導你身體的深處能量浮出，像是有一股泉水從深井湧現出來，紅色光團推著這股泉水般的能量進入到你的脊柱末端，又點亮一團橙色的光。」

我終於明白小青在做什麼了，這個冥想過程我早就熟悉的不得了，那就是我在父親的武道館裡，經常在進行的冥想功課。

那一團團光團，則是印度瑜珈裡所謂的脈輪。

我看見紅色的海底輪推著如泉水般的能量進入了我的脊柱末端，小青的手也適時滑動到我的脊柱末端。

她的手繼續上移到我的腹部、胸口、喉嚨、眉心乃至頭底，一個個發著光的脈輪像燈泡般依序亮起，我和小青做愛帶來的快感，推動著脈輪的顯現，從脈輪中湧現的能量泉水在我身體流淌著。我曾經做過無數次這樣的冥想，但從來沒有這麼確實地感受到脈輪的存在，這些存在於精神世界的東西甚至能干涉我的肉體。我和小青又換了姿勢，她騎在我身上，任憑我用力上頂，但這樣的快樂卻又不僅僅是性愛的高潮，更像是某種超越性的快樂，才能夠真正瓦解「跨界」所帶給我的快感，那種特殊的境界，我曾經在準備冥想功課翻查文獻時讀過，那就是印度譚崔瑜伽術裡所描述的大快樂境界。

我狠狠撞擊著小青，抬頭看向她，小青身上混雜著各種矛盾的氣質，她澄澈如孩子的眼神卻透著母獸般的野性，她的臉蛋甜美清純卻又有種危險的魅惑感。她在上方毫不客氣地搖動著、呻吟著。小青看似陷入瘋狂的狀態，但隱然間，她帶領我在交合中保持一種穩定的節奏。

我開始體會到另外一股和「跨界」相似卻又相異的快感。「跨界」帶給我的快樂雖然超越了感官經驗而令人無法自拔，但那種無來由的狂喜充滿了虛無感，像是一個人漂浮在高空中，俯瞰著地面。但在另外一股狂喜中，我同樣感受超越感官的經驗，不過那種感覺不再虛無空洞，而且更為遼闊，我像是穩穩踩在天空的雲朵上，俯瞰這個世界。

「跨界」帶給我的快感，終於完全被比了下去，我已經感覺到，在「跨界」藥效退掉之後，它再也無法讓我成癮，因為我感受到另一種超越性的體驗。

在我腦海的想像中，身體裡的七大脈輪都在大放光芒，體內的能量泉水有如氾濫開的洪水在體內奔馳流動，讓我的身體充滿了力量。

此時，我開始感覺到自己有些不一樣了，既有生理狀況的細微改變，也有思維模式上的改變。

就在這時，突然發生了一件事。

在我的陰莖底部與小腹的交接處，突然像是有一把火燒起來，燙的我受不了，這把火很快就燒向我全身每一個部位，痛的我忍不住大叫出聲，把小青推開，摔到地上拼命打滾。

「小青，我好燙！」

「怎麼會這樣？我記得『跨界』的毒癮發作時，不會有燒灼感啊？」

「我要冰水！冰塊！快！」

我痛到臉部肌肉都開始扭曲，我在房間冰涼的地面上裸著身體拼命打滾，仍然阻止不了這股燒灼感蔓延，它讓我的意識開始模糊，甚至連眼前的事物都開始裂解，破碎成各種陸離光怪的幾何圖形和線條，這樣的狀況持續了不曉得多久，就在我痛到快要精神崩潰的時候，我忽然感覺自己像是被丟進冰窖一樣，身體的燒灼感瞬間降熄。

一切都安靜下來了，天與地也是，時間也是，我的感知也是。

一切的一切。

都安靜下來了。

我感覺到自己進入一個地方，沒有光明也沒有黑暗，沒有時間也沒有空間，我既是存在，也是不存在。

《老子》裡面有一句話說，「知其雄，守其雌，為天下谿。為天下谿，常德不離。常德不離，復歸於嬰兒」。我彷彿還要回到嬰兒更之前的狀態，我感覺到自己浸泡在溫暖的液體裡，我眼睛不用睜開，就能感覺到外界充滿著明亮但不刺眼的光，我回到了我在進入這個世界前待著的那個地方。

生命和演化的起點，我看見自己變成了一條魚。

一條在遼闊的羊水海洋裡游動的魚。

在我的前方有兩扇門，其中一扇門的對面是我原來走的路，沿著原路回去，就能慢慢發育成人，變成原來的謝哲翰。

另一扇門對面，是未知而危險的路，但會讓我變成另一種無法想像的強大存在，我用力一甩尾鰭，跳了進去。

然後，我變成了龍。

不是想像圖鑑中有著碩長身體頭頂有角的龍，而是先民所見到最初始的龍。沒有真實軀體，完全由暴烈翻攪的氣流所構成的龍，古籍裡是這麼描述的，合而成體，散而成章，乘雲氣而養乎陰陽。

我衝破了天際，踰越了大氣層，去到我的意識都無法抵達的地方。

我進入闃闇幽寂的太空，然後來到炙熱的恆星前，恆星亮的我睜不開眼。

我眨了眨眼，突然覺得房間裡亮著的燈有些刺眼。

我這時才發現自己躺在床上，小青坐在床沿，身上只穿著胸罩和內褲，正抽著菸，她夾著菸的手勢優雅如巴黎的女人。她一聽到我翻身的聲音，便轉頭過來。

「你醒啦。」

小青把她嘴裡的菸塞進我口中，帶點蘋果味道的沁涼菸草香氣衝上我腦門，讓我清醒許多。

「我剛剛怎麼回事？」

「我本來以為你是毒癮發作產生的灼熱感，但仔細檢查又不像，我只好先叫人送一堆冰塊過來，全都倒進浴缸後放水，把你放進去。後來你昏睡過去，我才想到是怎麼回事，我沒發現你也懂得脈輪冥想，而且非常的熟悉，所以我原先只是想用譚崔瑜伽術和脈輪冥想法來讓你擺脫『跨界』帶來的心理成癮性，沒想到讓你引發了拙火。」

小青說完我才曉得是怎麼回事。

許多練武之人會透過冥想來調節自己的心理狀態，甚至可以影響自己的生理狀況，改善根本體質。傳統中國武者與佛道都有深厚淵源，就是因為他們需要以道家或是佛門的打坐修練方法作為練武基底。父親則是不知道從什麼地方，弄來了印度瑜珈的冥想法。

拙火便是印度或是藏密瑜伽的冥想修行者所致力追求的目標，但要達到那些修行者所說的把人體內難以被調動的能量引導出來，也就是引動拙火，幾乎是不可能的事。所謂的引動拙火其實就是提升了人體的內分泌系統和能量代謝機制，所以能夠具有比常人更強大的生命力和力量，我萬萬沒想到自己居然會在這種情況下成功引動拙火。

明白發生什麼事後，我趕緊跳下床驗證自己的猜測是否正確，我擺出謝家刀發動的起手式，觀想手上握刀，忠哥就在我面前，我努力回想著當初對戰的狀況，我和他同時出刀。

我的觀察力、視野、動態視力和肌肉協調程度果然都比以前強上好多倍，最重要的是，我的反射神經已經敏銳到難以想像的程度，我現在的身體素質甚至還不是極限，可以透過訓練持續強化。

我走到小青的身旁，把她抱起來，讓她坐在我腿上，她臉上露出一絲我從沒見過的羞惱神情。

「我有允許你抱我嗎？」

「現在妳是我的女人了。」

「搞清楚狀況，小弟弟，你才是姐的小狼狗。」

小青白我一眼，果然這才是她原來的模樣。

「那小青姐可以告訴我，你怎麼跑來這邊的嗎？」

「還不是來收拾你的爛攤子，你自己白目惹到赤蛇，一來他當然是怒火大發，另一方面你的出現已經影響了洪董退出台中海線後的黑道布局，所以赤蛇就拿這件事為理由動手。赤蛇是以用毒殺人著名的殺手，他當場就神不知鬼不覺餵了你『跨界』，洪董也擋不了賣毒的財路，所以他也不敢找赤蛇算帳，只好找我來幫你解毒。」

「你也認識洪董？」

「如果不是我，他怎麼會收你當乾兒子？說起來你還得感謝我。」

小青又瞪了我一眼。

「因為我和林敬書是台灣唯二吃過『無限』後成功解除毒癮的人，洪董信不過林敬書，他就來找我。」

「『無限』也是和『跨界』一樣的毒品？」

「『跨界』其實是『無限』的改良品。三年前，中南美洲黑幫X19所控制的一間大藥廠研發出『無限』，號稱是史上最強的毒品，『無限』的生理傷害性並沒有比海洛因強太多，但是『無限』帶給人的快樂和超感官體驗已經遠遠超出人體能夠承受的強度，所以許多人根本沒機會再次使用『無限』，在第一次使用後就死了，最近才又開發出藥效削弱版的『跨界』。你聽過老鼠樂園實驗嗎？」

小青說著說著突然岔開話題，我搖搖頭。

「一九八〇年代，有個叫亞歷山大的心理學家做了個實驗，他建立一個叫老鼠樂園的場所，老鼠樂園有寬敞的空間，地面鋪滿老鼠喜歡的木屑，牆上畫上漂亮的溪流和草地，還有玩具給老鼠玩，也有大量的小房間供老鼠進行社交活動。那位老兄準備了普通的水和嗎啡水，這些老鼠居然會避開喝嗎啡水，就算喝了嗎啡水也可以成功戒掉。」

我明白小青的意思了。

「你的意思是像你和林敬書這樣從小就享受著世界上最好東西的人，就算是『無限』這種毒品你們也能成功擺脫，但是你們為什麼要去嗑藥？」

「這就要回頭說起，當時那些醫生和研究人員發現到『無限』的一個用途，『無限』提供給人的超越感官體驗雖然是一般人無法負荷的，但對於我們這樣生活在世界上最好的環境裡的人，還在承受範圍，甚至可以幫助我們突破原本經驗和思考的侷限，但是要成功戒斷『無限』，還是需要非常強的意志力。」

聽了小青的話，我不禁搖頭，上流社會年輕人的瘋狂實在是難以想像。

「而且我們吃了『無限』後，才發現我們還會得到另一樣東西。謝哲翰，我問你，你剛剛吃了『跨界』後，有沒有看見什麼奇怪的幻象？」

我把我感覺到自己變成一條魚再變成龍的夢詳細地說給小青聽。

「那個不是普通的幻象，看來不管是『無限』或是『跨界』都有引發人看見『心象風景』的效果，所謂的心像風景，就是讓人可以將自己無法察覺到的潛意識，以具體形象表現在自己眼前。」

小青為我解釋後，又繼續說下去。

「跟你說了這麼多，其實是要向你解釋，你所看見的東西其實是你自己的心象風景，你的心象風景隱含著一個關於你自己的秘密。」

小青的話，讓我把她所說的『無限』拋到腦後。我專心聽她繼續說下去。

「這要先從一件事開始講起，你們家是台中有名的武術世家，那你聽過中國傳統武術中的兩大密術，魚龍變和生死道嗎？」

小青的話像是在黑暗裡猛然炸開的一道閃電，她讓我想到某些可能性，讓我感到震撼的事。

「我當然聽說過，但這和我有什麼關係？」

我曾聽我父親講過一些武術界的奇聞軼事，中國武術中的魚龍變和生死道是世界上最為神秘的武術之一。

魚龍變是一種融合了陰陽五行玄學、中醫和武術而產生的人體訓練方式，魚龍變能夠讓一個人的體質產生根本性的改變，可以讓人增強力氣、出手更快或是提高反應速度。

生死道則是另一種神奇的武術，生死道分為生道和死道，練成生道的人會具有極強的抗打擊能力和復原能力，怎麼打都打不死，以保存自己性命耗死對手為目標；練成死道的人能使身體具有非常強的殺傷力，同時會有強烈的毀滅破壞傾向，以不惜一切代價就算犧牲性命也要殺掉對手為目標，但如何將生道和死道結合在一起，練成只出現在傳說中的「生死道」，尚且無人知曉。魚龍變已經讓人難以想像，生死道這種武術簡直就像是虛構的東西，沒想到小青也知道這兩套密術。

小青臉上露出狡黠的笑容，她從身上拿出一張照片，那是我前往其他武館挑戰的照片。

「妳怎麼會有這張照片？」

「當時我爸剛好帶著我去看你到其他武館對打，這張照片就是在這時拍下來的，我爸當時對我說：『其他人跟他比起來，練武花的時間都活到狗身上，他練一年抵別人三、五年』。」

小青的話，不禁讓我一怔，我竟然如此厲害。

「不信嗎？我問你，你開始學劍和練拳的時候，花多久的時間就學會正確的態勢？」

小青的話讓我再度閃現記憶裡的亮光，我一開始學劍和練拳，我父親教我怎麼擺架怎麼施力，我一下子就能揣摩到位，幾乎沒有費什麼功夫練習。我學劍只學了三個月，就把一個練了三年的人打倒，從此我爸不再讓我和他的弟子一起學，只私下單獨教我，我這幾年練武的經歷仔細想來，竟然沒有什麼瓶頸。

「你好像還沒發現另一件事，你以為豺狼的試驗是什麼普通年輕人的全國武術大賽嗎？小欣接受過嚴厲的搏殺和格鬥訓練。和你一起參與的那些年輕人，也都是從小就開始在街頭搏生死，每個人都累積了大量的戰鬥經驗才從血路裡練出能夠參加試驗的本事。你當真以為一個普通的學生，白天時間用在唸書，放學才開始練武，把學武當成社團活動的人，可以和那些人廝殺？」

小青的話，讓我發現到，自己和其他人或許真的有些不同之處。

「你是這個世界上，唯一一個真正練成魚龍變的人。」

我下意識搖了搖頭，無法相信小青說的話。

只有在武術界的人才會明白真正練成魚龍變的意義，魚龍變這種據說能讓人徹底脫胎換骨的秘術只存在歷史傳聞中，從來沒人見過。

「如果我真的練成了魚龍變，本事僅僅只有這樣？」

「那是因為絕大多數人，都沒看過真正的魚龍變，才會不明白你身上的變化，如果不是我父親手上掌握許多隱密的武術資料，他也很難看出。那種立刻改善體質、加強力量的魚龍變只是次級品，真正的魚龍變是隨著環境的刺激，幾乎沒有瓶頸沒有止境的全方位進化，你爸或許明白了，但他也沒說出來。」

「你知道我爸是怎麼弄到真正的魚龍變嗎？」

「我父親說，在你出生之前，台灣一批頂尖武術家因為練武成癡，所以想要培育出一個真正的武道強者。當時一位武術家隨口講了一句話，『如果能打從娘胎裡開始練就能練到最強』，這句話居然給了他們靈感，開始找尋從胎兒時期就能增強體質的方法，魚龍變居然也在他們的考慮範圍之內。傳說中，真正的魚龍變就是從胎兒時開始練起，但是沒有人真的相信這個東西，只有你爸信了，他不知道用什麼方式拿到了魚龍變的秘術，當你媽懷孕時，就開始用在你身上。後來這個消息還是走漏了，許多人都跑來觀察你有什麼特別的地方，但是你讓他們失望了，你看起來是比普通小孩聰明一點，健壯一點，但沒有任何特別的地方。」

我終於明白，為何我開始練武時，就有許多武術家特地跑來我們家的武館參觀，甚至要求我父親帶我到他們武館對練，原來就是為了觀察我身上的魚龍變。

「我父親當時也聽到這個魚龍變的傳說，他便帶著我一起去看你，那時候他就看出你身上的特異之處，但他還不敢完全確定。於是，接下來每隔一段時間，他都會去看你在其他武館的對練，觀察你的武道修為進展，他從你身上發現到你的實力以不可思議的速度在成長，我父親才確定你身上擁有真正的魚龍變。而且，他在觀察你的打鬥過程中，從你的細部動作與一些秘密武術資料相應證，查出了你們家就是謝家刀的直系繼承人。」

「這就是，你要逼我進台中黑道的原因嗎？」

我看著小青嬌美的臉龐，不知道該感謝她還是該恨她，竹林幫是世界最大的黑幫之一，他們要逼我進去成為他們底下的一員打手，我們家根本沒有抵抗的能力。如果不是小青將我弄進台中黑道，我恐怕也逃不出竹林幫的手掌心。

我萬萬沒想到，我父親當年為了追求武道的一個狂熱念頭，最後竟然導致了我們家庭破裂，迫使我踏入台中黑道。

沒想到小青搖了頭。

「最開始想要把你推進台中黑道的人是林敬書。」

「林敬書為什麼要這麼做？」

「大約在一年前，林敬書和我們竹林幫聯絡上，達成了一個合作計畫協議。林敬書需要一個能打進台中黑道的人，台中的各個勢力彼此之間都插滿了間諜和冬蟲夏草。所以檯面上任何高端武力的存在，都沒有辦法瞞住任何人。那時候，我父親就把你的事告訴了林敬書，林敬書於是選擇你作為他計畫的關鍵執行者，為了掩蓋他的存在，由我把你推入台中黑道。」

我咬緊牙齒，捏緊拳頭，深呼吸了幾口氣，才把心情平復下來繼續思考。

「你的說法裡有個問題。」

「什麼問題？」

「一年前林敬書才十五歲，他再怎麼天才也不可能取得你們竹林幫的認可。」

小青沒有回應我，她走到房間的書桌前，上頭放著她的側背包，她從裡頭拿出一隻手機。

「我調出一張照片給你看，否則你不會相信我的。」

照片裡的場景是在一個會所門口，那裡站著一群男人，裡頭出現了兩個在照片裡看起來相當突兀的人。我從踏入台中黑道以來，連連遇到過各種出乎意料的狀況，但照片裡的人仍讓我大吃一驚。

「這不是台北市長鄭禮源嗎?!林敬書怎麼會坐在他旁邊?!」

「你不曉得鄭禮源和林家的關係嗎？鄭禮源是林敬書的姑丈，他和林敬書的關係，比林敬書和他父親的關係親密許多，照理來說，鄭禮源身為台北市長，是絕對不沾染黑道的白道頂尖人物，但一年前，他居然答應林敬書來和我們接洽，我們就是在那次會議之後，達成了和林敬書的合作協議。至於林敬書和鄭禮源拿出什麼東西讓我父親點頭，這點連我也不曉得。」

「我沒猜錯的話，洪董也是這個結盟的一環吧？」

「沒錯。」

我沒繼續追問洪董和竹林幫之間的協議是什麼，也不想去猜鄭禮源和林敬書拿出什麼東西說服竹林幫。即使我的地位和實力不斷提升，我所身處的棋局遠比我想像的還大，在這個計畫真正進入執行階段或是我能夠掌握更大的權力之前，去做進一步的推測也沒有意義，我只能走一步算一步。

我抬頭望向小青，她感受到我對她的警惕和猜忌，氣的臉色發白，把手機狠狠往地上砸。

「謝哲翰，你以為你是誰，我很稀罕你啊！我要殺你和你全家早就做了，需要玩這些花招嗎？我父親想控制你，林敬書想利用你，一堆台中黑道裡的人想殺你知道嗎？沒有錯我就是任性，害得你連連出事。但如果不是這樣你憑甚麼安穩地站在現在這個位置！你這個白痴，如果不是我，你還以為洪阿彪會因為那點交情就毫不猶豫收你當義子嗎！」

小青的話讓我猛然醒悟，我一直以為從我進到育才中學以來，她在我身上的種種設局是貓抓老鼠的遊戲，雖然我喜歡她，但心裡總是藏著怨氣。我現在才明白，她雖然一次次把我推向風浪尖頭，但如果不是因為我不斷陷在被攪亂的險局中，光是謝家刀和「魚龍變」就可能讓我和我們家死在某一方的背後暗算，也正是因為我始終位於許多關鍵事件的爭鬥核心圈裡，才有機會一步步向上爬。

小青氣到渾身發抖，對著我不斷大罵，過了好一陣子後才停歇下來。

我仔細看著小青的臉和她肢體動作裡的每個細節，在成功引動拙火之後，我的觀察力比以前更強，幾乎能夠直接從外顯的表情和肢體語言就看穿一個人的內心。

「我沒有懷疑妳，我只是想知道，為什麼妳會喜歡我？」

「因為我喜歡看你練武的樣子，我喜歡你單純又強大的模樣。」

小青笑著說道，她的笑靨清麗如靜水上綻放的荷花。

「我還沒這麼強大。」

「我知道，沒有一個男人可以達到我的標準，所以我要親手培養出一個能夠配上我的男人。」

小青輕輕抱住我。

「我是真的喜歡你。」

我對小青的撒嬌幾乎沒有抵抗能力，我和她又在床上大戰了好幾回合，結束後，我覺得自己應該有資格問某些問題了。

「小青，妳第一個男人是誰？」

小青被逗笑了，在我臉上安撫般親了一口。

「吃醋了？第一個和我上床的男人，其實我也不知道他的真實身份，我只知道他非常的強大，到目前為止，他是我見過最危險的男人，但和我上床之後，他就要去執行一個必死的任務，在那之後，我就再也沒見過他了。我們竹林幫有一個傳統，我們幫裡負責為組織去賣命的殺手，依照接下命令的難度和死亡率，都有資格挑選幫裡的一個主管的女兒或是老婆服侍他們，那時我剛滿十五歲，幫裡許多死士都想挑我，但沒有一個人有到挑選我的資格，直到那個男人的出現。」

小青雙手托著下巴，回想著她口中的那個男人。

「那是個非常奇特的男人，他身高大約一八〇公分左右，體態精瘦，但渾身充滿了力量感和像凝結成實體的殺氣，我知道像他這麼強大的男人，要為竹林幫送死一定很不甘願，他來找我的那一天，我用最好的方式保養我的皮膚。」

小青抓著我的手滑過她光滑稚嫩的皮膚。

「我噴上香水，身上只圍著一條浴巾，當他踏進房門的那一刻，我讓身上的浴巾掉落到地毯上，把整個身體貼在他胸前，告訴他，我還是處女。那麼樣強大的人，在看到那一幕，聽到我說完那一句話後，竟然呼吸也變得急促起來，那一晚他像是永遠都捨不得離開我的身體，我問他，現在，你願意為我去死嗎？」

我明白那個人最後的結局以及小青想要告訴我的事，小青如此仔細地描述她和這個男人上床的經過，並不是要讓我難堪，而是要讓我知道，這世上沒有一個人能夠掌握她。

她是一朵，自由行走的花。

第八章　殺破狼

隔天，我再次回到學校上課了。

但沒想到我才一踏進校門口，就馬上被警衛請到了教務主任辦公室。

我坐在辦公室的沙發上，看著對面那個欺善怕惡的教務主任搓著手，臉上掛著尷尬微笑，幾度想要開口卻又不吭聲，我不想再耗在這裡，只好直接問他。

「主任你有什麼話就直接說吧。」

主任臉上露出更為尷尬的笑容。

「是這樣的，哲翰，主要有兩件事。第一件事，上次你的動作真的嚇到太多人了，讓很多家長都打電話來反應，所以……。」

「怪我囉？」

「哈哈，主任不是這個意思，哲翰你不要誤會。總之，我們先前開了校務會議後，決定把各班級學生做了一些調整。其他在原先班級以霸凌恐嚇同學而出名的學生，他們被班上同學在學校論壇上排進校園中一年級「窮凶惡極排行榜」的排名。我們已經把你從二十五班調出來和他們一起編成一班。所以現在「窮凶惡極排行榜」從第二名到第三十名的學生，最近都沒再聽過他們有鬧事的情形，我想先讓你瞭解一下你所在的班級現在狀況，回去看到新同學不用太訝異。」

「那排行榜第一名是誰？」

「當然是你啊。」

教務主任的話讓我不敢置信，我入學還是一個普通的學生，甚至還是被人霸凌的對象，怎麼過了這段時間後居然變成「窮凶惡極排行榜」的首位？

「這個，哲翰，雖然說『窮凶惡極排行榜』聽起來好像很不好，但能上這個榜也代表沒人敢欺負你。你一入學沒多久，就成功綁架全班同學逼大家自相殘殺，殺掉台中著名黑道兇人『貪吃張』的兒子。現在你還進入台中黑道，又殺掉另一個黑幫大老『小馬』的兒子馬煜誠，所以你一下子就爬到『窮凶惡極排行榜』首位了。」

被教務主任這麼一說，我不禁苦笑，我回到學校只想安穩地過校園生活，卻沒想到我在學校裡的風評居然已經傳成這樣，甚至連「窮凶惡極排行榜」上的其他學生都被我嚇得不敢造次。

「主任，你說第二件事是什麼？」

「這個……。」

教務主任的表情變得有些為難，欲言又止。

「哲翰，第二件事，是關於你們班上的數學老師，主任就請求你，不管你再怎麼討厭他，都還是放過他吧。」

「什麼？」

教務主任的話讓我立刻從沙發上彈起來，他的話越來越離譜了。

「主任，你把我當成什麼殺人狂嗎?!」

他臉上浮出苦笑，什麼也沒說，但我明白他的意思了，我忍不住嘆了一口氣。

「我為什麼要對付他？」

「你們新來的數學老師叫陸篤之，陸老師是一個在學術上非常嚴謹的研究者，但另一方面，他的脾氣非常差也不好相處，而且他在教學上對學生的要求也非常高，所以就連你們班上的同學都想對付他。你這幾天完全沒來學校，讓陸老師非常生氣，他甚至在課堂上放話，如果你再不來學校上課，就直接把你當掉，你知道育才中學的規定，只要有被當掉的學分，就不能拿到畢業證書。你的同學都在等著你回來看好戲。」

看來教務主任真的把我當成什麼兇神惡煞，我又忍不住嘆了一口氣，但這當下我怎麼辯解也沒用。

「我不會這麼做，但是主任你如果真的這麼擔心我對陸老師不利，你為什麼不把他調走？」

「這就得從陸老師身上說起了，這件事我就只在這裡跟你說。」

教務主任突然壓低聲音。

「據我收到的消息，陸老師本來是麻省理工的博士生，他的指導教授是一位華裔的知名數學家，但陸老師的研究成果被他的指導教授看上想要拿走，陸老師當然不想，甚至連讓他掛名都不願意，所以就被他的教授陷害，說陸老師的論文涉嫌剽竊抄襲，因此召開系所會議將他除名。陸老師被退學後，因為他的指導教授是數學界裡的大老，所以也沒人敢收他，陸老師只好先回來台灣教書，但那位大老發現了一件事情後，決定要毀掉陸老師，他和一位台灣過去美國的教授聊到這件事，對台灣這個地方有了大略的瞭解後，就請人安排把陸老師送到育才中學。」

「到底是什麼東西，非得讓那位教授趕盡殺絕？」

「因為陸老師論文中有個數學模型可以發展出用於人工智慧的演算法。有次閒聊時，陸老師談到他當年的研究，他告訴我，他成功建立了一套可以用於仿擬人類決策的演算法，他自己卻不知道那可是讓情報單位和科技業為之瘋狂的東西，如果情報單位知道陸老師手上東西的價值，這東西卻被他的指導教授毀掉，就要換他的指導教授身敗名裂，他的指導教授為了鞏固他在學術界的地位，所以不惜一切代價也要毀掉他。」

「這件事陸老師知道嗎？」

「他還不曉得，以他的個性，說出來反而會讓事情變得更糟，我接到了那邊的命令，校長也答應了對方。我同樣是數學領域出身的，實在是不忍心看到陸老師這個有機會拿到菲爾茲獎的數學天才白白毀掉。」

「你覺得你告訴我了，我就會放過他？」

「我也只是盡力而已，我不願意看到這樣的天才因為學術界的鬥爭白白犧牲。不過就算你放過他，他的指導教授恐怕還會再透過其他方法毀掉他，唉！」

教務主任說的這些事委實讓我大開眼界，學術界間爭鬥之險惡，似乎一點也不亞於黑道中的生死廝殺，一時間，我突然想到一個人，連忙從教務主任桌上抽了一張白紙，寫下一串數字和一個手機號碼，再遞到教務主任面前。

「這是？」

「過幾天會有人用這隻手機號碼打電話到你這裡，他會自稱是健康產品的直銷人員，想跟你約個時間來推銷產品，你想辦法將這串數字編入你的談話內容中，但是記得數字出現的方式必須依照我給你的書寫排列順序，接下來那個人就會另外約一個時間和地點跟你聯絡，他會告訴你怎麼保住陸老師。」

「那是什麼人？」

「一個國際保安情報組織的亞太地區分部成員，如果陸老師手上的東西夠重要的話，那個保安情報組織應該可以保住他的性命。」

我把瞪著眼睛張大嘴巴的教務主任留在辦公室裡，用力吐出一口氣，準備去上課。

第一堂課，剛好便是數學課。

我踏入新教室那瞬間，果然看到許多陌生面孔。教室裡原本充滿喧嘩的吵鬧聲，我一踏進教室，他們頓時安靜下來，以不懷好意的眼光打量著我，他們不愧是「窮凶惡極排行榜」前三十名的人。

這些人一眼望去就知道絕非善類。

「喔？新同學喔，看你一副鳥樣，就知道是從其他學校剛轉來的廢物，怎麼不自我介紹一下啊。」

「姦恁娘勒！新來的是不會回答嗎？」

「長那張嘴巴不會講話幹甚麼用，過來幫恁爸含懶鳥啊！」

我才走進教室沒幾步路，這些人開始對我叫囂起來。

我沒有理會他們，繼續往教室裡唯一的空位走去。

有些人開始發現不太對勁，聲音低了下來，有些人則不太識相，但總算還按捺得住，沒有向我走過來。

我坐到位置上，把書包放好。

「在還沒上課之前，我先跟大家自我介紹一下，我叫謝哲翰。你們裡頭有些人也許聽過我的名字，我看很多人身上都放著幾把刀還是小手槍的，大家不用擔心，我不會帶這些東西來上課，我用徒手就足夠殺光各位了。」

這群人還沒反應過來的時候，我已經踩上隔壁同學的桌子，順勢撲向方才罵著叫我幫他吹喇叭的那個人，抽出他背包裡的蝴蝶刀，往他兩腿間甩出。

那位同學嚇得臉色發白，手腳癱軟。

蝴蝶刀恰好刺破他的褲擋貼著他的鼠蹊部射向地面，只差幾公分，就能讓他變成太監。

等他們的目光被那位同學吸引過去時，我已經回到位置上。

這下子，教室裡忽然安靜了幾秒，接著爆出連串叫好聲。

「原來是、是哲哥啊！哲哥好！是我們白目，哲哥教訓的好。」

我左右的同學立刻變了張諂媚的臉，熱切打起招呼。

一時間，教室裡到處響起「哲哥好」的聲音。

上課的鐘聲就在這時候剛好響起。

這些人雖然號稱「窮凶惡極」，但他們畢竟只是普通學生，而不是二十五班的那些人。他們一聽到鐘聲，立刻把書本拿出來準備上課。

一個二十來歲的年輕男人準時走進教室，臉上掛著不好相處的撲克臉，他手上抱著一疊厚厚的書和一個牛皮紙袋，眼神快速掃視了整間教室裡的學生後，突然把目光放在我身上。他把書本放在講台上後，狠狠盯著我，這個男人應該就是教務主任口中的陸篤之。

「謝哲翰，起立！」

正當我仔細打量著他，思考著教務主任方才跟我說的話時，冷不防地，他突然喊到我的名字，我一時竟沒回神過來。

「謝哲翰，你給我站起來，你當這裡是什麼地方！」

陸老師見我沒回應，立刻又大發雷霆吼道。

我連忙起立，教室裡的同學都對陸老師投以幸災樂禍的眼神。

「我管你是什麼混黑道的，這裡是學校不是堂口地盤！從我開始帶你們班以來你就不斷翹課，如果你是因為自己的身份拿翹而不來上課，不好意思，我不會管你是什麼身份，絕對會把你當掉！這堂課你就站著聽，給我好好反省。」

陸老師對著我吼完，氣消了一些，才開始繼續講課。

「打開第一八七頁，繼續上數學歸納法的部份。」

我看到課本的內容總算鬆一口，裡頭的東西我都已經讀過了，我能考進數理資優班，數學程度當然是遠超過同齡人一大截。

我仔細聽著陸老師在講台前的講解，他顯然在教學備課上花過很大功夫，陸老師即使是被逼來這裡教書，他依然教得非常認真，而在解題切入思路的靈活以及基本定理證明的嚴謹上，更能看出他作為一位數學家的學養。

「今天就上到這裡，明天上課要收齊今天發給各位的回家作業，明天一樣會有隨堂考試，希望各位多用點心思學習，下課。」

陸老師說完，俐落地收拾好書本步下講台，他準備走出教室時突然回頭看我一眼。

「謝哲翰，到我辦公室來。」

我跟著陸老師走回到他的辦公室後，才明白為什麼他願意來這裡教書。育才中學分配給每個專任教師一間獨立辦公室，陸老師的辦公室大概是裡頭最豪華的辦公室之一，大概有七、八坪大，右側的牆壁上擺著一座大書櫃，幾乎塞滿了書，左側牆壁也放了一座書架，擺滿了各家期刊，在陸老師的辦公桌前還有空間放一座小沙發和矮桌。

「謝哲翰，你先坐著，我拿份題目給你解解看。」

陸老師的口氣仍然是冷冷淡淡，但比在教室裡少了幾分怒氣。

我坐到小沙發上，陸老師從他桌上拿了一張試紙放到矮桌上，另外給我幾張白紙、一隻鉛筆和橡皮擦，試紙上只寫了一個題目。

「一個矩形分割成若干個小矩形，每個小矩形至少有一條長度為整數的邊。證明：原來的大矩形至少有一條邊的長度為整數。」

「你解解看，解出來或是放棄時再通知我。」

陸老師說完就走回辦公桌前繼續做自己的事。

陸老師給的這個題目相當有意思，看似簡單，事實上題目中所給予的線索非常少，我重新仔細檢視這個題目，構思幾個方案後，開始著手證明。

動筆之後我才發現這個題目確實不太容易，普通的數學題目都能夠回推問題者的想法來給出一個標準的解法，但這個證明題的背後卻是滿滿的思考陷阱和推理流沙，即使我的心智能力都較以前大有長進，但仍然是費了一番功夫才成功完成證明。

陸老師捧著我的答案紙，一邊看著忽然嘆了一口氣。

「如我想的一樣，你果然是個數學天才，你這樣的人混黑道實在是太可惜了，簡直是另一個伽羅瓦。」

陸老師又嘆了口氣。

「我接手你們班時，便特別留意到你的名字，教務主任交代我，你原本是數理資優班的學生，因為一些差錯，你才進入了台中黑道。我翻了你入學考試時做的一些證明後，讓我有點驚訝，你對一些幾何問題的分析非常巧妙，都是相當獨特的切入點。」

陸老師的讚賞讓我有些不好意思，當時考試前一個月，正逢全國劍術大賽，我哪有功夫熟讀那些參考書，只能憑著自己覺得可行的想法來進行證明。

陸老師仔細讀著我所寫下的證明過程，嘴裡同時發出嘖嘖的讚嘆聲。

「你進到育才中學以來都沒什麼上過數學課，沒想到你對於幾何問題的洞察力、敏銳度和構思推理的能力，比起入學考試時又有了巨大的進步，你這樣的人不進來數學界，跑去混黑道，實在是可惜啊。」

我看著陸老師臉上痛惜的表情不禁有些好笑，原來這就是他對我的怒氣的真正來源，他根本就是一個數學研究狂熱份子。

「老師，我雖然數學程度還可以，不過我真正的興趣是練武不在數學，就算我不進到台中黑道，我未來的目標也是成為武術家。」

「你懂個屁，數學是科學之母，不管是什麼學問都可以運用上數學。」

「練武跟數學有什麼關係？」

「武術也是廣義運動科學的一種，在歐美的運動科學界，像是鉛球投擲競賽領域，都可以建立無阻拋體運動軌跡的數學模型，計算出鉛球拋體運動的軌跡。」

陸老師脾氣一發作起來便罵個不停。

「你在混黑道，那你知道，一樣是拿槍，黑道中那些有勇無謀的暴力分子與正規特戰軍人差別在哪嗎？美國特種部隊的軍人懂數學啊，懂流體力學、彈道計算……。」

陸老師一邊罵著，卻讓我想到一件事情。

那一天，憨仔是怎麼預知所有人的出手方式？

憨仔肯定不懂數學，但他本能中將觀察到一切人事物的運動轉換成某種可計算的元素，然後用他特異的大腦瞬間將這些龐大的資訊量心算出一個結果。

「拉普拉斯妖。」

我想著想著，不自覺脫口說出這個我在一本科普書中看到的詞彙。

「你舉這個例子就扯遠了，拉普拉斯妖的概念早就被推翻，不過在各領域中都有這類對特定運動現象做出一個預測數學模型。」

一個近乎痴心妄想卻讓我非常心動的概念在我心裡萌芽，如果我將打鬥過程的各種關鍵因素制定為參數，發展出一套可以在戰鬥的當下直覺計算出來的公式，那我或許很快就能學到憨仔的幾分本事。

「老師，從今天起我會開始好好學數學，我也有很多問題想問老師該用什麼數學工具來解決。」

陸老師滿意地點點頭。

離開陸老師辦公室後，我又回去教室，我因為想到武術可量化計算的靈感，喜悅之情全寫在臉上，竟然又讓同學誤會了。

坐在我座位左邊的同學一見我回到位置上，就連忙湊過來和我寒暄。

「不愧是哲哥，那個姓陸的人雖然膣屄，但是聽說背景很硬，我們班上的人請出爸媽都動不了他，沒想到哲哥一出馬就搞定，以後還請哲哥多多關照。」

我冷冷瞄了他一眼，不置可否，既要保持在這個班上的地位又不要被捲進一些無聊的紛爭中，保持神秘和敬畏感是最好的方法。

在學校裡總是感覺時間過得特別快，一下子就來到今天最後一堂課，上的是英文課。

我對於文科課程向來沒什麼興趣，老師上起課後我便開始打起盹。不曉得過了多久，一陣涼風從窗外吹進教室裡，讓我回神醒來，正好看到黑板上寫了滿滿一整排的英文句子，看起來倒像是一首詩，標題是My Lost Youth。

英文老師在黑板前來回走著，高聲頌讀黑板上的詩句，一面翻譯解說著。

「A boy's will is the wind's will, and the thoughts of youth are long, long thoughts.」

「少年的願望是風的願望，青春的遐想總是格外的悠長。」

這個句子突然間讓我意識到，雖然我還是十來歲的少年，但是單純無憂、對未來有著種種美好期待的青春，卻早已埋葬了。

下課鈴聲鐘響，英文老師闔上書本宣布明天再繼續解說這首詩。而班上同學的心早就已經飄到教室外，他們一聽到老師宣布下課，趕緊將書本塞進書包，書包背帶往肩上一掛，就急忙衝出教室。正當我拎著書包準備離開時，有一位陌生的同學小心翼翼走到我的面前，雙手不停摩擦，臉上掛著諂媚的笑。

「哲哥，你這麼久沒回來，不知道對育才街附近熟不熟，這邊有很多好玩的東西，要不要跟我們去看看。」

「我要去接女友。」

「喔？哲哥身旁邊應該一堆女人搶著讓你上，那個女人能讓哲哥看上真是她的榮幸。」

「我女友的名字，你可能也聽過。」

「哲哥的馬子是誰啊？」

正準備離開教室的同學們聽到我和這位同學的談話全都停下腳步，豎起耳朵探聽。

「竹林幫幫主的女兒，成青荷。」

我拍了拍這位同學的肩膀，嘆了口氣，他才一張嘴就惹禍上身了。他聽到小青的名字那一瞬間，臉色慘白如鬼，他被我這麼輕輕一拍，竟然就渾身癱軟跌到地上，眼眶甚至還滲出淚水。

顯然他也聽說過，剛開學時，小青惡整二十五班的事。

「哲哥救我啊！我不該亂講話的，我該死，幫我跟青姐求情吧。」

我把目光轉向教室裡圍觀的人。

「你們繼續留在這裡，是希望看到成青荷來學校和我會合嗎？」

我話才一說完，同學們全都連跑帶跳趕緊衝出教室消失在我面前。

我不禁嘆了口氣，沒想到小青的兇名竟然如此厲害。
我一個人慢慢走到校門口，一輛黑頭車已經霸道佔住育才中學校門口，出現在我面前，我這才想到我早就不是當初那個普通的學生，駕駛座旁的車窗拉下來，一個光頭圓臉的男人探出頭來向我招手，我認得他，洪董的得力手下阿和。我一看到阿和向我招手，立刻便打開後車門坐進車裡。
「阿哲，董欸有交代，以後我每天會來這裡接你下課。」
阿和從駕駛座轉頭過來對著我笑著說道。
「和哥，其實我可以自己回去。」
「講這什麼話，萬一你被人暗算怎麼辦，這間學校裡有很多大尾的兒子，我和洪董都很不放心。」
「謝謝和哥。」
「阿哲，現在要回你的房子，還是要去董欸那裡吃晚餐？」
「和哥，我想先去一個地方。」
我報了地址，黑頭車一路從雙十路狂飆到中清路，過沒多久就到了目的地，台中第一貴族女校，晨明女中。
此時正值下課時間，從學校門口到學校前的馬路，停滿了各式各樣嶄新發亮的進口名車，阿和的車根本開不過去。我只好請阿和在原地等我一下，我下車去接小青。
我走到晨明女中校門口時，才發現好幾個衛理中學的學生也站在門口等人，不過他們都站在停在校門口的這些車子的前方，看來佔住校門口的人就是這些來接女友下課的男學生。
我撥了手機告訴小青我在校門口等她時，忽然一個男學生湊到我身旁，不客氣地拍著我的肩膀。
「有什麼事？」
那個男學生臉上掛著看似客氣實則高傲的笑容，標準的紈褲子弟模樣。

「你是育才中學的學生吧，我以前在這裡好像都沒見過你，你站在這裡要幹甚麼？」

「接女友。」

「喔？原來是這樣啊，我們也是。不過我要提醒你，想站在這裡接女友也要看你們家有沒有那個本事，看你這副窮酸模樣，你是騎著腳踏車還是搭公車過來的？照理來說，晨明女中的學生是不可能看上你。」

「Sam，我看這個小子大概是暗戀裡面的女學生，想要在這裡堵人癡纏吧。」

「滾開，死窮鬼，晨明中學校門口不是給你們這些窮學生和流浪漢站的地方。」

那個叫Sam的男學生發話後，他身旁幾個看起來像是他的朋友的男學生也跟著對我叫囂，他們的行為讓我懷疑起白道菁英子弟的水準。不過我轉頭掃視了一下同樣站在校門口前的其他人，他們全都不動聲色待在原地看戲，有幾個人甚至盯著我的臉打量皺起眉頭。

「我是搭我乾爸的車過來，不過這裡全都被你們卡死，我們家的車開不過來。」

那位叫Sam的男學生仍然不客氣地譏笑著。

「是哪台爛車啊，Benz還是BMW？你乾爸又是哪位講出來讓我們笑一笑。」

「你不問我的名字嗎？」

「你算哪根蔥啊。」

「我乾爸叫洪阿彪。」

我話一說完，霎時間，方才向我叫囂的人全都安靜下來，彷彿有台中港岸上的寒風吹過來，他們僵直的身體像是那些被洪董剁成屍塊和混凝土一起拌成的消波塊。

「我叫謝哲翰。」

在學校的經驗，讓我知道這五個字就夠了。

這些學生都是家世深厚消息靈通的人，一聽到我的名字馬上警醒過來，他們臉色一片煞白，連忙退後了幾步遠離我。

「快！快把車子開走啊！」

那個叫 Sam 的學生這時候才反應過來，對著他的司機大吼，方才對我叫囂的人一個個趕緊跳上車，逃離現場。突然間，晨明女中校門口便空了出來，我立刻叫阿和把車子開到校門口旁邊。此時，我突然覺得，兇名在外似乎也不錯，讓我不需要動手就能解決很多事情。

過了幾分鐘，我終於看到小青的身影，我連忙向她揮手。

小青也笑著對我揮手，朝我小跑步過來。

當小青一現身，這回連現在還留在原地的人都臉色為之一變，趕緊跳上車，一輛輛昂貴名車竟像逃難般迅速開走。

「竟然是成青荷！怎麼回事？全台中最兇殘的一對男女居然在一起了！」

「這個地方以後不能再來了！」

那些人驚惶的叫罵聲從遠方隱隱傳入我的耳中。

我和小青約好了今天下課後兩個人去約會，沒想到惹出這麼多的風波，她跑到我身旁挽住我的手，把頭靠在我的肩膀上，這個動作讓走到校門口前的女學生都看呆了。

小青帶著溫柔的微笑看了她們一眼，女學生全都一臉驚惶快步離開。

「你的司機呢？」

我摟著小青問道。

「我叫姜叔停遠一點，他只會遠遠跟著，今天是我們兩個人的約會。」

「你想去哪？」

「給你安排。」

我思索了一下，打電話給阿和。

十分鐘後，阿和弄出一輛機車牽到我面前。

我坐上機車，拍了拍後座。

小青明白我的意思，笑著跳上機車後座。

小青緊緊貼著我的背，她的髮梢隨風飄向我的臉頰，淡淡的髮香竄進我的鼻腔裡。

我騎著機車，在夕陽下的馬路上狂飆，街道兩旁的人車從我們身旁飛快掠過，不到十分鐘的時間，我帶著小青又回到了育才中學附近。

傍晚的育才中學周遭反而比白天更加熱鬧，四處擺滿了攤位，宛如一個小型的夜市。小青表現得像是觀光客一樣，每個攤位都想繞過去瞧瞧，看到知名的美食攤位便跟著排隊，一拿到熱騰騰的雞排搶過去啃食，見到服飾店，或是賣著各種手作創意商品的微型百貨市集，就繞進去挑挑揀揀，看著小青忙碌的身影，我不禁發愣起來。

「你在發呆什麼？」

小青逛了一圈，走回我身旁推了我一下。

「沒什麼，我只是在想，如果，我們兩個只是普通高中生，就這樣簡單在一起，不知道有多好。」

我不禁感慨著，但這句話一說出口我便後悔了，小青和我不一樣，她從小就是竹林幫的小公主，吃得用得都是和那些白道千金同等級的好東西，幾個月前我還只是一個平凡的普通人，過得還是普通人的生活。

「如果可以的話，謝哲翰還是謝哲翰，但我不想當成青荷，我只想留在你身邊，平平淡淡但是開開心心地一直在一起。」

小青的眼神有些迷惘也有些哀傷，她一說完，眼淚竟然緩緩從眼眶裡掉出來，無來由地，她撲進我懷裡痛哭起來。

那時候我並沒有多想，而我，竟然什麼都沒有多想一點。

小青哭完之後很快就恢復了笑容，問她剛才發生什麼事，她卻一點都不肯透露。小青突如其來的悲傷平復下來後，繼續拉著我的手四處閒逛。

「小青，我們換去另一個地方走走。」

我摟著她柔聲說道。

大約幾分鐘的車程，我們便到了隔幾條街裡的台中放送局舊址。

台中放送局古蹟深藏在一條狹小的巷弄中，會走到這隱密的地方的人，其實並不多。夕陽下，仿羅馬的西式建築被暈染成一座黃燦燦的小城堡，兩旁的樹隨著風搖晃著，從樹梢上灑落了一地金黃色的碎影。我牽著小青的手，踩過地上的光影，在無人的樹下靜靜擁吻著。

我們吻了許久才慢慢放開對方，小青眼裡又透出幾分誘人的媚意。

「回你家？」

小青的手勾住我的脖子，膩聲探問道。

我帶著小青回到家中，才一扣上玄關大門，我們就俐落褪下身上所有的衣物，滾到床上，繼續吻著對方。小青的身體有著令人難以割捨的魅力，我和她纏綿了二個小時才不甘願地走下床。

但今天約會的行程還沒結束，我和小青稍作盥洗整裝後，請阿和載我們到下一個地方。

在台中市西區，還有一個叫做秋紅谷的奇特凹地公園，以秋紅谷為中心放射出去，就是整個台中最為繁華的地方。軍火毒品走私、特種行業、洗錢服務，一筆筆黑錢堆疊成一棟棟如燈塔般照亮台中夜空的大樓，林立的燈樓全倒映在秋紅谷底的水池上，當夜風拂過水面時，這些大樓的倒影瞬間揉碎成散落的光點，而那些大樓和這派繁華景象，彷彿也是如此地脆弱。

小青和我一起坐在秋紅谷的草地上。她被我抱在懷裡，頭靠在我的胸膛上，我們吹著夜風，看著遠方的夜景，靜靜享受著只有兩個人的靜謐時光。

「謝哲翰。」

小青突然抬頭看向我，似乎想到什麼事。

「幹麼？」

「我爸說想看看你，邀請你一起吃個飯。」

小青這句話，讓我的心跳在這瞬間停頓了整整一秒。

「這、這個……你爸知道我們的事？」

「你怎麼嚇到身體發冷了？沒這麼可怕吧？」

「你們幫裡其他人也會來嗎？」

「都說了這是家宴，不要太緊張，他真的只是想看看你而已，放輕鬆去吃飯就好了。」

說不緊張是假的，小青的爸爸對我來說代表了許多含意，他既是女友的父親，也是竹林幫的幫主，更是當年看著我練武發現我身上魚龍變秘密的人，但無論如何，總是要去的。

一星期後的晚上，阿和載我到小青所說的鳳陽樓餐廳門口，那是一間隱身在巷弄裡外表老舊的中式餐廳，但鳳陽樓的菜可不是普通人吃得起，一桌菜就要吃掉一般人一個月的收入，許多達官顯貴都會選擇來這裡聚餐。

「阿哲，真的不要董欽陪你一起去吃飯嗎？」

阿和臉上表情十分焦慮，手指不停敲著方向盤。

「和哥不用了，這點小事不用麻煩乾爹，雖然是竹林幫幫主，但這次他是以女朋友的父親身分和我吃飯而已。」

「這你就不懂了。」

阿和臉上露出不以為然的表情。

「和哥我大你幾歲，有些事可以教你，岳父這種東西，比竹林幫幫主可怕多了，女朋友還沒娶進門前，她爸爸還比岳父更可怕！」

無論如何，我還是赴會了。

餐廳裡的接待人員帶我走到頂樓進到一間包廂，一開門我便看見小青，一位樣貌英挺身材精壯的中年人坐在小青身旁，我猜應該就是她父親，但包廂裡卻還多了兩個看起來不像是小青的家人，反而像是賓客的人。

一位是和小青年紀差不多的女孩子，看起來像是古典畫裡的秀麗美人，但她的膚色蒼白的近無血色，眼神冰冷，面無表情，沒有半點情緒波動，簡直不像是個活人。在冰冷少女身旁坐著的是一位老者，身上穿著一襲藏青色的馬褂，帶個瓜皮帽，蓄著長鬚，他的氣色極佳，眼神爍亮如星。

小青見到我，便起身走到門口接我進來，先把我介紹給她爸。

小青的爸爸面容嚴肅，第一印象給人不怒自威的感覺，這便是竹林幫幫主成德恭。竹林幫是國際級的黑幫，除了台灣，堂口勢力遍佈東南亞和中國大陸，面對這樣的大人物，我只能勉強壓制住心裡的緊張。

「老爸，他就是謝哲翰。」

小青在她爸面前和跟我在一起時的表現完全不同，顯得相當拘謹。

「成伯伯好。」

我趕緊接著回答。

「不用太拘束。」

成德恭看了我一眼，面無表情淡淡說道。

包廂裡擺的是圓桌，小青和她爸爸坐在一塊，另外兩個人就坐在圓桌的對邊，小青接著帶我到那位老者面前，向他介紹我。

「溥公，這位是我的男朋友，謝哲翰。」

眼前叫做「溥公」的老者，看起來比小青的爸爸好相處許多，一雙眼睛總是笑咪咪的模樣。

「溥公好。」

溥公盯著我看，含笑不語，把我從頭到腳仔仔細細打量了一番。

「不錯，果然不錯，女娃兒果然會選，哈哈哈！」

溥公一開口便聲如洪鐘，這位老人家確實養氣有成。

「溥公是我的老師，溥公的本名叫愛新覺羅．溥齋，雖然溥公的名字在媒體上幾乎看不到，但他可是漢學界裡的泰斗，集經史易經中醫等學問於大成，我從八、九歲時就是溥公的學生了，剛好溥公說今天晚上要一起來吃飯，能見到溥公是你的福份。」

我張著嘴巴，被震撼到說不出話來，這世界上居然還有這樣的人物存在。

「請問溥公今年已經幾歲了？」

「我五歲那年正好改幟共和，算起來有一百一十三歲了。」

「溥公好。」

面對這樣的人物，我只能向他鞠躬一拜。

「很好很好。」

溥公拍著我的肩膀笑著說道，我心裡生起一種奇怪的感覺，溥公明明是和我初次見面，似乎對我非常的熟悉。

小青把我介紹給溥公後，接著繼續把我介紹給那位冰冷少女。

「她叫趙靜安，是我的好姊妹，跟我一樣在八、九歲大的時候被溥公收做學生，我們也當了好幾年的同學。靜安，他就是謝哲翰。」

「你好。」

我對著趙靜安點了點頭，打了聲招呼。

趙靜安沒有回應我，默默看了我好一陣子，才吐出一句莫名其妙的話。

「原來這就是謝哲翰。」

她說話的聲音一樣冷冰冰的不帶任何情緒，看起來絲毫不懂任何人情事理，小青居然有這樣的好朋友，讓我百思不解。

小青介紹完我後，安排在我坐在她和溥公中間，接著吩咐服務生開始上菜。

我一坐定位置，包廂裡又安靜下來，先開始說話的還是小青的爸爸成德恭。

「謝同學。」

「是。」

聽這稱呼法，我心裡有了不詳的預感。

「其實對我來說，我比較看重的是女兒男友的『能力』，你的魚龍變固然達到百年來未曾一見的大成，但匹夫之勇不足成事，就算你個人功夫再好，也扛不住幾百個人的圍攻，幾個人拿著槍就能把一個李書文、葉問等級的絕世高手了結了。現在這世界，重要的是『能力』，所以剛開始我是對青荷的選擇有點不以為然。台中海線領袖接班人的地位雖然還上不了檯面，不過你從一個普通學生能爬上這位置，證明你有點潛質，不要讓我失望。」

「成伯伯，我一定會好好努力。不過不知道成伯伯認為怎麼樣的人算得上有『能力』？」

「當然就是看你能動用的資源、人脈以及地位。一年前，我是有意願促成青荷和Bruce，還請過Bruce的姑丈幫忙，不過青荷不願意，Bruce性子冷淡，這事兒就就沒成。」

成德恭話一出口，小青和趙靜安同時抬頭望向成德恭，小青眼神中有些惶恐。

從各方面的條件來說，論家世、財富、智力乃至長相，林敬書都遠勝過我，我和林敬書相比，確實差的很遠，也難怪成德恭不太看得上我。

「另外，今天會找你來吃這頓飯，主要還是溥公想見你。」

聽成德恭這麼一說，我轉頭望向溥公。

「我今天來蹭這頓飯，一來是為了瞧瞧你，二來是為了了結一樁與你有關的事。」

「我？請問溥公是怎麼知道我的？是小青跟你說得嗎？」

溥公笑了笑搖搖頭。

「和女娃兒無關。我於諸子百家陰陽五行皆有涉獵，我過了天命之年後，在易經和陰陽數術上的研究便多些。大概在十多年前，某一日我深夜打坐後，突然心血來潮想來算算這世界未來動態，這一算，卻看見了二十年後天下大亂之象。而這天下大亂的格局，氣眼就在台中，世道越亂之時，承殺破狼命格而生的人也就越多，七殺星主嗔，破軍星主癡，貪狼星主貪，貪癡嗔即為佛家所說的世間『三毒』。」

溥公停下來緩口氣，繼續說道。

「三毒越重，世間也就越亂，而世間愈亂，所生出的人殺破狼命格也就越純粹，乃至於有出生者其所承殺破狼命，純粹至暗合天心，這樣的人，若以古人說法，也就是殺破狼星降世。我便尋思，這二十年中，必有殺破狼星出現，過去十年裡，我找到了七殺星、貪狼星，卻一直遇不到破軍星，幸好，殺破狼星向來相伴而生，我今天總算見到了。」

我大腦一片空白，只能呆看著溥公，一句話也說不出話來，我過了好長一段時間才回神，首先便想到一件事。

「溥公，如果我真的是什麼破軍星下凡，那不就非常厲害？」

「某種程度上而言是如此，你身上的負面能量和當世的七殺貪狼一樣，都是世界上最強的，你們或有過人之稟賦，但同時也要承受常人不會遇到的災厄。」

接著，溥公開始一一解說殺破狼的災厄。

「貪狼星主貪，命格註定使其天生就有諸多手腕能奪取世間一切所欲為己用，但也因此耗盡命數，必定活不過十九歲，且在臨死之前要把所奪取的東西一樣一樣還回去。」

「七殺星主嗔，為天生無情之人，其韜略才幹遠勝世間凡人，但也註定六親緣薄，無至親好友，孤獨而死。」

「破軍星主癡，孤注一擲九死而無悔，逆風而行，能為常人所不能，但一生多災多難，顛沛險危，每每落入生死危難之中，命終之時恐亦不得好死。」

溥公見我不信，開始一一列舉我十五歲以前的人生中，所遭遇到的每一件意外或是嚴重的血光之災，竟然全部說中。

我不得不信了。

「溥公，那七殺和貪狼又是誰？」

「你們是在亂世中相伴而生，早晚會遇到，或者早已經遇到了。這點你先不用多想，接下來我要講的事，就和你所具有的破軍命格有關了。」

「我在十年前收了一個叫周博的徒弟，那徒兒是中醫世家出身，在陰陽五行之學的根柢也相當不錯，我便傾我所學教給了他。」

溥公說著，他笑咪咪的臉變得嚴肅，浮現出一絲哀傷。

「他跟我學了五、六年後已經得我真傳，便離開我門下。不料過了一兩年，我便聽見傳言，說道在江湖中出現了一個異常恐怖的殺手，名叫『老鬼』，隸屬海外最大的華人幫派三合會，這個殺手的搏殺能力雖不出眾，但只要被他看過一眼，他便能從對方的面相推算出這個人的命格，再找出這人當天的災厄所在，陷對方於死劫，這種相人推命之術，全天下也就只有我有而已。」

溥公說到這裡，淡淡嘆了口氣。

溥公再看了我一眼，他無奈地搖了搖頭。

「周博的命殺之術若要再進一步，就得去找命格特異之人來殺，譬如身具紫府朝垣格、七殺朝斗格或是三奇嘉會格等。但最好的對象還是降世的殺破狼星，當世七殺星天生殺伐之氣便極盛，周博若要殺他必然會反噬自身，貪狼星的命數已經讓我遮住天機，周博找不到也算不到，最合適的對象，自然是你了。」

溥公說了這麼長一段，我總算聽明白了，我是破軍星，三合會殺手的王牌老鬼想殺個殺破狼星來提升技術，我是裡面最弱小最好殺的。

「溥公，那要怎麼辦？」

「這事兒的責任，有大半在我身上，我只好想辦法保住你。」

「青荷和靜安這兩個女娃兒，心性所好都不同，青荷好權謀之術，我便為她講《左傳》、《史記》、《資治通鑑》、《韓非子》、《孫子》和《反經》，對靜安我則授陰陽五行醫卜之學，這段時間由她幫你應付周博。」

我看著趙靜安，實在有些不放心，這樣一個不像是活人的病態美女能幫我什麼忙？

溥公說完這一番話不久後，菜一樣樣上桌了，這餐廳裡的菜式自然相當好，但我卻沒有任何心情動筷，我的心全沈浸在溥公的話裡頭，只有在成德恭問起我一些日常閒事時，我才會回神過來開口回答。成德恭似乎也看出我的心思不在這裡，吃完飯後便準備帶著小青和溥公及趙靜安一起離開，小青突然走過來我這裡。

「老爸，我送謝哲翰回去好了，你跟溥公多聊一下。」

「要不要老姜陪妳？」

「不用了，謝哲翰他身邊也有人。」

「那你自己照顧好自己。」

「我知道了。」

小青和她父親告別後，便挽著我的手走出餐廳。我和小青坐上阿和的車，阿和見我臉色不佳，也不多問，便直接載我和小青回到我住處門口。

進到住處裡頭，小青也看出我一路上心情都不太好，她輕輕抱著我，摸了摸我的背。

「不要擔心，我會一直在你身邊，有溥公幫你，一切都會沒事的。」

小青柔聲說道。

這一晚下來，我的身體已經疲憊的不得了，但大腦還是無法停歇，一直打轉著，怎麼樣都無法放鬆下來。小青看到我一臉倦容，便要我先去沙發上躺著，她去幫我整理房子裡的東西，不停四處走動，最後在浴室裡放了熱水，拉著我一起進去。等我和小青一起泡進大浴缸中，我才感覺到稍微放鬆。

浴室裡撥放著蕭邦輕快的馬厝卡鋼琴曲，空氣中飄散著好聞的玫瑰精油氣味，我和小青就在浴缸中靜靜擁吻，探索著彼此的身體。

我們的動作比以往都來得溫柔而且緩慢。

「謝哲翰。」

小青忽然認真看著我，喊著我的名字。

「嗯？」

「你會一直在我身邊嗎？」

「一定會的。」

聽到我的承諾，小青露出安心的表情。

「怎麼了？」

「沒什麼，這樣就好，這樣，就夠了。」

小青低聲說道。

我和小青泡在浴缸裡過了十分鐘後，小青把頭靠到我的肩膀上，貼著我的耳朵，我以為她要親吻我的耳垂時，她卻在我在耳邊輕聲說了一句話。

「我接到消息說，阿和正在監聽你。」

我的身體驟然一僵。

小青環臂抱住我的身體繼續說道。

「我剛剛帶著探測器在你房子繞了一圈，玄關、客廳、廚房到你戒備最森嚴的臥室果然都裝了竊聽器，只有高溫高濕度的浴室不適合裝設電子器材，而且你的房子裡我不確定有沒有針孔攝影機。」

霎那間，耳邊輕柔的鋼琴樂、薰人的精油香氣和浪漫燈光下的朦朧煙靄彷彿都變成了重重殺陣，我懷裡的小青反而鎮靜許多。

「怎麼回事？妳早就知道了？」

「我本來也不曉得，最近才收到消息。因為我一直在擔心，如果洪阿彪要破壞台中黑道現在的權力格局的話，他早晚都要對你動手，所以我一直都在注意洪阿彪的消息。」

我憤怒又羞愧，這陣子以來竟然都沒發現阿和動的手腳。

「洪阿彪不是已經準備退出黑道，這又有什麼意義？」我貼在小青耳邊輕聲問道。

「他和我們的協議『目前』是這樣，但為什麼他非得退出黑道不可？」

「他不想讓自己的兒女變成『冬蟲夏草』。」

「那只要他的家人不會出事，他照樣享受他的權勢和財富，他可以當海線甚至是全台中黑道的頭，為什麼要當白道的狗？」

「這不可能，以台中黑道之瘋狂——」

這一瞬間，我明白了，洪阿彪讓所有人都陷入思考的盲區，甚至連陳總恐怕也被他騙了。沒有錯，他賠不起家人，他年紀已經大了，沒辦法在現在的台中黑道裡折騰，但不代表他沒辦法在舊時代的黑社會環境裡生存，洪董前進不了，但可以退，帶著所有人一起退。

台中黑道之所以心狠手辣不擇手段，是因為台中的地下生意市場大，想要搶這個大生意，只有最頂尖最狠的人才辦得到，為了搶下生意奪取權力，才要想辦法暗殺、算計、策反或是在對手身旁種下一株株冬蟲夏草。

只要毀掉台中黑道在世界地下經濟中的地位，讓台中黑道萎縮成許久以前那個小打小鬧的不起眼地方，變成一個腐朽、平庸的傳統黑社會，淪落成只能靠圍事、包工程、盜採砂石林木、賣兄弟茶或是開個小酒店度日子的窩囊模樣，那洪董就能坐穩他的位置，保住他和家人的好日子。

所以他才需要一個放在檯面上安定眾人，但實際是可斷可棄的太子。退，可以讓這個太子繼位，穩住台中海線讓他安享晚年；進，可以把太子的權力收回來，只要他成功搞垮現在的台中黑道，乾兒子馬上就是棄子了。

台中黑道中人，果然沒有一個是易與之輩。

小青繼續說道。

「當初我在接觸洪阿彪，他告訴我他的打算時，我就不相信洪阿彪甘心放掉一切，他是一個求穩的人，但不是一個沒有野心的人，而且，如果他有野心，更好。」

竹林幫既和林敬書達成了某個協議，又暗地聯絡洪阿彪，但洪阿彪也有自己的計劃。我一邊摩挲著小青溼溽的長髮，一邊思考著各方人馬的盤算。

「他為了確保自己的兩條路都能走得通，防範海線太子脫離他的掌控範圍，所以才要讓阿和盯著我。」

我向小青說了我的猜測，她點點頭。

「謝哲翰，相信我，他把你當成棋子，但實際上剛好是反過來。兩年內，我一定讓你們家擺脫台中黑道，帶著一大筆錢遠走高飛，離開這個鬼地方。」

小青說中了我心中最深的盼望，我真正想要的，不是在台中這個地獄裡稱王，我只想擁有真正的自由。

「那你願意跟我走嗎？」

「當然願意啊。」

小青笑著說道。

我和小青在浴室裡詳談完後，便直奔臥室。小青在裝著竊聽器的房間裡反而更放得開，又過了一個旖旎的夜晚。

隔天，為了避免我的手機也被監聽，我另外再買了隻手機打給林敬書，說要談談小青的事。

我和林敬書約在學校裡一年級教學大樓的頂樓陽台上見面。

沒有抽菸習慣的我，此時卻焦慮到只能靠抽菸緩解，我靠在陽台欄杆上叼著菸，把尼古丁深深吸入肺葉。我必須不斷地用力吸氣吐氣，才能好好地把心情平復下來，我足足抽了一整包的菸，林敬書才來到這裡。

林敬書看到我像是毒癮發作般，手中香菸一根接著一根停不下來，微微皺了眉頭，但他沒多說什麼，還是直接切入正題。

「我已經派人巡過，洪阿彪的人沒在這附近，這裡昨天我也派人檢查過，確定沒有竊聽設備，現在可以來談正事了，你是要跟我談我們接下來的合作方式？」

我又用力吸了一大口菸，搖搖頭。

「我是要和你談小青的事，她根本就不是成青荷。」

我看著林敬書的雙眼，從他的眼神裡，我明白他早就已經知道了。

「你什麼時候知道的？」

林敬書臉上露出詫異的表情，驚訝地探問道。

「我早先就有一些猜測，但直到昨天晚上，小青帶我去和她父親吃飯，我見到了愛新覺羅．溥齋後，今天早上又請人確認過，才證實我的猜測。」

我一邊說著，一邊觀察林敬書臉上的神情。

「不用試探我，我確實知道，是成青荷要我隱瞞的，我比較好奇的是，你到底怎麼曉得的？」

我發現自己才剛要開口，就已經開始哽咽。我轉頭背對林敬書，不想讓他看到我開始泛紅的眼眶。

「在我接受豺狼的試驗進到山中時，那時候，我就已經請人去幫我查她。」

那天莫那死後，我正準備下山時，巴蘭叫住我，問我到底是怎麼看穿他的計畫，我向他提出了一個要求作為交換條件，他也痛快接受。

我請巴蘭調查小青的背景，她接近我的真正動機到底是什麼。

巴蘭沒有幫我查到小青接近我的動機，卻反而查到其他奇怪的事。

「巴蘭從小青的日常行蹤、她的人際網絡和過去開始查起，卻意外地發現一些很奇怪的現象。第一，小青實際上沒有半個朋友，她身邊雖然時常前呼後擁圍繞著許多人，但全都是竹林幫裡的人，她沒有半個和她是對等關係的朋友。」

「還有呢？」

「第二件事就更奇怪了，根據資料，小青小時候是住在美國，由當地一位華裔保母照顧。但她到了六、七歲大離開美國後就沒有消息了，一直到上國中才又有她的消息，中間足足有六年的空白，而再次出現的成青荷，她的長相和小時候的樣子卻一點都不像。巴蘭的人又去偷偷調了小青的出入境和國籍資料，發現了一件事，小青只有一次從國外入境台灣的資料，而且是從泰國進來。非常巧的是，當時和小青一起進來的人，有好幾個和她差不多大的女孩子，她們的任務就是保護真正的成青荷，其中一個人竟然是小欣。」

「你知道這件事情時是怎麼想的。」

我的眼眶開始有些溼潤，我趕緊用手抹掉，盡量讓聲音保持平穩。

「那時候啊，我只覺得這一點都不重要，她是不是成青荷這個人，是不是竹林幫幫主的女兒一點都無所謂，重要的是，我喜歡她，我非常的，喜歡她。」

作為成青荷的替身，我明白她唯一沒有的權力是什麼，不准和任何人產生實質的情感羈絆。

小欣還有機會追求自己的感情，而小青是不可能有的。

我的眼淚已經從眼眶裡潰堤了，怎麼擦都擦不完。

「小欣動身去殺小甯的那一天，我覺得有些不對勁，為什麼非得犧牲掉小欣去殺掉這兩個不重要的角色，如果只是要殺掉大仔的話有太多人可以用了。」

大仔死後，我以豺狼弟子和小甯前男友的身份去和警察扣來了當時遺留在命案現場的側背包，當初小甯用來偷錄我和她對話的錄音器，果然還藏在側背包底部的那個小夾層裡。

「這是在小甯死後，我從命案現場的證物中拿到的，小甯藏的很好，如果不是我曾經對她反搜身過，我也不可能知道有這隻錄音器存在。」

我從口袋裡取出那隻錄音器，播放了一段錄音給林敬書聽。

「妳是什麼時候知道的。」

錄音檔中，小欣的聲音冰冷如機械，這就是她的真正樣貌。

「我不會告訴妳的，臭婊子，啊！」

小甯的聲音充滿怨毒，小欣不知道對她做什麼，小甯突然淒厲地大聲嚎叫。

「我說、我說！其實是阿誠指使我做的，他妄想青姐很久了，表面上阿誠是要我去查謝哲翰，其實真正的目標是青姐，我就只知道那些而已。我那天在門外，只有看到你、青姐和幾個女人裡講著泰語，我就只知道這樣而已，真的就只有這樣，不要殺我！」

「你不死，小青的秘密就可能外流，只有殺了妳，她才有機會得到那一點點幸福！」

小欣的聲音淒厲如鬼，又冷酷又瘋狂，接著錄音器中傳出刀子剁在血肉上的聲響，越來越大聲，越來越急促。

「原來是這樣啊。」

林敬書聽了這段錄音後感慨道。

我在小青面前隱瞞著的情緒此刻再也壓抑不住，只能掐住哭聲，放著眼淚不斷滴落。林敬書的聲音仍然沒有半點情緒，但他卻走過來拍了拍我的肩膀。

「就算是這樣子，你怎麼會從這件事知道了真相？」

「小青，是不被允許有朋友的人，她卻說，趙靜安是她的好姊妹，在家宴的場合現身。我那時就明白，趙靜安，才是真正的成青荷，她本來是那個要在十九歲以前死掉的貪狼。」

我無法告訴任何人的事，此刻只能向林敬書訴說，我再也忍不住，放聲嚎哭。

昨晚愛新覺羅．溥齋告訴了我殺破狼的事，我就有了這樣的猜測，當我看到對外界毫無反應的趙靜安，卻在聽到青荷兩個字時突然抬頭，像是叫喚自己名字的反應，我就更加懷疑了。

今天早上，我想辦法避開小青，把偷拍下來的趙靜安照片傳給巴蘭，讓他幫我和成青荷小時候的照片做了臉部影片比對，巴蘭確定確定是同一人，而趙靜安和愛新覺羅．溥齋之間的關係，是登記成祖孫，住在一塊。

愛新覺羅．溥齋說，他已經幫命帶死劫的貪狼星遮去天機。我明白他話中真正的意思，我爸朋友裡有好幾位就是命理師，他們幫人解兇煞避死劫的方法有兩種，把客戶帶在身邊或廟裡為他們遮天眼，以及找到一個人代替客戶死。

這應該就是成德恭從那些女孩子中挑出小青當作成青荷替身的目的。

昨晚，我聽到小青靠在我肩上的低聲呢喃。

沒什麼，這樣就好。這樣，就夠了。

「怎麼可能這樣就夠了！」
我只能對著天空大聲哭喊。
林敬書嘆了一口氣，掏出他的手機，也放了一段錄音。
「林敬書，我不可能跟你在一起的，因為——」
那是小青的聲音。
「我知道原因，你只是成青荷的替身。」
「你怎麼知道?!」
「你不用管我怎麼知道，你和我在一起這件事，只是一種類似政治聯姻的關係，跟你喜不喜歡我毫無關係。」
「但是，我已經喜歡一個人了，也許幫主不會給我這樣的權力，但我真的很希望和他在一起，只要我沒被拿來當成策略聯盟的工具，就還有機會。」
「你們在談地下戀情嗎？」
「他不認識我，但我第一眼見到他的時候就喜歡上他，我喜歡他單純的模樣，他跟你這種惡魔一點都不相同。」
「他叫什麼名字？」
「謝哲翰，就是我父親告訴你的那個人。」
「我不但知道妳是成青荷的替身，而且還知道，她本來該在十九歲以前就死的，妳是為了代替她受死劫而存在的。」
「所以，如果當有一天，我能和謝哲翰在一起，你也聯絡上他時，你可以不要說出這件事嗎？」
「這關我什麼事。」

林敬書放了這段錄音檔，讓我哭得更加無法自已，這一刻，我突然好想好想見到小青，可是我不能讓她知道我已經知道真相了。

「一對白痴。」

林敬書看著我冷冷說道。

「你如果想救回你女友，那就只能殺掉趙靜安和保護她的愛新覺羅．溥齋，愛新覺羅．溥齋在政商學軍界遍及海內外都有弟子，他表面上看起來只是一個閒散老人，但背後勢力可不下任何一個檯面上的掌權者。想殺他和趙靜安，你的實力和勢力都還不夠，不過只要你能幫我完成計畫，到時候我可以幫你除掉愛新覺羅．溥齋。」

「你是不是愛新覺羅．溥齋所說的七殺？」

林敬書訝異地看了我一眼。

「你怎麼曉得。」

「因為，我從來沒見過比你更冷酷無情的人。只要能夠殺掉愛新覺羅．溥齋和趙靜安，我願意付出任何代價。」

林敬書聽了我的話微微點頭。

「既然你有這個覺悟，也是我將計畫告訴你的時候。」

我得到了林敬書的承諾，心中那片沉甸甸的陰霾終於略為散去，但是懸在小青身上的死劫，卻彷彿也綁在我身上，勒得我喘不過氣來。

這一天，林敬書才把他的計畫整個攤開在我面前。

第九章　真正的殺手

而另一件也相當重要卻耽擱下來的事，終於也要進行了，那就是拜師。兩個星期後，我終於再次見到豺狼。

豺狼和我約在他位於台中市中心的一棟私人會所裡見面，豺狼的會所門口站著一群人，他們穿著黑衣褲子，口袋裡插著槍。豺狼的人和洪董的人風格完全不同，他們看到我走向會所時直接放行，但一句招呼都沒打，只是沉默地守著門口。

豺狼的會所大廳裡，另有人帶著我到豺狼的書房內，豺狼就坐在辦公桌前，我的面前已經擺著一張椅子。

「坐。」

豺狼看到我走進書房，淡淡吐出一個字。

「老闆好。」

我拉開椅子坐下，向豺狼道好。

豺狼依舊是那副冰冷內斂的模樣，看也看不透。

「從今天起，你要改叫我老師。」

「是，老師。」

豺狼和我都不是喜歡說話的人，他一沉默下來，房間裡安靜了一陣子，他清了清嗓子，才又開口說話。

「今天算是我們正式的見面，從現在起，你就是我的學生兼助手。本來我是打算將你培養為預備接班人，但既然你已經被洪董收為乾兒子，那就沒辦法了。不過既然你能通過我的試驗，你就還是我的學生，我會傾盡全力將你培養成頂尖殺手，但是你也必須達到一個條件。」

「老師請說。」

「兩年內，你必須達到能夠完成殺人任務的水準。」

聽豺狼這麼一說，我突然又想到昨天和林敬書在天台上對談時所提到的計畫內容。時間一樣是兩年。

「老師，為什麼會是兩年。」

「兩年後，台中即將舉辦第一次GEP會議，國際各大黑幫都會來到台中，這是台中的機會也是風險，那時候殺戮和黃金將同樣遍地開花，你如果連一個優秀殺手該有的基本實力都沒有，以你現在的身份地位，你覺得你有辦法活下去嗎？」

「GEP？」

豺狼說著說著，見到我一臉疑惑，才知道我不懂什麼是GEP。

「你不講我沒想到，你原本並不是台中黑道裡的人，對道上的事本來就不夠瞭解，GEP這種只在台中黑道核心圈裡流傳的東西還沒外洩，不過洪董沒跟你說嗎？」

「乾爸大概覺得這種事還不用急著讓我知道吧。」

我心裡冷笑了一聲。

豺狼點了點頭。

「你已經是海線太子，不是只要具有專業殺人技術就夠了，還要有宏觀的識見。接下來，我會仔細解釋GEP。」

豺狼取出一張白紙寫下大大的ＧＥＰ三個字母，然後在三個字母後頭補上全名。

「Gray Economic Partnership，灰色經濟夥伴協定，簡稱ＧＥＰ，實際上，就是一個由世界各地的黑幫和犯罪經濟市場所組成的國際貿易夥伴協定，由幾個國際大型黑道幫會所引領組織而成。各國黑幫之所以也會搞出這種類似於跨國經濟和市場共同體的東西，主要原因還是在於美國和國際司法組織對於地下經濟的打擊越來越嚴格，非得組織起來不可。」

「為了打擊恐怖組織嗎？」

豺狼點點頭，接著又搖搖頭。

「你知道冷戰時期的麥卡錫主義嗎？」

「我知道。」

「當時藉著圍堵蘇聯名義嚴格控制整個社會，在世界各地進行經濟殖民，奪取全世界的資產進到自己口袋的美國人，你覺得是為了捍衛自由民主嗎？」

我立刻就明白豺狼的意思了。

「能夠左右這個世界的是有錢人，不過真正能夠掌控這個世界的人，是那些已經不在乎錢的人，他們所要把握的是控制這個世界的權力，所以當這個世界的財富不停地流向地下經濟，上流社會的基石開始動搖的時候，他們就出手了。過去三年中，不斷發生地下交易市場被各國政府和國際刑事組織攻破的消息，黑道的武力再強也贏不過正規軍隊，所以前幾年世界各大黑幫大老終於坐下來訂了一個計畫，成立ＧＥＰ，將地下經濟和黑幫的力量集結起來滲透地面上的世界，讓地下世界，大到不能垮，甚至和那些大人物站在同樣的位置，一起掌控這個世界。」

豺狼說到這裡，我終於明白各國黑幫的打算。

「但是，ＧＥＰ這樣的組織，誰都想當頭，而且要建立一個全球地下經濟的組織網絡也不容易，所以也就有了兩年後在台中的第一次正式會議，整個世界黑道的格局會在那天決定下來。嚴格來說，目前只確定是在台灣舉行，地點還沒確定。」

我又從豺狼的話中生出疑問。

「為什麼是台灣？」

豺狼從抽屜拿出一台平板電腦，開了世界地圖讓我看，他用手指把台灣圈起來。

「這裡是台灣。台灣這個地方有幾個特點，第一，他介於中國大陸、美國和東南亞世界這三大地下經濟市場的中介點，以走私貿易轉運來說，確實是極佳地理位置。第二，台灣的政治貪腐程度極為嚴重，官員很容易買通，是個適合地下交易買賣的好地點。」

豺狼又用手指了指在台灣右上角的朝鮮半島。

「第三，幾個國際黑幫大老已經和北韓談好了，北韓將成為世界最大的非法貨物生產國，冰毒、軍火、偽鈔等，即將源源不絕地湧出，鄰近北韓的中國大陸和南韓都不是理想的貨物接應點，與北韓有老交情的台灣便成為首選。第四點，也最重要的一點，台灣，是整個世界的中介點。」

豺狼的最後一句話讓我大吃一驚。

「台灣什麼時候這麼厲害！」

「台灣，是所有世界的中介點，民主陣營和獨裁陣營，文明世界和恐怖組織。」

豺狼沉聲說道，他這番話，讓我徹底改變了對台灣這個地方的理解。

「這個世界的格局，包括那些真正掌控世界的大人物，幾個國際黑幫，都是在第二次世界大戰後出現的。自從二戰後，台灣因為特殊的地理位置和國際局勢變化，一直是世界的中介點，不管再怎麼樣敵對的集團或是組織，都還是必須要有中介的溝通管道，台灣就是這樣的角色。」

豺狼繼續說道。

「一九六〇年代，是美國內部反共勢力最為高漲的時代，但當時作為美國盟友的台灣，這段時間裡，卻在美國默許下和蘇聯展開深入的交流。後來中東和美國在以色列建國後對立加深，台灣為了維持兩面討好的立場，又用了美人計迷住當時一個在阿拉伯世界掌有大權的親王，因此在九一一事件後，台灣仍然是伊斯蘭恐怖組織眼中的好朋友，而且同時和美國保持親密關係。也是因為這些歷史，在北韓和一些世界邊緣國家眼中，台灣被他們視為國際主流社會中唯一可以相信的三個地方之一。」

「哪三個地方？」

豺狼的話，勾起我的好奇心。

「不管客戶是從哪來都能絕對保密的瑞士銀行，便於開設人頭帳戶和人頭公司用來洗黑錢的境外世界，以及台灣。」

豺狼的話頓時讓我對台灣肅然起敬。

「也正是因為這些原因，所以國際各大黑幫才會相中台灣作為GEP的第一次正式會議地點，也很可能把台灣設為GEP這個鬆散的地下世界聯盟的總部，目前國際四大黑幫，竹林幫、三合會、X19和黑手黨都已經準備進來了，幾個地區性的大幫派，日本的山口組、南韓的七星派、俄羅斯的光頭黨、歐洲的新納粹和巴西的首都第一司令部，現在都在和我們洽談在台中的據點和勢力插入的事。一旦生意談成，各方人馬如果利益分派不均，那我們這些當頭的，甚至是整個台中都要淪為殺戮地獄，死些人倒是無所謂，但如果台中亂到無法做生意，那就不是我們想要的，不過現階段倒還有另個麻煩，我擔心GEP不會在台中談。」

豺狼皺著眉頭，一面說著，一面用大拇指在他的兩側太陽穴按壓，看來這件事確實很麻煩。

「怎麼可能？台灣哪裡還有地方比台中更適合？政府怎麼可能允許有第二個台中出現?!」

豺狼把平板電腦上的台灣拉大，直到兩個地方出現在我眼前。

「萬華和三重。萬華本來是北台灣最大的黑道聚集地，是因為地緣上太靠近白道的權力核心，所以後來被掃蕩鎮壓，讓旁邊的三重黑幫崛起。三重幫的勢力雖然不如台中黑道，但他們贏在夠乖，台北人現在也窮怕了，所以三重幫有意借用民氣，將三重的黑道事業做大，把GEP的生意搶過來。三重區的立委劉致緯正在爭取讓三重變成台灣唯一合法的博奕業、色情業特區以及合法大麻吸食區。」

我聽著豺狼說道，卻覺得有些不解。

「我們台中黑道也不是沒有控制住立委和官員，怎麼讓三重幫這麼囂張？」

「三重幫和劉致緯勾搭，劉致緯是譚系的人，這就是關鍵了。」

豺狼一點出關鍵，我立刻就明白了。

林敬書他家固然是台中第一白道，但卻不是台灣第一白道，至少是不如譚家。

譚家從清朝時就是權掌天下的大家族，從清帝國時代到現代十代為官，政治勢力遍及全世界，台灣譚家只是其中一個分支。林敬書的父親林如海雖然貴為立法院長，但論政治實力，林家仍略輸譚家一籌，真正掌控執政黨的主流派系就是依附在譚家底下的「譚系」，關於譚家的政治軼聞在報章雜誌和八卦週刊常常都能看到。

「譚家怎麼會攪和這種事情？」

「據說是譚家的大公子譚勝決定的，而這件事上林家似乎沒有什麼意願參與，所以才讓三重幫的氣燄長起來。總之，在應付那些國際黑幫前，我們和三重幫恐怕還要打上一場。扯遠了，你現階段就只要先照我給你定下的功課好好學，說不定和三重幫開戰時，還能用的上你。」

「老師要教我殺人技巧了嗎？」

「你的身手我看過，勉強還可以，不過遇到真正的高手時一定還是打不贏。」

豺狼話一說完，我從他的桌面上立刻抄起鋼筆，手腕一甩，猝然間，鋼筆射向豺狼眼睛。

豺狼身體往後一仰，堪堪躲開鋼筆，但我可沒給他歇息的機會，我踏上椅子，順勢一蹬就跨過桌面，提腳踢向他的喉嚨，這幾招都是變化自謝家刀裡的絕頂暗殺技巧，我自問即使是現在的忠哥也絕無可能躲過，但豺狼卻辦到了。

他頭向後仰的同時，右腳一蹬讓裝著滑輪的辦公椅向左移動，竟似早已算到我的後招。接著，他的右手握拳，如一隻流星槌般又猛又快地向我砸來，拳頭竟還挾帶著輕微的空氣爆裂聲，但這樣爆烈如雷的拳頭卻打得極為精準，直指我的踝骨。

我立刻向後一退，躍向地面，依然面對豺狼，雙手握拳護住身前中門。

豺狼那一拳砸到了桌面上，他沒有向我衝過來，只是用手指向我示意，指向他的辦公桌。

那張厚重的實木辦公桌竟然破了一個洞，一道又深又長的裂痕以那個破洞為中心延伸出去，將整個辦公桌分成了兩半。

「這樣知道自己的不足了吧。」

豺狼依舊是那副淡然冷靜的模樣。

「老師，對不起，我以為我在武道上已經夠強了。」

「你才十五歲，就算天賦再好也還需要再練，不但關於殺手的知識和技藝你必須要學，武術你也得再練練，這一兩個禮拜我先不教你練武，我會給你一疊資料，是關於殺手應該具備的一些知識，還有一些過去暗殺行動的案例，你好好讀一讀。」

豺狼對於我暴起的暗殺試探一點也沒有責怪，好像是一件極為普通的事，他向我交待完我要先學習的預備資料後，我便再向他道歉一次才離開房間。

但我卻生起深深的疑惑。

台中四獸當然是台中地區最頂尖的殺手，但真的有強到這個地步嗎？那一拳我能確定，現在的忠哥絕對會被那個拳頭給一拳打死，以豺狼這樣的實力，那天和憨仔對上時，為何還需要畏懼憨仔？

我一邊想著這些事時，不知不覺已走出到豺狼招待所門口，這時候便想起了另一件同樣是關於武道的事。

過了幾天，我和巴蘭約了下課後，到一間在台中小有名氣的空手道館見面。

這天下課後，阿和載我到那間道館門口，他一樣是在門口守著。

我踏進門，便看到巴蘭站在那裡等我，他身旁還站著二個有著茶色頭髮的白人，巴蘭看到我進來，便替我和那些白人相互介紹。

「這位就是把『謝家刀』贈送給我們的謝哲翰先生。阿哲，這位是卡隆，這位是夏恩。」

「您好，幸會幸會。」

「很高興認識你。」

卡隆和夏恩面帶微笑親切地和我握手，他們的中文都說得相當標準。

我和巴蘭連絡上之後，我才知道那個保護他們族人的摩亞德是什麼組織，摩亞德是世界上最龐大的保安情報公司，從中東、東南亞、南美洲到非洲，世界各地的戰場都有他們的身影，因此，豺狼也不敢動巴蘭的族人半根寒毛。

「卡隆和夏恩都是摩亞德的格鬥教官，這次你把完整的謝家刀都交給摩亞德，讓他們非常的高興，而你說的那個『概念』，我跟卡隆和夏恩提到後，我才知道他們率領的一個小組中正在做這方面研究。」

巴蘭繼續說著。

「他們在得到你的謝家刀譜後，研究有非常大的進展，不過能實際看到謝家刀的實戰，絕對會更有幫助。」

巴蘭一說，我就明白他的意思了。

「那是卡隆還是夏恩先生要來試？」

卡隆帶著淺淺的微笑，緩緩向我走來。

「我先和你搭搭手。」

卡隆在我身前紮穩馬步，側身面對我，左手藏在腰間，右手前伸，這個生著西方臉孔的男人，他所擺出的拳架，那股嶽峙淵渟的氣勢，我只在老一輩武術家身上看到過。

我也一樣側身紮穩馬步，右手伸出搭上他的手。

「卡隆先生，請。」

我的右腳向前滑動一小步，繼續壓迫他，就在我的腳尖將停未停之際，卡隆右手一抖疾如毒蛇吐信，一出手就是詠春「黐手」。

我右手一擋，下一招，卡隆的拳就要破我中門。

我的身體不退反進，右腳抬起，狠狠踹向卡隆下陰，接著右手一記霸王回肘，向前撞向他的門面。

卡隆一擋一按卸下我的拳勁，臉色微變。

「好兇猛的拳，八極還是泰拳？」

我用更為凶狠陰險的拳頭回答他。

「謝家刀裡的化刀為拳，有死無生。」

我左手以短勁出拳，砸向他的腰間，像一台從巷口猛然衝出的機車，又突然又暴烈。

卡隆提膝，撞開。

這拳膝一撞，把我們兩人稍微分開，但卡隆不愧是詠春高手，身形稍稍一窒，一記快拳又搶入我的中門。

我做了一個卡隆想都想不到的動作。

我的肩膀一沉，頭微微側偏，張口就咬住卡隆的手腕。

卡隆眉頭一擰，想甩開我的手。

我一鬆口，卡隆下意識抽手回去，向後退了一步。

這個距離，剛剛好。

我就在他退回之際，向前一躍，左手搭住卡隆的肩，卡隆立刻反手抓住我的手臂，我騰空的右腳正好往他腹部用力蹬入。

卡隆受到這一蹬之後跌向地面，臉色慘白，雙手捧著腹部，我雙手同時抓住他的喉嚨，緊緊掐著。

卡隆臉上浮現痛苦不堪的表情，高舉雙手。

我連忙放開卡隆，把他交給夏恩攙扶，再向他拱手回禮道歉。

「卡隆先生，承讓了，我已經儘量收手，但謝家刀是在戰場和暗殺中產生的武術，每一招每一式都是為了殺人，沒有殺意殺心，就沒有謝家刀。」

卡隆用力抽動著嘴角勉強微笑表示諒解，但看得出他仍然非常疼痛。

「是我本事不夠，如果是塔利班的人，我早就死了。」

夏恩不知何時穿上一身緊身衣，手上同時也拿了一件相同的緊身衣和兩把短刀。

「這是？」

我看著夏恩手上的緊身衣，不解地問道。

「這是為了模仿生死實戰所準備的感應衣，這衣服配合一把對應的刀具，刀是鈍的，但刀具的刃部砍到感應衣上就會產生電極，並且模擬實際的殺傷情形，判定你受到刀具砍到的部位是否失去運動能力。如果是，你的這隻手就不能再使用，直到有一方的感應衣判定使用者為死亡為止。」

夏恩為我解釋，並把緊身衣和一隻短刀交到我手上。

「接下來，換我來看看，謝家刀在生死實戰中的刀械格鬥。」

夏恩期待地看著我。

我快速穿上感應衣，瞟向準備好的夏恩，他的氣勢遠比卡隆來的強大。

夏恩的眼神透著兇光，那就是準備和敵人相互搏殺的殺意。

「Come on!」

夏恩向我招了招手。

我沒回答他，我依然側身彎膝，左手的拳頭微屈前伸，持刀的右手擋在身前。

夏恩先生右腳猛然向我飛踹而來，我的左拳運做鎚頭，朝他的腿砸下，夏恩的右腿立刻收回，接著舉刀朝我揮過來，我不躲不閃，腰胯一轉，剛才收回的左拳再次透發，又快又狠地擊中他持刀手的腕骨。

這一拳的力道遠超夏恩的想像，他手上的刀先脫手，接著我的拳頭拳勁直透他的肩膀，把他整隻右手給廢了。

「郭雲深的『半步崩拳』？」

夏恩認出這一拳的來路，謝家刀法雖名刀法，但化作拳腳功夫一樣是狠辣無比，謝家刀集合了八極拳的霸道、形意拳的威勢、八卦和太極拳的陰歹，從一刀一槍一拳一腳乃至一根手指頭，無不是為了致人於死地。

夏恩右手一廢，他的左手又被我的左手纏住，我手中的刀像一條細蛇般從兩人貼靠的身體之間的空隙中鑽出，對準夏恩脖子橫向一劃，他的感應衣立刻判定他已死亡。

夏恩一「死」，我也不再出手，夏恩退了幾步，向我拱手道謝，我也連忙回禮。

「不愧是聞名世界的殺人術謝家刀，我長見識了。」

「夏恩先生，承讓了。」

「您過獎了，夏恩先生。」

「哪裡，剛才你和卡隆的打鬥，以及我們的戰鬥，都已經拍攝下來，特別是你出刀的力道和角度，都被感應衣完整記錄下來，這些數據為我們所建立的模型提供最後一塊拼圖，現在可以來談談你所想到的『概念』了。」

夏恩、卡隆和巴蘭帶著我走進道館內的一個小房間裡，裡頭的布置隱然就是一間小會議室，我這才明白，這間道館也是摩亞德的據點。

「我先播放一段我們之前和組織報告過的簡報。」

夏恩點亮會議室前方嵌在牆壁上的螢幕。

螢幕上開始播放起一段段真實的搏鬥動作，有一群人相互鬥毆，有兩三個人持刀械鬥。

夏恩開始為我解釋。

「真實的格鬥或是武術不同於其他運動的地方就在於，這是一個沒有規則的運動，所以相對來說異常複雜也難以分析。這讓傳統的武術研究或是教學，大量倚賴在工匠式的實務傳授，並且透過一次次實戰來熟習打鬥技巧，難以透過量化或是科學分析找出什麼是『厲害的招數』，真實的格鬥涉及到了古典力學、生物力學、生理學、神經科學、認知心理學等學門。」

夏恩舉起手對著螢幕一劃，螢幕立刻切換呈現兩個人體模型正在對打的畫面。夏恩用食指指向螢幕中其中一個人體模型的拳頭，螢幕上也對應顯現出一個紅點後，他便繼續講解。

「我們在研究武術最為困難的一點，就在於時域內的變化太多，而且會交互影響，A的這一拳能打中對方，可能涉及到體力、肌肉運用技巧或是認知空間感等因素，以及雙方格鬥時的策略賽局等，如果我們只從一個面向上去研究，永遠都不可能得到武術的真實內涵。」

夏恩說著，螢幕上又跳出一段影片，裡頭出現了一堆波形圖表，不斷重疊變化著。

「於是我們決定把這些訊息先一一拆解開來，再透過傅立葉變換處理，接著進行碎形維度演算法分析，找到了真正的武術本質，什麼樣的招數，怎麼樣使用，能發揮最大效果，武術不再是電影裡神秘的中國功夫，而是能依據影像和數據加以改良強化的殺人技巧。很幸運地，我們就在此時拿到您提供的謝家刀資料，讓我們有機會去透過謝家刀來證實我們的模型是否正確，而謝家刀和理想『武道模型』的碎形維度相差非常的小，換句話說，謝家刀確實是經歷過無盡的殺戮後所調整出的極為接近完美理論的殺人方程式。」

「不過你怎麼會有這個想法，甚至不惜把家傳武功全都拿出來？」

夏恩反過來問我。

「無限」或是「跨界」這種藥對每個人心智能力的提升方面都不同，像是小青對於人的細微情緒和心理動態的掌握就非常強，但我吃了「跨界」後，卻一點也感覺不出自己心智能力的提升在哪，直到最近我才明白。

我最大的提升，是在見識以及觀念。

「沒有錯，在傳統的武術觀念裡，都有家傳武學不能外流，以及越古老越不為人知的武術好像就越強的觀念。但是，武術是打出來、練出來的、實戰出來的，不是一個人在深山拿著一把重劍，對著瀑布砍個幾百下就能變成絕世高手。一套武術能不能打贏對方，當然是要和人交流，和人對戰才會知道，謝家刀本身就是經歷過數百年戰爭實踐才完成的產物，我練武越練越疑惑，為什麼謝家刀要保守起來不能外洩？人的體能在進步，運動科學在進步，而代代不變的謝家刀終究會被時代淘汰。」

夏恩他們靜靜地聽我繼續說下去。

「謝家刀法，最開始只是明朝嘉靖年間，住在中國東南沿海的漁民和海盜互相廝殺所產生的簡陋刀術，直到帶著謝家刀法來到台灣的漳州人及泉州人，開始展開無數場械鬥，再和當時擅長山林獵殺的原住民交戰，經歷多次反政府民變、戰鬥，最後有了今天的謝家刀，不沾血不死人的謝家刀，鎖在我們謝家裡最終也只會腐壞生鏽。」

我終於把多年來的練武心得在今天一口氣理順了。

夏恩、卡隆和巴蘭，不約而同地，同時用力鼓掌。

「沒想到你這個年紀就能悟懂這個道理了。」

「夏恩先生，這只是基於現代科學觀念的基本道理罷了。」

「你錯了。」

夏恩先生搖頭。

「許多號稱功夫大師的人，是完全不懂這個道理的，以為自己私藏的武功招式就是最強，其實在真正武術家眼裡，根本不值得一提，ＭＭＡ的擂台上，多久已經沒有格鬥家使用中國武術了。」

「我們摩亞德的格鬥術最開始也是以詠春拳為基礎建立的，看到中國武術現在墮落成這樣也相當感慨，你讓我們看見年輕一代武術家的過人視野。」

卡隆也感嘆地說道。

「您過獎了。」

我連忙回道。

「話說回來，你的那個構想確實不錯，我們摩亞德也有相關的研究和應用成果，在結合你給我們的提案框架後，我們的研究小組，做出了這個應用概念的模型。」

夏恩終於說到我最感興趣的那件事了，他對著螢幕比出一個手勢，螢幕上立刻切換出另一隻影片。

畫面中出現像腕帶和項鍊的東西。

「這兩樣東西是穿戴在操作者身上，能夠在近距離擷取所有敵方的生物資訊，他的心跳、血流量、體能生理狀況等，甚至能在交手過程中，判斷出他的運動習慣及慣用肌群，透過這些資訊，確實能夠大幅增強操作者的戰鬥能力，不過你的這個想法實在是不可思議。」

夏恩先生不曉得我的靈感卻是來自於憨仔的驚人計算能力，像他那樣擁有驚人記憶力和計算能力的人，才有可能掌握住環境中的所有細節資訊來協助自己戰鬥，一般人不可能做到像他那樣，不過只要有了這套系統，就能夠仿擬出憨仔戰鬥方式。

「這個裝置根據前天電腦推算出的模擬結果，是很可能做到你所說的，預判對手的下一步行動，甚至是預測出在局部場域極小時間內的未來事件，雖然侷限性仍然很大，但對於一場戰鬥來說，能夠掌握對手可能動向甚至預測未來，實在是非常了不起的事。」

夏恩先生一邊說著一邊興奮搓著手，我和他的心情是一樣的，我一開始雖然有這樣的想法，但如果沒有對應的科技發展，也不可能實現我的概念。

「夏恩先生您太客氣了，我只是就我手上的資源和我的經驗提供了這個想法，沒有貴公司的協助是不可能實現的。」

我誠摯地說道。

「其實類似的科技早就已經存在，只是沒人將它運用在戰鬥上，光是這個戰鬥偵測分析系統，就足以讓我們把美國的海豹部隊和黑水公司給甩開了。」

我和摩亞德的人談完準備離開時，一個想法突然又從我腦海裡跑出來。

「夏恩先生，可以請你們幫我做一件事嗎？」

「什麼事？」

「把我給你們的謝家刀完整內容，做成一本書？」

「什麼意思？」

「我學到的謝家刀是透過我父親親身指導所學得的，我不確定謝家刀到底有沒有記載成一本完整的書籍，不過我希望做出那樣的東西，讓其他人相信有這麼一本有著兩百年歷史的古老功夫秘笈。」

「然後？」

夏恩還是不懂我的意思。

「我的房子裡現在被我乾爸裝滿了監視器，如果他只是想利用我的話，他看到這本書，我相信他會有興趣的，甚至我在猜，打從我小時候，他開始接近我們家，說不定就是為了謝家刀。」

「那你還要把完整的謝家刀都讓他拿走？」

「謝家刀的傳承並不是只有我們家有，我乾爸那裡也有部份的謝家刀術，所以如果弄的太假的話，他肯定一下子就會發現，這套古老的謝家刀對我來說其實用處已經不大了，但可以用來設一個局。如果他對我還有一點情義在，那就不會動這個東西，他還能活著坐穩海線大哥的位置，但只要他一拿走，那就準備提早升天。」

巴蘭和夏恩這些情報人員都是在陰謀裡打滾的人，他們仔細想了一下就明白我的意思了。

「就算他拿走了，也還差一個引爆點？你有什麼把握他一拿走就會死。」

巴蘭問道。

我只說了兩個字。

「陳總。」

他們聽了馬上就會意過來，立刻鼓掌大笑叫好。

洪董是個考慮周到的人，我一直不認為他只鋪了和竹林幫合作來除掉陳總或是順勢退隱這兩條路。如果我沒猜錯的話，洪董要打垮現在的台中黑道的真正底牌，是三重幫。

巴蘭笑到眼淚都掉出來了。

「我明白你的意思了，我們會找到偽造專家，把謝家刀的內容做成連鑑定專家都認為是具有兩百年歷史的古書，不過你為什麼選擇現在動手？」

「一直被人監控束縛的感覺，很不好啊。」

我一邊說著一邊走回道館的大廳裡，巴蘭、夏恩和卡隆也跟著一起出來。

阿和就站在道館大廳的中央，被摩亞德的人拿槍壓著頭，他的臉色煞白，一動也不敢動。

「阿哲，快救救我啊！」

阿和見到我像是看到救星一樣，拼命呼救。

我看了他一眼，發出一聲冷笑。

「和哥，你還不明白，我就是故意帶你來這裡的嗎？」

阿和終於明白我的意思，他什麼都明白過來了，他的臉上褪去所有的血色，兩隻腿不斷打顫。

「是、是董欽要我做的。不關我的事，你們不要亂來，這裡是台中！」

「乾爸不會罩你的。」

我憐憫地看著阿和。

「他雖然不干涉你們賣毒，不過很忌諱你們拿他的通路和人脈來運貨。」

阿和聽了我的話，他的眼神中，竟然從恐懼中生出了憤怒和瘋狂。

「姦恁娘謝哲翰！你只是董欽養的一隻狗，還以為你真的是太子喔，董欽養你只是當成棋子，只要我一死，我和另一邊的人沒聯絡就是你的死期了！」

我沒有回應他，從上衣口袋裡掏出一張照片。
照片裡頭有個漂亮的女人，牽著一個小男孩。
「嫂欸很漂亮啊和哥，小朋友也很可愛。」
阿和瞪大雙眼，臉上不停冒出冷汗，他終於被恐懼給擊倒了。
裡頭的女人當然不是他真正的老婆，不然也不用藏在國外，不過確實是他最愛的女人，還幫他生了唯一的孩子。
我決定再加碼一下，從褲子口袋中掏出一條精緻的項鍊，這是他送給他女人的定情物，他女人除了睡覺洗澡外無時無刻都把這條項鍊帶在身上。
阿和，徹底崩潰了。
他跪在地上向我拼命磕頭，一邊哭一邊哀求。
「哲哥，是我不對，放我們全家一條生路好不好？我幫你做牛做馬還是賣命都可以，求求你放過我老婆和我兒子！」
「我不是台中黑道那些心理變態，我只要你做兩件事。」
阿和像是得到救贖一樣，立刻止住眼淚，眼神充滿期盼看著我。
「第一，反向控制住那些監控我的人。第二，我會拿出我家傳的謝家刀譜，你把這本書每一頁都拍下來，交給乾爸。」
阿和聽到我第二個任務驚愕又不解。
「董欸是有叫我去查你們家的謝家刀，哲哥你是怎麼知道？真的要交出去？」
「是如假包換的謝家刀譜，你交出去後，就可以得到乾爸重重的獎賞，爬到靠近他身邊的位置，我要你做的事情很簡單，還可以讓你上位讓你發財，不幹嗎？」

阿和立刻點頭如搗蒜，他的情人和兒子都在我掌握中，而我要他做的事對他再有利不過，他根本拒絕不了我交給他的任務。

我相信，洪阿彪也一定無法拒絕我要給他的東西。

處理完謝家刀和洪阿彪的事之後，我所有的精力就全放在吸收豺狼給我的資料。

裡頭大部分的內容是過去的殺手行動案例探討，但還有一些部份居然像是教科書一樣的殺手知識入門教材，也不知道這些教材是誰編出來的。

「殺手」是個古老而定義模糊的職業，如果放到古代那就叫「刺客」，但在現在的世界裡，殺手的實質內涵意義已經有了巨大的改變。如果單純要殺人，隨意一個普通人都能輕易做到，但要殺掉一個很有權勢的人，經歷過去戰爭的洗禮，以及科技的進步，更重要的是，「獵人」這個職業的出現，以往的「殺手」根本就殺不了這樣的人。

能夠殺掉世界上任何人，才叫殺手。以最小代價攻擊敵對組織來獲得最大利益或是對敵方造成最大傷害，這個目標不論對黑道或是白道政府來說都越來越重要，殺手的技術和能力專業化與特化，才漸漸發展出來。

如果要說真正意義上的現代殺手始祖，那大概就是國家情報組織裡的那些特工，但是隨著情報戰的演化，越來越少情報組織中的特務同時要扮演蒐集情報和暗殺的角色。盡可能低調不被察覺到，能不殺人就不殺人，像一隻寄生蟲一樣潛伏在敵對組織裡汲取情報，以及輸出誤導或是造假的資訊，才是現代特工的主要工作，而暗殺的工作，就專職交由殺手。

刺殺在現代的意義上，其實就是一種微型的戰爭或恐怖行動，要做到殺人這件事，也就變得相當複雜。前期的目標資料蒐集，他的人脈關係連結分析，間諜和駭客的投入，暗殺目標的行動模式分析，暗殺地點和方式的選擇及研究，暗殺行動的情報資訊保護，反反暗殺的措施，暗殺行動的預期效益分析，暗殺行動失敗的替代方案以及後續策略安排等，都是殺手行動中必須考慮進去的。

正因為如此，一個龐大的刺殺行動，根本不可能只靠殺手一個人就能完成，背後需要一個龐大的團隊。管控暗殺行動前期資金投入和回收報酬的會計師、資料分析員、情報人員、電腦駭客、市場掮客、演員、心理師、醫師、毒物學家、機械專家、人類學家等，各行各業的頂尖專業人士都可能出現在暗殺團隊中。

現代殺手培訓和達標的門檻實際上非常的高，除了殺手本人要有極佳的身手之外，同時要能在極短時間內吸收在暗殺行動中所需要用到的知識和資訊，以及具備統合團隊行動的能力，才可能確保他現場的刺殺行動的成功，這也是殺手被視為黑道世界裡頭的武士貴族的原因，現代幫派中能夠在極短時間內爬上高位的大佬，無一不是頂尖殺手。

再者，優秀的殺手必然精通各類殺人技術，每個幫派領袖為了防止敵對幫派的刺殺，同時也都會設置「獵人」這種針對殺手的反暗殺系統，越頂尖的殺手，他們的殺人技術就被獵人研究的越透徹。在這種情況下，如果殺手還能以同樣的殺人方式完成任務而不被破解，那這種殺手技術就可以稱為「絕活」，豺狼的殺人絕活是槍械和近身格鬥，禿鷹是靠各種小機關暗殺目標，赤蛇擅長用毒，瘋牛則擅長在車輛高速行駛過程中殺人。

我讀到這些資料才明白，我距離成為一個頂尖殺手還非常的遙遠，僅僅精通武術絕對是不夠的。

讀過豺狼給我準備的殺手基本知識後，我繼續讀起那些暗殺行動的案例，案例中的人名國家都以代號來取代，也不知道這些資料從哪裡來的，不過讀著讀著，我從案例中無法被抹去的必要資訊裡頭，找到了一些端倪，我比對起世界地圖和我所知道的歷史資訊，半猜測半推理地，把一個個以代號表示的地名、國家和時間點都填上具體的名稱和時間，突然間，我對這些事件本身比暗殺行動案例探討更有興趣。
我一想到就立刻打電話給巴蘭。
「巴蘭，以你目前的權限，有辦法知道在一九九〇到一九九五年之間，摩亞德和ＣＩＡ在德黑蘭聯手策劃的一場暗殺行動嗎？」
我把這個暗殺行動的具體人事時地物都告訴了巴蘭。
手機另一頭的巴蘭掩蓋不住他驚訝的口氣。
「這場行動我知道，但我也只有很含糊的資訊，這份情報目前還沒解密，在摩亞德裡也只有權限最高的幾個人以及負責這場暗殺行動的人才會知道這場行動的詳細情報，你是怎麼弄到的？」
「我偶然拿到的資料，至於資料提供者怎麼弄到這份情報我也不曉得。」
巴蘭沒有繼續追問關於這份情報的事，他知道繼續問下去，對他對我恐怕反而都是有害無益。
當我把豺狼給我的資料都讀得差不多，幾天後豺狼傳了訊息通知我，明天到台中南區某處郊外空地見面。
我們會面的地方是一處預定建地，周遭仍相當荒涼，遍處長滿雜草佈滿碎石礫，我到了約定地點時，豺狼已經在那等著，他穿著一身黑衣，表情一如往常的冰冷。
「老師。」
我連忙上前打了招呼，豺狼看到我，輕輕點了頭。
他緩緩走近我，嘴唇微微張開，好像要說些什麼。
我正看著他要說些什麼時，他忽然一晃身，就閃到我面前來。
一把銀亮的短刀刺向我的腹部，快得像一條暴竄而出的眼鏡蛇。

我還沒會意過來身體就先做出了反應，我的身體自動向右後方一滾，右手順手從地上抓起一把沙子往豺狼面前一撒，等我距離他在三公尺外，才再次面向他，但我仍然維持蹲姿，右手抓著一把土。手無寸鐵面對暗殺時的標準方式，我練習過無數又無數次。

豺狼把刀子收起來，點點頭。

「你比我想像得還要做得更好。要評斷一個殺手的搏殺能力，首先看得絕對不是他正面搏鬥的身手，而是他怎麼保住自己的性命，一個殺手在他的殺手生涯中，基本上至少一定會遇到一次暗殺計畫走漏。殺手通常是混在人群中慢慢靠近目標好下手，而被暗殺對象就會派人，像剛剛那樣，趁著殺手不注意捅死他，乾淨俐落也不引起騷動，不過你光是能躲過這種暗刀還遠遠不夠。」

我明白豺狼的意思。

「如果對方握在手裡的是槍呢？有的時候，執行行動的殺手還可能會落入對方的圈套，一個人進到封閉空間後，十幾個埋伏的人才出現，手中都拿著刀槍，你打得了嗎？」

我仔細想了想，搖了搖頭。

「那必死無疑了。」

「我遇到過。」

「啊？」

豺狼的話讓我嚇一大跳，如果他真的遇到過這種狀況，怎麼還可能活著站在我的面前。

「不可能，就算你身手再厲害，速度再快，對方包圍住你只要形成火力網，你就不可能逃出去。」

豺狼點點頭。

「這就是我要教你的第一樣東西，殺手絕對要有保命的秘訣。一個再縝密的暗殺行動，都可能出現變數，一個殺手原本可能是要以毒藥、機關或是各種方式來殺人的，但當計畫出了意外後，而預備方案也都用不上時，殺手就必須憑藉個人武力殺掉目標，這也是一個頂尖殺手絕對要具備近身搏殺能力的原因。暗殺行動可能會落入最差的狀況，不但行動失敗，還落入必死的陷阱，這些都必須事先考慮到，所以我們殺手的培訓傳承，最重要的核心並不是技術性或是概念性的殺手技能，而是保命底牌。」

「老師你的底牌是什麼？」

豺狼笑而不答，他什麼動作都沒做，但在這一瞬間，他保命的「底牌」突然出現。

一道劇烈的白光驟然間從豺狼胸口亮起來，讓我陷入短暫地失明，那道光強到足以照遍豺狼周圍三公尺的空間。

我整整一分鐘都張不開眼睛，心中充滿難以形容的驚駭感，我知道豺狼當初怎麼面對那個死局了，那些圍攻他的人，恐怕都死的乾乾淨淨，好確保這張『底牌』不會被洩漏。

「這就是我所傳承到的底牌。」

他的聲音從黑暗中悠悠傳出。

等我能重新看到眼前景象時，豺狼已經脫掉他的上衣，這個「底牌」的訣竅才顯露在我面前。

一個發光裝置穿綁在豺狼的胸口，在他的腹部、胸口及腰側分別也穿綁了三個機關，那三個機關和發光裝置之間連接著三條黑色的線。

「要能使用這個裝置，必須鍛鍊到人體身上三處非常少用的肌群，當這三個肌群同時用力時，就能觸發底牌，其他殺手的底牌大抵和這個裝置有著類似的功能，能夠在看似絕對無法反抗的情況下，做出有效而且強大的反擊，所以即使準備再充裕的獵人，在圍殺頂尖殺手時也是小心再小心，他們無法知道對方身上有什麼樣不可思議的底牌。不過，這世界上還有一種殺手是不需要底牌。」

「怎麼可能？」

我對豺狼的說法嗤之以鼻。

「殺手再怎麼厲害，難道能夠一個人赤手空拳打數十個持槍的敵人？」

豺狼微微一笑。

「誰說不行？世界四大黑幫的殺手，就是不需要底牌的殺手，在暗網的幾個網站中，流傳幾段這些頂尖殺手執行計畫時的影片，以他們的本事即使面對幾十個持槍對手也毫無畏懼。」

豺狼一邊來回踱步，一邊回想著那些殺手的殺人手段。

「X 19的王牌殺手Lilith，曾經一口氣催眠上百個人。黑手黨的葛奴乙能夠用氣味控制人的思想行動，他曾經成功暗殺過教宗，並且當初從數百個教廷侍衛眼前成功逃脫。三合會的老鬼擅長算命占卜吉凶，利用找出對方死劫殺人。至於近年來新竄的頂尖殺手，竹林幫的王牌東北虎，一年前在緬甸鎮壓了叛軍暴動，他以一人之力，屠殺了上千人直到殺死叛軍首領才揚長而去，到底怎麼做到的，目前只有一些零零散散的傳聞。」

豺狼所說的事，遠遠超乎我的想像。

「這些不是神話或超自然的現象，隨著人類科技的進步，以個人為單位的殺傷力會急遽放大，不過這些事離我們都還太遙遠，你現階段不用想這麼多，好好把殺手的基本能力先練起來再說。特別是我交給你的底牌。」

豺狼再次提到底牌，卻讓我思考起另一件事。

「老師你自己是不是有另一張底牌？」

豺狼笑而不答，但我隱約已經猜到殺手傳承中不成文的規定。

底牌這種東西的關鍵在於出其不意，一旦用過了以後，以後想再用，無論如何都必然有風險，殺手接受了師父的底牌傳承，也無法確保這個底牌在過去的任務中有沒有洩漏出去，基於前人的「底牌」上繼續發想改造出另一個全新的「底牌」才是真正的作法。

「接下來，我要開始教你，作為一個殺手最為重要的近身搏殺能力。」

如果是先前的我，絕對會毫不猶豫和豺狼打上一場來證明自己的本事，但自從那次和豺狼的交手後，我卻隱約覺得豺狼的實力應該不止於此。

「每個殺手雖然都需要通曉各種武術，但還是有主要核心格鬥技，而每個殺手需要學的武術或是格鬥技都不同，依照他們本身擅長的殺人手段或是體質而定。換句話說，我教給你的武術不會是我最慣常使用，而是最適合你的，你那天突發的奇襲，讓我大概瞭解你的打法和特質。」

我猜測著豺狼要教給我哪種搏殺技，泰拳、八極拳等殺傷力強大的武術，或是忍術、馬來武術這種讓人難以預料的格鬥技。

「就實戰而言，你身上已經有謝家刀術，接下來我要教你的是，太極。」

豺狼的選擇讓我大吃一驚，太極拳向來是被視為各種武術中搏殺能力最弱的一種。

豺狼看到我臉上詫異的表情，自然知道我心裡的想法，他沒有說話，但用行動做了一個俐落的回應。

他身形一晃，手中的快刀又刺進我的身前，我幾乎同時出手準備掐住他的手腕，豺狼突然棄刀變招，握拳打向我的胸口，我不假思索側身一避，接著也打出一拳，豺狼此時再次變招橫肘擋住我的拳勢，他這招我卻是極為熟悉。

武術界中最為普遍的太極拳拳架，搬攔捶。

要破搬攔捶至少有七八種方式，我也曾經和不少太極拳師較量過，對於應對這招熟悉的不得了，但當我準備要破去豺狼的搬攔捶才發現，我錯了。

豺狼那一「搬」，竟然破壞掉我身上各處可以發勁的重心。

我還來不及應對這意料之外的狀況時，豺狼的「攔」緊接而來，架住我身上若干關節。

我身體重心徹底被豺狼控制住，這手法近似於巴西柔術，卻更加難纏，但對付類似柔術寢技之類的纏鬥，我也有經驗，正當我準備要扭開脫身時，豺狼朝我打出一拳，他的「炮捶」終於來了。

我從來沒有承受過這樣的「捶」。豺狼的這記短打可以發勁的距離和時間明明這麼短暫，我的身體卻像被一隻攻城槌給撞上，整個人甩上半空中，甚至還翻了一圈才摔落到地面。

我全身的骨架像是快要散開，沒有一處骨頭和肌肉不疼痛的，只要稍微一用力，像是要把肌肉撕裂開的痛感便會直衝我的腦門逼出我的眼淚，幾年前我曾經出過一次車禍，滋味便是如此。我的身體經歷過拙火洗禮，使得身上的魚龍變進一步提升之後，抗打擊能力較諸過去不曉得提升多少倍，而我剛剛承受的不過是豺狼簡簡單單的一拳，卻再次嘗到被車撞上的感覺。

豺狼緩緩走到我面前，我抬頭望向他，現在對豺狼只剩下無比地敬畏。

「這就是你看不起的『太極』。」

原來我從來沒見過真正的「太極」。

「也不能怪你，真正的太極拳已經很難看到，特別是太極開花散葉多了後，練的人多，懂得人少，絕大多數的太極拳師身上有架無拳，根本不配稱為太極。世界各地武術都有其殊勝之處，但單論力量控制，太極拳堪稱是天下無敵。如果我要殺你，剛剛那一拳的拳勁就會直接透入你的心臟肝臟脾臟這些地方，讓你死的不能再死。其他的近身傷人手法，或許能造成目標重傷或昏迷，但以現代科技的進步，就算用槍打穿目標的大腦都未必能殺得了他，唯有太極能夠在短短一拳間就能殺死對方。竅門無它，太極的聽勁化勁發勁練到極致時，幾乎可以把一個人當成掌中布偶把玩。」

豺狼一邊說道，一邊出手按摩我的大腿肌肉和背肌，他那隨意一按一捺，我肌肉的疼痛瞬間大幅緩解，豺狼的太極已經遠遠超乎我的想像的地步，簡直如同神技。我立刻爬起來向豺狼恭敬道歉。

「老師我錯了，我會全心全意練好太極。」

豺狼接受地點點頭。

「我會選擇教你太極還有兩個原因，第一，你的體質非常特殊，以練武之人的體質而言，你的肌肉爆發力和肌耐力固然是相當不錯，不過和黑人相比也不算突出，但你的肌肉協調性和記憶性卻是我從來沒有見過的好，以你的協調性來說，這個世界上沒有人比你更適合練太極。」

豺狼說著說著突然頓了一下，不曉得想到什麼。

「接下來，我將會教你真正能夠殺人的太極，而不是那些空虛的拳架。」

我聽豺狼說著，突然想到一件事情。

「老師，你有沒有聽說過傳說中的兩大秘術，魚龍變和生死道？」

我看到豺狼這一手功夫，才想到以他對武術了解之透徹，或許對我身上的魚龍變有更多的了解。

豺狼點了點頭。

「魚龍變和生死道其實是同一套武功體系，魚龍變是練法，生死道是打法。傳聞中，『魚龍變』是揉合中醫和中國武術中的各類練體拳術而產生的，生死道則是源於中國武術中的兩大拳術，八極和太極，不過這也是一些武術界逸聞，魚龍變和生死道到目前為止也沒有人真正見過。好了，閒話少說，接下來每天晚上開始，你都要和我學一小時的太極，你的功夫根底打的還算扎實，回去你自己體悟練習就夠了，其他時間，你還得好好掌握殺手應該具備的暗殺知識，記住我先前說的話，說不定等不到兩年後世界各國黑幫來到台中，台中黑道和三重幫可能過不久就有一戰，你的本事在我看來還遠遠不行，你得加緊努力才能保命。」

在接下來半年裡，我都要來到那塊空地和豺狼學習太極，他教會我聽勁拳理後，接下來就開始讓我用身體各個部分的肌肉，來感受他用身體各個部位所發出的攻擊，最多的是拳掌腿，有時是膝擊、肘打、頭搥或是肩撞。

那段時間裡，我被撞飛在半空中的時間或許還比兩腳踩在地面上的時間更多，無論如何，他粗暴甚至有些殘忍的方式，確實讓我對於肌肉細微變化的感應更為清晰，甚至到了不需透過與對方的身體直接接觸，就能從視覺或是聽覺所感受到的細微線索，察覺出對方的肌群運用方式以及重心變化。

除此之外，作為一個殺手所需學習到的基本知識，我也沒有落下，豺狼指派了他手下幾個專家專門教導我。從機械基本原理和操作，用工具機製造手槍，電路設計和控制，製作遙控炸藥以及飛行器，乃至人體解剖學，生理學，藥學，甚至是各國的歷史地理文化背景我都得學習。學習這些知識，一點也不比練太極來的輕鬆，豺狼對這些知識也瞭若指掌，每天他在教拳時，同時也會考校我所學的各類知識。

這些，不過是作為一個頂尖殺手的「基本常識」。

他如此說道。

而在每天的訓練結束之後，就是我和小青獨處的時間了。

依照愛新覺羅．溥齋的預測，小青必然會在十九歲前死去，對於他的預測，我原本還抱著僥倖心態，但隨著我翻查過的資料越來越多，深沈的恐懼就像那一冊冊書本壓在我的心頭。

愛新覺羅．溥齋，大清帝國最後一位國師納蘭奉天的傳人，他甚至成功預測了中日抗戰結束日期以及後續許多重大歷史事件，正是這樣的人親口定了小青的死期。

小青光著身子躺在我身旁，我們做愛結束後，我一冷靜下來就會想到這些事。

「在想什麼？」

小青見我沉著臉若有所思的模樣，轉身過來貼上我的臉問道。

「在想老鬼什麼時候會出現。」

我隨口編了理由敷衍過去。

「啊，對了。」

小青像是突然想到什麼事情。

「靜安最近跟我說，她要請你到溥公家一趟，她現在住那，溥公之前請她協助你躲過老鬼，她好像已經想好怎麼做了，所以要我轉告你去她那一趟。」

小青的話嚇了我一跳，愛新覺羅．溥齋的宅邸並不是隨便什麼人都能去，為了擬定暗殺計劃，熟悉他的宅邸原本就是我計劃中的一環，沒想到會這麼輕易就能進去一探究竟。

「那妳幫我和趙靜安說一下，我下禮拜天就過去見她。」

第十章　滿洲國，寂寞如雪

到了下禮拜天，阿和開車載我前去愛新覺羅．溥齋位在台北天母的住家。

愛新覺羅．溥齋的住家和鄰近房舍都不相同，充滿著中國古典建築的設計風格，我剛走到門前，便有人開門帶著我走進去。

「謝先生請進，小姐正在裡面等著。」

來帶我的人是三十來歲模樣的青年人，他的臉上掛著親切的微笑，態度恭順，一副人畜無害的模樣，但我現在的識見眼光已比半年前高明許多。這個人身上沒有殺過人的血腥氣息，但從他行走的姿態可以看出，身形中藏著龍形虎相，這絕對是一個武術高手。他似乎也看出我的想法，轉頭看著我笑了笑。

「謝先生，我只是溥公家中的一個普通奴才包衣而已，當過夜鷹特勤隊武術教官。不過溥公家中高手如雲，我這點本事還不算什麼。」

愛新覺羅．溥齋的家宅前庭有一座小小的園林造景，布置了假山造石枯藤流水，這個青年人帶著我走在青石鋪成的步道上，一邊陪我閒聊著。

「溥公他在家嗎？」

「溥公今天白天外出教課不曉得什麼時候回來，不過除了小姐外，我們府內總管納蘭先生也想要見您一面。」

我猛然停住腳步。

「是，納蘭破天先生嗎?!」

「對。」

忽然間，我緊張到肌肉開始僵硬起來。

納蘭破天是流傳於武術界中的一代傳奇，他被武術界譽為當世最強武者。納蘭破天並不是殺手出身，但據說十年前他曾經和三合會前一代的王牌殺手動過手，雙方不分勝負。這個傳說般的人物，卻是我必須跨越的障礙。

我深吸了一口氣，對著那青年人不好意思地笑了笑。

「我可以理解您的驚訝，納蘭先生的名號雖然在公眾媒體中並不響亮，但在武術界和黑道裡是傳奇中的傳奇。」

「能夠讓納蘭先生見我，是我的榮幸，不過他有說什麼原因嗎？」

青年人搖搖頭。

「納蘭先生只說他跟你有一段因緣，等你和他見面後，他會好好跟你說。」

青年人帶我走了一段路後，又進到一個庭院中，裡頭有一座涼亭，一個中年男人，就坐在涼亭裡沏茶。

沏茶的中年男人抬頭望向我，對著我禮貌性笑了笑，我的心臟卻像是被重重捶了一下。

我從來沒見過這麼強大的人。

台中黑道中的四獸身上雖然充滿著強大而危險的氣息，但他們還是一個能與之對視的野獸，納蘭破天身上自然而然散發著一股強大迫人的氣質，如果他不刻意收斂氣息，一般人看了他一眼就得趕緊轉過頭才能喘氣。一些國際重要領袖在公眾場合也會給人這種感覺，但這是來自於巨大權力的薰陶，而納蘭破天身上的強大氣息卻完全是來自於他的武道修為。

「小周，你先去忙你的，我要和謝同學聊幾句。」

那個叫小周的青年人連忙離開，納蘭破天稍微收斂了氣息後，向我招招手，我只好硬著頭皮走進涼亭。

「你之前是不是得到什麼奇遇？身上的魚龍變居然完全轉化成功了。你把太極的聽勁練得很通透，教你的老師，是個絕頂高手，你的運氣確實不錯。」

納蘭破天看了我一會兒，就把我身上所有的秘密都看透了，他平平淡淡的語氣卻把我嚇到全身起雞皮疙瘩，納蘭破天竟然連我最近練出聽勁都能直接看出來。

「請問納蘭先生您怎麼知道我會魚龍變的？」

納蘭破天的回答完全出乎我的想像之外。

「你身上的魚龍變，本來就是我傳給你們家的。」

我腦筋一片空白，冷不防倒退了好幾步。

「我當年和你們謝家有一段因緣，你今天既然來了，我就順便看看你，也跟你說說當年的那段歷史。你的太極聽勁也算稍窺門徑，有了賞雪資格，你就一邊看雪一邊聽我說故事吧。」

「納蘭先生，台灣是亞熱帶地區，我們又不是在高山上，哪裡有雪可以看？」

納蘭破天沒有回答我的話，他從涼亭走出去到庭院中央，然後緩緩把手伸向空中，眼神注視正前方。

他做了這麼一個動作之後，我突然感覺到空氣中的溫度開始驟降，就連以我現在的體質也忍不住打了一顫，把身體縮起來。

那股寒意讓我的大腦突然一頓，等我回過神來，竟發現一片片雪花從空中不斷落下，過沒有多久，整個庭院全蓋上一層薄雪，周圍都是白茫茫的景色。

「這就是中國東北的雪。」

納蘭破天眼神空茫，口氣冰冷如空氣中的寒氣。

我此時才明白這一片雪景是怎麼來的。

在武術界裡有種說法，絕頂武術高手的身體強大到不可思議，甚至能夠成功記憶身體在特定環境或是遭遇下的狀態，比如形意拳訣裡有句話「遇敵好似火燒身」便是類似表現。絕頂武術高手甚至能將肉體的記憶意象傳達給另一個具有相當肉體敏銳度的武術家，這就是中國武術傳說中的「以心傳心」或是「拳意凝為實質」的說法。但我所聽過的武術家，最厲害的也不過將身體意象化成一頭猛獸，把拳意化成大雪，這種出神入化的武學造詣，我卻是從來未曾見過。

納蘭破天慢慢走著，他踏過的覆雪地面上甚至還可以見到一個個深深的腳印，明明這只是他記憶中中國東北的雪，我的感受卻是如此鮮明。雪景世界各地都有，美國北方有雪，歐洲有雪，日本有雪，韓國也有雪，但我眼中所見的雪景卻讓我清楚感覺到，這是來自於中國東北，而且是數十年前的東北！

我眼中的雪景不停變換著，我再眨眼時發現自己已經站在一座陌生的都市裡，眼前多了一排排只有電影裡會見到的歐式老建築，街道的樣子也帶著老時代的氣息，剎那間，我突然知道我眼中所見到影像是什麼了。

「這裡是滿洲國！可是納蘭先生，您怎麼可能見過滿洲國?! 一九四五年滿洲國就滅亡了。」

「你的武術素質比我想像的還要好，居然連滿洲國你都能感受到了。沒有錯，我是沒有親眼見過那個歷史中的國家，但是我們家的長輩曾經見過。」

納蘭家的武學竟然強大如斯，能將腦海中的記憶一代一代傳承下去，簡直到了出神入化的境界。

「魚龍變和生死道，被譽為中國武術中最為神秘而強大的武學，其實就是在滿州國創立出來的。

這兩門武學，既是最為強大的武學，也是充滿罪孽的武學。」

納蘭破天幽深深嘆了口氣。

「當年日軍佔領大半中國後，他們抓了大量的中國人進行人體醫學實驗，最有名的自然是關東軍七三一部隊裡的細菌實驗，但還有另外一個更為殘忍卻不為人知的實驗，同樣在滿洲國進行。」

我身上的魚龍變和日軍當年在中國東北的實驗似乎有著某種關聯。

「共和草創之初，中國武學名家輩出，當時不論南北頂尖拳師都被日軍抓到滿洲國，只有極少數的武術家逃走。但大抵來說，中國南北各地武術流派當時都集中在滿洲國了，篤信個人武力的日本陸軍，開始研究如何從中國武術中提取更強大的力量，於是他們就以那些武者作為實驗材料，開始進行了生理學、解剖學及各種醫學實驗。」

我感覺到眼前的雪花越來越多，就連那些歐式老建築的樣貌也更加清晰，彷彿真的回到了二十世紀初期。

「我們大清皇族對於中國武術當然是極為熟悉，因此也參與了這項計劃，二十世紀初期，是生物學開始突飛猛進的時代，我們從那些實驗中，建立了一套揉和中國武學所有奧秘的頂尖武學。當時有幾位作為試驗對象的日本忍者和武術家，也學了這套武術，果然強大的不可思議。他們只練了三個月，居然憑著一個人就能持刀殺掉包圍住他們的數百人，甚至故意一個人陷入被中國軍隊的連級編制部隊包圍的處境，然後再一口氣殺光這些手上有槍有刀的連隊，這就是當時極為有名的『殺人比賽』。」

納蘭破天說到這裡，搖了搖頭，眼神中有些無奈。

「但過沒多久，這些忍者和武術家，一個個紛紛死去，事後解剖發現，這些人的實力固然大幅提高，但也瞬間透支光他們的生命潛能，於是當時我的先祖和日本人繼續改良這套武術，拆解成『練法』和『打法』，分別是用於提高身體素質的魚龍變，以及強化戰鬥技術和生理狀態的生死道。」

「我的長輩納蘭元勝雖然是滿人，但卻對透過如此非人道的手段創立新武學的行為極為懊悔，他決定為死者做出一些補償，某個夜裡，他潛入保存魚龍變資料的實驗室中，偷取出資料和祕籍，然後一把火將整座實驗室給燒了。這套被日本人視為珍寶的武學祕籍從此就從日本人手上消失了。」

聽他這麼一說，整件事我立刻串聯起來了。

「當時滿洲國的外交總長，也就是你們家的先祖，謝介石。」

當時太曾祖父到滿洲國當官其實有個不為人知的秘辛，根據我先前讀過關於謝家刀的史料文獻記載，當時他準備帶著練有謝家刀的謝家人準備去東北伺機暗殺溥儀和關東軍首腦，卻發現溥儀根本只是日本傀儡，更可笑的是，當時關東軍領袖東條英吉也不過是派閥象徵人物，整個日本陸軍都發瘋了，就算暗殺掉幾個人也完全阻止不了瘋狂的日軍，因此只好順勢退隱。

「二戰結束，生死道的下落再無音訊，魚龍變修煉方式一直掌握在我們納蘭家手中，後來你父親以謝家刀為條件，換了魚龍變讓你修煉。」

納蘭破天這段故事讓我聽得目瞪口呆，我從沒想到，我身上的魚龍變，竟然有著這樣的經歷。

「我本來預計等到你二十歲以後再來傳你魚龍變的最後一段功法，將你身上的魚龍變潛力徹底激發出來，至此魚龍變才算是大成，畢竟你是這世間第一個打從娘胎就開始練『魚龍變』的人，根骨體質之扎實無人可及，不過你到底是有什麼奇遇，居然在沒有具體訓練功法的情形下就成功脫胎換骨？」

納蘭破天對此感到非常疑惑。

我便仔細將赤蛇暗中對我施加毒品，小青卻反而借此帶我引發拙火，使得身上的魚龍變進一步提升的事告訴納蘭破天。

「真的是巧到不能再巧啊。」

納蘭破天聽完我的遭遇，露出一絲苦笑。

「要真正的練成魚龍變，首先要打穩筋骨根基，再來開始學習道家的打坐練氣方法，讓氣機貫通體內經脈才能練成。沒想到你的父親教給你印度瑜珈術，讓你能夠運轉脈輪取代道家練氣法，最後誤打誤撞靠著引動拙火練成魚龍變。」

經由納蘭破天這麼一解說，我才知道自己身上的魚龍變根本是在種種巧合下才練成的。

納蘭破天再次伸出手，朝空中隨手一揮，轉瞬間我眼前的雪景便全部消失，四周景色如舊，只剩下納蘭破天一個人獨自站在庭院中央。

「我先帶你去見小姐吧，接下來你要仔細跟好，這間房子結合了高科技設備以及傳統的奇門遁甲風水五行，跟緊我別亂晃亂看。」

納蘭破天也不囉唆，吩咐過我後就直接帶著我穿過另一個庭院，來到一個小房間前，我們才走到門前，房門便已打開，兩名二十來歲模樣的女人在門前面帶微笑迎接我。我從門外朝裡頭打量了一下，這間小房間的擺設乍看之下是作為招待所的日式房間，裡頭鋪著木頭地板，地板上擺著幾個藺草坐墊和一座矮几，但仔細一看才發現這間小房間其實是典型漢唐風格的建築，趙靜安就跪坐在矮几前等著我。

「歡迎來訪。請喝茶。」

趙靜安看著我說道，她仍然是那副冰冷如非人的模樣。

房間內，趙靜安面前的矮几上擺著兩杯茶和眾多茶具，我也不多客氣，直接進門，端起茶杯一口飲盡後便點名來意。

「你有辦法讓我躲過老鬼的暗殺嗎？」

趙靜安沒有馬上回答我，她先端起茶杯，啜飲了一口，她可能是因為不常和人往來交談，她沉吟了一陣子，才想好怎麼開口。

「要躲過命中劫數的方式，自古以來有千千百百種，但想要完全躲死劫，只有一種方式。」

她的聲音冰冷卻非常悅耳，就像她那張毫無人氣但清麗無比的面容。

「什麼方式。」

「只要讓自己活的像死了一樣，那麼除非生理狀態自然衰敗，否則死劫就找不到身上來。」

「什麼意思？」

「沒有七情六慾、喜怒哀樂，就沒有緣份因果，在人世間沒有緣份因果，沒有因果牽連，那就能夠跳出命數之外。」

趙靜安的話荒謬到我笑出來了。

「不要說笑了，人怎麼可能沒有情感起伏，心如死水，這樣何必活著？」

「我這十年都是這麼活過來的。」

趙靜安淡然說道，好像是一件再簡單不過的事，我雖然已經預想到愛新覺羅．溥齋為了幫她避開死劫必定做了許多準備，而且趙靜安也要付出很大的代價，但我沒有想到她為了躲開死劫竟然必須維持這樣半死不活的生活方式。趙靜安和小青都是貪狼命格，趙靜安甚至是所謂的貪狼星化身，她原本的個性比小青可能還要更加活潑而機巧靈變，但為了活下去，她不知道費了多少功夫扭曲自己的性格而變成一個活死人。

「我做不到。」

「你身上還有因果，還在命數之中，你就逃不過老鬼的追蹤。」

「還有其他的辦法嗎？」

趙靜安好像早就預想到我會這麼問了。

「小瑜，拿紙筆來。」

她轉頭向身旁的侍女吩咐道，不久之後，一大張絹紙、一隻大楷毛筆和磨好墨的硯台就準備好放到矮几上，趙靜安提起毛筆，在硯台上沾上墨汁，寫下了一個大字。

「靜。」

趙靜安把那個字念出聲音，這個字音我雖然熟悉，但這個靜字從趙靜安口中吐出時，卻好像多一些我能確實接收到卻又無法理解的訊息，我像是從來沒有聽過靜這個字的發音一般。而她寫下靜字的筆序，安穩而有力，在絹紙浮現出來的字符和趙靜安發出的字音相結合之下，彷彿產生了一種類似於催眠的力量，我的思緒隱約無法抗拒地，被改變了。

盤旋在我腦子裡的種種算計、仇恨、渴望，在這一瞬間似乎全都如塵埃般墜到地面，我的思緒在我踏入台中黑道起的那一刻，從來沒有這麼沉靜過，好像這世界上一切的人事物，包括我，包括小青，都是如此的微不足道。

趙靜安手上的毛筆並未停下，又繼續寫下一個字。

她開口念出。

「安。」

她口中的字音和紙上的最後重重一捺完美地結合起來，我原本還會再起伏的心，這瞬間徹底凍結住。

「應無所住，而生其心。」

趙靜安輕輕說道。

「你的心太雜，不安不靜，所以我幫你定下來。這樣你就能做到沒有七情六慾沒有喜怒哀樂，脫離因果糾纏，老鬼也算不到你了。」

如果是原本的我，應該會驚怒到了極點，但此刻我的心理狀態卻是不可思議的平靜，趙靜安並沒有改變我的思想，她只是調整了我的情緒反應，在這種極其古怪的心境清明狀態，我一下子就想通了一件事。

「你會祝由術。」

我看著趙靜安的雙眼說道，她沒有否認，輕輕點了頭。

這才是愛新覺羅．溥齋給趙靜安的最後一重保險。

雖然趙靜安身邊有許多的保護機制，但最能夠信賴的還是她自己的自保能力，而我沒想到的是，愛新覺羅．溥齋交給她的自保本事居然就是這種神秘的祝由術。

祝由術並不是什麼巫術，這是古中醫十三科的其中一種，熟習祝由科的祝由士能透過符咒來控制人的心理，近似於現代的催眠術，借由人的自我暗示和心理狀態變化來達到治病的效果，我萬萬沒想到，我居然就這麼中了趙靜安的招。

如果我只是單純想要躲過老鬼的追殺，趙靜安所施加的祝由術，當然能達到我的目的，但我現在要做的事還那麼多，救小青的命，毀掉台中黑道！

趙靜安看著我的眼神，微微皺起眉頭，然後淡淡嘆了口氣。

「我的祝由術好像也沒辦法讓你的心定下來，你的執念是我所前所未見的強大，我也不知道你能不能躲過老鬼，但『靜』和『安』這兩個字的形象和發音都深植在你腦中，只要你願意進到我給你的這兩個字裡頭，就能回返到剛才的狀態，如果你真的不幸遭遇到老鬼，或許還能靠這兩個字暫時壓下他的殺意來逃命。」

趙靜安沒看錯，我是所謂的破軍星化身，天生性格裡的執念本來就堅定的不得了，何況我服用過

「跨界」毒品且經歷過拙火洗禮，精神力量之強大，根本不是趙靜安她現在的祝由術可以綁縛住，我才一轉念，原本如止水的心又回到原來的狀態。我心中雖然有些惱怒，但趙靜安畢竟沒有惡意，我也從她那得到了一些幫助，我便起身向她鞠躬道謝，轉身準備離開。

「等一下。」

趙靜安突然叫住我。

「好好照顧小青，她是我最要好的朋友。」

趙靜安非常認真地看著我吩咐說道。

我沒想到趙靜安也對於小青這麼關心，我突然感到疑惑，她們兩人明明是競爭同一條命的人。我沒在這個問題上多做糾結，想要讓小青活下去，還是得讓趙靜安死。

第十一章　權貴譚家

我沒有等到愛新覺羅．溥齋回家，我托納蘭破天幫我向愛新覺羅．溥齋問聲好後，就直接離開，離開愛新覺羅．溥齋住處時已是傍晚。載我回台中的人一樣是阿和，阿和開著車，我聽著他報告洪阿彪那的狀況。

「乾爸知道我要來台北見趙靜安，他有問些什麼嗎？」

「董誒只是問說你要去台北做什麼，他聽了沒說什麼，叫我開車路上小心一點開慢一點而已。」

「那我明白了。」

阿和此時還不知道我明白了什麼。

我們的車開到了台北市和新北市的交界，上了福和橋，接著準備下橋，突然間，阿和慌張地踩住剎車，舉手指向右前方。

「哲哥，前面怎麼這麼多條子？」

我看著那些警察，忍不住笑出聲。

「哈，那些條子，都是在等我們的。」

阿和驚嚇的不得了，我卻是笑開了，洪阿彪的算計一如我所預料。

「阿和，福和橋，就是主戰場。」

我要阿和依照正常行駛速度繼續往前開，我們已經上了橋怎麼樣都逃不掉的。

我們的車才一下橋，一名警察立刻上前攔查，他敲了下車窗，阿和配合放下車窗。

「我們是三重分局的警察，你後座的年輕人就是謝哲翰吧，現在我要依據『特殊地區組織犯罪防制條例』拘提兩位，請兩位配合我到我們分局坐一坐。」

他話才說完，他身旁立刻有十來名警察舉起步槍對準我，在他們後面，更有數十名警察一手拿著警棍，另一手拿著電擊棒或是刺刀，刺刀這個配備，是警察在「特殊地區組織犯罪防制條例」這條法律規定下所允許使用的武器，換言之，針對我們台中黑道，政府允許警察「格殺無論」。

我在政府眼中，正是窮凶惡極的台中黑道一員。

我望向車窗外，那些拿著刺刀或是步槍的警察，神色凝重，緊張地用力呼吸，好像我是一個三頭六臂的怪物。

「請下車。」

車窗前的那個警察也掏出手槍，槍口對著我沉聲說道。

「阿和，我們配合下車。」

我看著身旁驚恐的阿和，平靜吩咐道。

「警官怎麼稱呼。另外，依據刑事訴訟法第七十七條，你想要拘我也得拿出拘票，你的拘票在哪？」

我下了車，拋出這句話，面前的警察似乎早有準備，立刻從懷裡拿出拘票。

「我姓楊，拘票就在這裡，我們可是等你等了好一段時間，你也不用跟我來這套，你謝哲翰年紀雖然輕，不過可是我們重點鎖定的幫派要犯。」

「喔？我只是一個普通高中生，各位警官好像太高估我了。」

那個楊姓警察冷笑一聲。

「謝哲翰，大甲武術世家出身，一進育才中學就差點殺光全班同學，接著連殺多名台中黑道要角第二代，更參與剿殺山鬼的行動，現在是四獸豺狼的徒弟，海線大老洪阿彪的乾兒子，你這樣的年輕人，我可不敢放你繼續壯大下去。你的手段的兇殘狠毒，我非常了解。」

「所以楊警官你想怎麼樣？」

我話一說完，楊姓警察突然發飆，手中的槍猛然舉起抵住我的額頭。

「肏你媽的！你不是很能打，本事很好嗎？想殺我，就來殺看看啊？我後面還有一堆人在等你，我看你多能打。」

我面無表情看著他，右手微微舉起。

楊姓警察手指準備扣下扳機。

「你們他媽的就只是一群社會敗類人渣，我現在就依據『特殊地區組織犯罪防制條例』直接槍斃你！」

他不敢置信地看著我，我依舊站在原地一動也不動。

「你為什麼不動手？」

我看著他驚愕不解的模樣，忍不住笑了。

「楊警官，你剛剛拿槍嗆聲要直接槍斃我的畫面，我身上的微型攝影機已經全都錄下來，順便上傳到網路上。」

與此同時，林敬書手下的一組人馬已經把這段畫面傳放給各家媒體以及各大網路論壇，並開始進行輿論操作。

楊姓警察這一瞬間有如受到雷擊，臉上驚愕的表情變成了極度恐慌，一句話都講不出來。

局勢就在這瞬間，徹底逆轉了。

打從一開始，我讓阿和去向洪阿彪報告我的行蹤的時候，我安排在洪阿彪身邊的另一組獨立的內線就開始運作了。

洪阿彪果然沒按捺住，利用了我北上的這個機會安排了一個局。

只要我剛才以為那個警察真的要開槍，直接出手重傷或是殺了他，洪阿彪所勾結的三重幫，以及他們背後的政治勢力就能夠找到突破點，摧毀台中黑道。

台中黑道和中央政府實際上處於一種非常微妙的狀態，台中黑道固然強大，頂尖殺手輩出，但絕對也經不起和軍隊或是特種部隊廝殺。長期以來，台中黑道是透過與他們結盟的政客來牽制國家武力，所以台中黑道固然無法無天，但也無法越過破壞政治平衡的底線。

如果剛才我真的重傷或是殺了警察，以我現在的身份，絕對會讓台中黑道背後的政客不敢插手，國家暴力就能替三重幫先一步掃清「障礙」。洪阿彪的計畫也確實精準毒辣，我出身武術世家，而打從踏入台中黑道以來，我的權勢名聲全是靠打鬥搏殺取得，照他預想，被逼到這種絕境，我必定會動手。

當然，洪阿彪設下的局不止如此，就在一公里外，有一群一心想出頭的海線黑道小弟，他們接到了以我名義傳給他們的簡訊，要來幫我跟警察對幹。這些人正是等著我殺掉警察後，接著前來繼續把事件鬧大的人。

只差這麼一點，洪阿彪想利用我塑造出的台中黑道越界北部殺警大戲就要成真，並進一步逼迫政府動用國家暴力剿殺台中黑道，但這一連串的佈局，全卡在我手中，而林敬書的佈局，現在才正要展開。

對於這一瞬間局勢的逆轉，楊姓警察鐵青著臉，一時間他也找不到對付我的辦法，直到又一陣車聲逐漸靠近，他才又猛然驚醒。

「肏你媽的你們發什麼呆啊？傢伙收起來啊！記者的採訪車都過來了，姓謝的身上偷裝了攝影機！」
那些圍攻我的警察這下子也清醒了，連忙把步槍、刺刀撤掉，換上警棍。
「不管你要搞什麼花樣，都先跟我回警局一趟。」
楊姓警察的臉色臭的不得了，但他現在也只能走一步算一步儘量拖延時間，剛才那段影片繼續渲染擴大後，警察濫用武力的新聞，將會壓過台中黑幫踏入台北惹事的新聞。
我和阿和的身份仍然是犯罪嫌疑人，但待遇和之前已經天差地遠了，等我們一上警車，坐在副駕駛座的楊姓警察，他的手機又響了。
「局長，我、我也不知道為什麼出這種事啊，張委員再過半小時後就要來了?!我會、我會，局長我會扛下去。」
他聽到「張委員」時，嚇到手機都差點滑出手中，額頭冒著冷汗，那位張姓立法委員，正是林家在政界的得力打手，這次佈局的成果，分別由我和林敬書各自所在的台中黑道和白道收割。
今天這麼一鬧，三重幫必然要被警方大力掃蕩，在GEP舉辦地點爭奪戰上落入下風，而對於林敬書來說，三重區是譚家外圍勢力的地盤，只要三重區的地方警政勢力出了大事，便能順藤摸瓜削弱譚家的勢力。
譚家，是林敬書極少數甚為忌憚的勢力。
「我們林家在政商法學傳媒各界都有勢力，以我們家的勢力人脈，再加上我，台灣沒有任何勢力配作我的敵人，唯獨只有譚家，我們林家還要向他低頭。」
林敬書在我北上前一晚，就開始討論針對洪阿彪佈局的行動，他除了談到三重幫也談到譚家，講到譚家時，林敬書臉上露出難得的慎重表情。
林敬書說，他們林家兩個字前面尚且要冠上台中兩個字，台北的幾大政治世家，前頭照樣也得冠上北投、中山或是萬華等地名，唯獨譚家，其勢力之大，早已跨過地域的侷限，人稱「權貴譚家」。

譚家從清朝開始就是官宦世家，從前清到共和，累積三百多年的政治資本，這樣的家族，即使是在台灣的一個譚家分枝，都讓人不可輕視。

我坐在車上，完全沒有身為罪犯的自覺，沉浸在譚家的事，以及想著這次事件的後手佈局。

過了十幾分鐘，警車就抵達三重分局，在現在的情勢下，沒有一個警察敢對我動粗，我甚至連手銬都不必上，便大大方方在那些臉色冷漠的警察帶領下走進警局，等著張委員和媒體的到來。

但不曉得為什麼，我心裡頭隱隱有些不安。隨著我的搏殺能力的提升，以及魚龍變大成，我的第六感也越來越強，對於未知危險，開始有一些近似於預先感應的能力，一種無法言喻的危機感在我心中開始浮出來。到目前為止，我和林敬書的佈局都把整個局勢抓在手中，明天醒來，輿論方向會在我們這邊，而林派的政壇大佬和立委都已經事先得到消息，但是不曉得為什麼，我感覺漏掉了某個關鍵的要素。

我看了一下手錶，以大台北地區內的車程，頂多再十分鐘，林家的人就該帶著律師來接我離開了。

「轟！」

一陣爆烈而兇猛的車聲從遠方傳來，同時出現的，還有一台前頭掛著顯眼三叉戟標誌的瑪莎拉蒂跑車，如電如風般轉眼間就從遠方閃現到分局門前，跑車驟然煞住，捲起了一陣風。

車門打開，走下了一個身高約一九〇公分的高大青年，他長的不算特別英俊，但身上帶著迷人而高雅的氣質，臉上掛著玩世不恭的輕佻微笑。

我看到這個人，馬上就認出他是誰了，巨大的恐懼感油然而生，我終於明白那股危機感來自哪裡了。

譚家大公子，執政黨中常委兼大安區立委，譚勝，居然在短短時間內就掌握了狀況，開著跑車搶在林家人馬來到前，殺到了三重分局。

他在媒體形象上，被大眾認為是花花公子般的紈袴子弟，以在川普大廈和美國富豪們一起玩過群交的荒淫傳言聞名。譚勝被視為譚家年輕一代最不穩重的子弟。但他卻是林敬書眼中，譚家最擅長玩弄陰謀詭計的幾個人之一。

押我回三重分局的楊姓警官和三重分局局長一見到譚勝出面都如釋重負，連忙端起笑臉趨前，向譚勝報告，譚勝聽著他們的報告，面帶微笑頻頻點頭，拍了拍局長的肩膀，朝我走來。

「初次見面，謝同學。我是大安區立委譚勝，你應該在電視上看過我。你和三重分局剛剛的衝突我已經稍微了解過了，我身為立法委員，對這件事非常的關心。聽完三重分局的說法，我想聽聽看你的意見。別緊張嘛，我是替人民發聲的立委，如果你覺得自己有什麼委屈，也可以告訴我。」

譚勝臉上依然帶著略顯輕佻的微笑。

「在我的律師來之前，我不會表達任何意見。」

能讓林敬書都感到警惕的人，我絕對不能讓他抓到任何把柄，我表達完我的立場，便保持沈默。

譚勝臉上笑容又更燦爛了，他從褲子口袋裡掏出一個金屬盒子，按下一個按鈕。

「好了，現在不管是你胸前的攝影機還是你身上裝了什麼錄音設備都一樣，全都失效了，接下來我講完後，你好好考慮。」

我的心跳驟然加速，我不斷地深呼吸，等著譚勝要說出的話。

「我這人做事有個習慣，我只抓大方向，其他放給底下人去做，不過如果有我感興趣的小事，我也會親自下來研究。像你來台北這件事，就是我親自來看照的，你和林敬書小弟弟，是不是覺得自己很聰明，把三重幫玩弄在手掌心？」

他的表情和語氣都給人輕浮的感覺，但他說出的話，像一把銳利的劍刺進我的心臟。

「據說現在網路上和電視上都已經在放送警察拿槍抵著你的影片，你正等著明天出現警察濫用武力的新聞是吧，謝同學，你跟林小弟弟果然年紀還太小，不懂媒體操作。一件事呢，可以正著說，也可以反著說，你大概不曉得，為了怕你動手腳，我早就派人在剛才的事發現場，追蹤你是否發送了資料出去，那時候就找到接收你的資料的ＩＰ位址，這些人現在也已經被盯上了。」

譚勝一邊說著，眼睛盯著手機螢幕，像是在確認他所說的事。

「明天三重分局會和台北市刑大一起召開記者會，說明台中林家和黑道掛鉤，為了利益，自導自演誣衊警察。記者會開完，嗯，以林院長的手段，應該會栽到你身上，譬如說你謝哲翰使用暴力或是毒品等方式脅迫控制林敬書來謀取利益，台中黑道也會提出聲明，說你闖出名聲後就意圖想一步做大，畢竟你謝哲翰向來就是以敢殺敢衝心狠手辣聞名。」

譚勝露出牙齒開心笑著說道，笑得我心裡發寒。

「謝同學，我可以跟你保證，留在三重分局裡絕對比較安全，等到你被你的律師接回台中後，那些罪名反扣到你身上，你立刻就會不明不白死去，好給各方一個交代。」

我明白譚勝的意思，一旦黑白兩道想讓我扛，各種扭曲抹黑的事件立刻就會加在我身上。

「別忘了是那個姓楊的先拿槍，我全程都有錄下來。」

「楊宗翰警員他會自白，他其實是你們的人，為了配合你的計劃而拔槍。謝同學，你想得到的我會想不到嗎？」

我的呼吸變得急促起來，心跳也驟然加快，我彷彿又回到過去一場場的生死搏殺之中，眼前這個紈袴子弟，我輕而易舉就能殺掉他，但他簡單的幾個安排，就把我置入必死的處境。

譚勝看著我驚惶的模樣，竟然把身體又往我這裡靠近了一些。

「先別急著想著殺掉我同歸於盡的事啊，我剛才說過，你還有另外一個選擇。」
譚勝臉上的邪笑，在我眼裡變得可怕無比。
「明天，跟我一起上記者會，由你來指控林家，你就馬上從主犯變從犯，再變汙點證人，事情了結後，你可以改進三重幫，或是拿一筆錢到國外都行。」
「被黑白兩道追殺至死或是改換門面繼續過好日子，選一個。」
譚勝說完，我陷入痛苦的掙扎。
譚勝手段的可怕之處，就在於他對付我的方式並不是直接針對我個人，而是藉著各方勢力以及輿論來牽制我，也許小青會不惜一切代價來讓我逃過追殺，摩亞德可能還能幫得上我一點忙，但我這些隱藏的力量都拿出來，也無法真正解決問題，只會拖他們一起陷入泥沼。
但如果我真的背叛林敬書，我也必死無疑。
譚勝沒有給我太多時間抉擇，他看了下手錶，向我下了最後通牒。
「欸，謝同學，你也知道我譚勝是個紈絝子弟，耐性不太好，我給你一分鐘的時間考慮，如果你還沒給我一個答案，我只好當你太有義氣想一肩扛下，明天就推你去送死了。來，計時開始。」
他的口氣突然歡悅起來，這樣操弄人心的把戲，恐怕是他最常玩的遊戲。
但這卻是我經歷過最為痛苦和掙扎的煎熬，指針滴答滴答的聲音，就像一根根尖針用力插進我的指甲縫裡，我咬著牙冒著汗，想盡各種方法都沒辦法解決現在的困境。
「一分鐘到了。」
譚勝開心大喊。
「謝同學，怎麼樣，你選擇怎麼做？」
「明天我會配合你的行動。」

我面無表情地冷冷說道。

譚勝看著我，彷彿這一切都在他的預料之中。

「不過我還有一個要求，既然你願意反水了，那就表現點誠意，今天晚上，三重幫幹部在台北夜店star有聚會，他們已經包了場，剛剛我在路上和三重幫的大佬打過招呼，只要你點頭，今天晚上就帶你過去。」

譚勝把話說到這個份上，我也沒有拒絕的理由，他仍然信不過我，要我交個投名狀出來，三重分局對我的拘提，真正的目的只是要設下這個局，談妥條件後，三重分局的人就讓我搭上三重幫的車，秘密前往star。

開車過來接我的人是個略大我幾歲的年輕人，二十出頭，留著一頭龐克金髮，帶著耳環，對我的態度極其恭敬，一路上，哲哥哲哥的喊個不停，看來我在台中黑道闖出的殺神名號，也傳到台北來了。

當我一踏進star店內後，昏暗的燈光下，一票人站在店內的走道上迎接我，有一大半是像剛才那樣的年輕人，另外有一些是穿著爆乳裝黑絲襪的年輕女孩。

「歡迎哲哥！」

「哲哥好！」

一群人全涎著笑臉親切呼喊道。

店內的舞池當然不是我要去的地方，兩個氣質出眾長相姣好的女孩子一人勾住我一隻手，把我帶進了包廂內。

包廂裡坐著一群敞開襯衫的中年人和年輕人，包廂中間坐著這群人當中姿態最為放鬆的禿頭男人，他身旁的女人也最為漂亮，我雖然沒跟他見過面，但看他這副模樣，我就知道他是誰了。

「韓哥。」

我向他微微頷首，打了聲招呼。

韓哥，台灣第二大地區幫派三重幫的頭頭，他的個性卻是比陳總好的多，性格豪爽圓融，與白道的關係更為親密，而不像陳總與盟友的合作，是全然建立在實際利害關係上。

「阿哲你怎麼這麼晚才進來，先罰三杯！兄弟，這位就是台中黑道年輕一代最能打的人，謝哲翰。今天在譚委員的幫忙下，也進到我們三重幫，大家一起向阿哲敬一杯，歡迎他加入我們三重幫。」

「來，阿哲，我敬你一杯。」

「阿哲來，歡迎歡迎。」

韓哥舉起酒杯，在場的三重幫幹部要角一同響應。

「乾！」

「乾！」

雖然我心裡還有著說不出的彆扭，但這時候也只能擺著笑臉向他們敬酒。

一乾而盡後，韓哥從女人懷裡起身，分別向我介紹包廂內的幹部。

「阿龍，南機場夜市是他在管的。」

「三條，中山區的酒店是他的。」

「老K，幫內的軍火是他在管。」

「龍哥好、三條哥、K哥好。」

三重幫和台中黑道發展性質並不相同，雙方雖然都幹地下生意，但台中黑道爭奪利益時，更毫無顧忌不擇手段，而三重幫更看重輩分和交際手腕，這也是三重幫先天的限制，他們離政治中心太近，許多生意都只能仰賴政治手段處理，否則他們武力再強大，也扛不住特警和軍方。

「阿哲，老哥跟你說，你進了我們三重幫，我絕對不會虧待你，這幾天我會挑幾個油水多的夜店給你管，等到我們殺回台中，老哥我跟你保證，不只台中海線是你的，山線屯區你也可以挑塊油水多的地方拿去，舊市區生意插股也有你一份。」

「謝謝韓哥。」

「以後我們就是自己人了，不用客氣。」

韓哥越說越亢奮，什麼空頭支票都大方開出來，我也配合回應道，包廂裡的人全都喝的滿臉通紅帶著幾分醉意，在一旁吆喝附和著，但如果我猜的沒錯，方才我和他們的對話早就已經錄音，讓我想回到台中，再也不可能了。

「阿哲你的生意我們改天再來談，譚委員有特別交代，要我好好招待你，今天，你就好好地玩。」

韓哥話剛說完，包廂的門又再度打開，一個小弟模樣的年輕人走了進來。

「韓哥，April答應了。」

「喔！」

韓哥用羨慕的眼光轉頭看向我。

「阿哲，讓你賺到了，譚委員特別跟我說，允許我用他的名字去幫你跟東園酒店要人。如果只是身家兩、三億的老頭，根本框不到東園的小姐，東園的小姐看中的都是年輕小開，April是東園裡紅牌中的紅牌，居然真的答應出來。」

韓哥臉上一副躍躍欲試的表情，但他還是拍了拍我的肩膀，催促我出去。

「別讓人家等久了，想框到April可沒這麼容易。」

我再次坐上了韓哥小弟的車，來到了一間高級旅館，韓哥的小弟帶著我走到旅館七樓的一間房間門外就離開，我一推開門，便看見一個穿著鏤空馬甲的女孩子坐在床上。

我仔細稍微一瞧，眼神就再也離不開了。

April的年紀比我大一些，第一眼的印象是個有著清純臉蛋的美女，但身上又帶著極具魅惑感的氣質，這樣的氣息是經過長時間嚴格訓練，舉手投足間自然散發出來。

「你就是謝哲翰吧。」

她的聲音又輕又柔又魅，就連開口說話也能把人的心搔得癢癢的。

「譚委員和韓哥砸了不少錢吧？」

April笑了，她一笑，就彷彿有一朵豔麗的玫瑰，在房間綻放開來。

「想要框我，有錢是不夠的，也要我願意才行，我就是想看看你是什麼樣子的人，才十六七歲就能爬上這個位置。」

April輕輕靠上我的身體，脫下我的上衣。

「聽說你的身手是全台中年輕一代中最強的，我想試試看你的身體有多強壯。」

為了取信譚勝和三重幫，我和April大戰了一整晚後才入睡。明天之後，不論我的下場如何，都代表台中黑道和三重幫正式開戰了。

第二天，譚勝派人來接我過去，他還是那副輕佻的模樣，只是眼神中多了幾分威脅的意味。

「昨天你還玩的開心吧。」

「謝謝你，譚委員。」

「別這麼冷淡嘛，你該玩的都有玩到，你得到的資源還比現在多，待會記者會上好好表現，昨天我讓你玩得這麼開心，今天，你也不要讓我不開心，不然後果，你知道的。」

譚勝的殺氣仍然不顯山不漏水地藏在他的笑臉後面。

「譚委員，為了我自己的身家性命和好處，我知道怎麼做的。」

上午十點半，譚勝帶著我和那位楊姓警察一起走進記者會現場，大大的布條已經掛起，上頭寫著「立法院長林如海兒子勾結台中黑道抹黑警方」，而現場坐滿各家記者，他們正等著譚勝來到。

面對鎂光燈，譚勝依然是合格的政客，他收起起輕浮的模樣，神情嚴肅，他在身旁助理的陪同下，拿起麥克風，大聲說道。

「相信各位媒體朋友都已經知道昨天晚上警方對民眾施用不當暴力甚至違法用槍的新聞，這個事件目前已經在網路上瘋傳。但在我的追查之下，發現事實並不是這樣，這件事從頭到尾都是一場自導自演的事件。」

「啊！」

記者會現場，各家記者紛紛發出驚呼聲。

「這個事件的兩名當事人，都在我身旁，謝哲翰先生，他是台中黑道新一代中的要角，而我旁邊的這位員警則是當天拔槍的楊宗翰，他們兩人都已經承認是直接受到林家指使，一起來自導自演抹黑警方濫用暴力。」

譚勝話一說完，現場記者紛紛議論起來，手腳快的記者已經把麥克風遞到我面前要我回應。

「其實，我和楊宗翰警官，都是被譚委員逼迫來開這場記者會，真正自導自演的是譚委員，他想利用這齣戲來打擊林如海院長，證據就是，昨晚將影片上傳到網路上的人，都是譚委員養的網軍。」

現場記者聽了我的話，一個個睜大雙眼驚駭到無法言語，他們萬萬沒想到，我的說法讓事態一下又大逆轉了。

譚勝瞪著我，一臉不可置信的模樣，他的牙齒憤怒地打顫，像是想要在這裡就殺掉我滅口，但他所有的手段在公開記者會上都無法使用了。

譚勝絕對想不到，其實就連我自己一開始也沒想到，昨晚流出去的那些影片，根本不是從我身上的微型攝影機發送出去的，甚至連操作輿論的人也不是林敬書事先和我預定好的那批人。

在連我都沒想到的情況下，譚勝中了林敬書的雙重陷阱。

譚勝的噩夢還沒結束。

記者的麥克風又轉到楊宗翰面前。

「我、我是被逼的，都是譚委員威脅我。」

在我面前極其囂張跋扈的楊宗翰，面對攝影鏡頭和麥克風，卻像一隻驚惶的小老鼠，雙手縮在胸前吞吞吐吐地說話。

譚勝的臉色終於從驚怒轉成絕望，身體開始搖搖晃晃，幾乎就快倒下去。

他轉頭望向楊宗翰，露出怨毒的眼神。

「你什麼時候背叛我的？」

「譚公子，我本來就是『武譚』的人，哪有什麼背不背叛。」

譚勝怒極反笑，笑容極為猙獰，他又轉頭看著我。

「姓謝的，你們好本事啊，我居然被你和林敬書這種小鬼整垮，你所有的行動明明都在我的監控之下，你怎麼可能和楊宗翰接上頭?!」

「譚委員，據說你是台灣政壇上有名的天才，智商高達一四七。」

「你到底想說什麼？」

「上個月我重新做了智力測驗，大概一六五吧，至於林敬書，你應該很清楚他非常小的時候，就已經是門薩協會的成員，而且現在的他是門薩協會裡頭幾個完全測不出真正智力值的人，光靠智力，我們就徹底碾壓你了。」

被我這麼一嘲諷，原本就處於精神崩潰邊緣的譚勝，當場暈厥倒地，再度引起媒體一陣騷動。譚勝的政治生涯玩完了，譚家也將遭受了前所未有的政治風暴。

就在譚勝踏入警局威脅我的那一刻，面對突如其來的未知事件，我確實感覺到害怕。但就在他給了我一分鐘思考時間時，我想了非常多的事。

北上的前一天，我和林敬書談到極晚，當我向他告別，打開門準備離開時，他突然叫住我。

「有一件事忘了跟你說。」

他好像突然想到什麼事的樣子，我只好強忍著睏意，又回到他家中客廳坐下來聽他說。

「我剛剛跟你講到譚家，譚家是一個支脈非常龐大的家族，即使在台灣的譚家，也可以細再分成『文譚』和『武譚』。」

「什麼意思？譚家就譚家，還分文武？」

「不要忘了，譚家的祖先靠的就是軍功起家，譚家發展到後來，也仍然維持政商、軍事兩把抓的策略。譚家政軍兩邊抓的習慣一直維持到現在，譚家其中一個分枝在政界，被叫做『文譚』，另一個分枝掌控軍警特，被叫做『武譚』。這幾十年是承平時期，武譚實力大幅消退，武譚一直想跨足政治界或是商界，都被文譚給擋著。十多年前，武譚當時大家長已經是參謀總長了，他為了踏入文譚的勢力範圍內不惜搶下行政院長的職位，但沒多久就被鬥垮，之後十多年，武譚勢力仍只能停留在軍警特，但文譚的地盤他們卻是一步都踏不進去。」

「你就特地留我下來跟我說這些歷史故事？」

我強打起精神聽林敬書要跟我說的事，卻是這些無關緊要的陳年往事，不禁有些發怒。

「你這次北上，要和各方人馬周旋，多了解一些資訊沒什麼不好吧，說不定這些你覺得沒有用的資訊，會在關鍵時刻用得上。」

就在那一分鐘裡頭，我想起了林敬書當時這個反常的舉動。

豺狼給我讀過的資料裡頭，有一份資料是有關於情報作業的知識，裡頭寫到，為了讓情報人員能夠照著既定計劃走，情報單位會刻意設計出一種稱為「觸發訊息」的情報，接洽人會把某個關鍵情報包裝成一個不重要的小細節，但卻恰好能夠植入前線人員的潛意識中，只有當前線人員遇到特定場景時，才會理解觸發訊息的意義。也多虧了我和摩亞德這陣子的接觸，在短短的一剎那，我便明白了林敬書的全盤計劃，包括他事先沒告訴我的另外一半計劃。

林敬書真正要對付譚家的關鍵，其實打從一開始就不在我身上，而是他成功策反了武譚。

林家希望削減譚家勢力進軍台北，而武譚想跨出軍界，林敬書不曉得透過什麼樣的手段，讓這段意料之外卻在情理之內的結盟達成了。楊宗翰的真實身分應該是武譚放在譚勝身邊的內應，而現在武譚便把楊宗翰這枚棋子交到林敬書手上。

從另一方面來說，譚勝他或許真的有關注過我和林敬書，預想了我和他所能使用的各種手段。準備攝影機，操縱媒體輿論，這些都是他認定我們這年紀的佼佼者，所能運用的最厲害本事。

但林敬書與武譚的合作，恐怕是超出他的思考範疇了。

白道和黑道不一樣。

黑道世界充滿混亂，完全以實力為尊，只要有頭腦夠狠毒能搏殺，哪怕只有十八歲也能上位闖出名堂。但白道的世界極其穩定，像譚勝這樣三十出頭就已經坐穩立委位置準備選縣市首長的人，在白道世界裡都是非常罕見的存在，他根本想不到我們這樣的少年有可能調用武譚的力量。

譚勝千算萬算都不可能算到這點，所以打從一開始，他不破局是敗，破局也是敗。就連我也是在那短短一分鐘內，從觸發到的訊息窺見林敬書佈局的全貌。

當譚勝倒數完一分鐘的那一刻，我想通了林敬書的計畫，譚勝原本在我眼中像是魔鬼般瘋狂詭詐的形象，瞬間變成了一個胡鬧的頑童。

北上的那一晚裡，林敬書在喝著紅酒時，他露出悠遠的眼神，吐出一段哲學家般的箴言。

「在我很小的時候，曾經以為自己掌握了陰謀這項學問的全貌。等我大了一些之後，我才明白，那些都只是等而下之的小伎倆，真正的計謀就只有一種，創造『未知的未知』，當對方連自己不了解什麼都一無所知時，他所有的算計比小孩子的惡作劇還更可笑。」

第十二章　開戰時刻

就在譚勝倒下的那一刻，譚勝身邊的幕僚趕緊站出來管控現場並宣告提早結束記者會，當然現在這樣的場面肯定早就在武譚的意料之中，恰好就在這時候，幾名警察也趕到現場把我和楊宗翰帶走，藉著這些警察的保護，我和楊宗翰順利坐上警車離開。

「謝老弟，不好意思，我只是照上頭的命令做事，昨天冒犯之處請你見諒。」

「哪裡的話，不過林敬書是不是有交待過我這邊的狀況怎麼處理？」

此時我們兩人都已經公開身份，楊宗翰不再擺出一開始的囂張姿態，反而對我帶著幾分恭敬。

「Bruce有說，如果你沒有本事看穿他的布局，就讓你跟著譚勝一塊死，如果你做出正確的應對，你就是他的『盟友』。」

楊宗翰的說法跟我想的果然一樣。

我的手機在昨天答應譚勝的要求之後，就被他給收走，連身上各處都被他檢查過確定沒有攜帶任何電子儀器才讓我前去三重幫的場子，我只好找了張紙快速寫下一段話亮給楊宗翰看。

「楊警官，前面開車的這位是自己人嗎？」

楊宗翰看了一眼，他也從身上掏出紙筆，開始書寫。

「算是自己人，但還不能完全相信。」

我想了想，決定還是只讓消息在我和楊宗翰之間流通。

「你們收到蘋果了嗎？」

楊宗翰看了訊息不動聲色，快速搖動筆桿。

「吃了。」

「咬到果核了嗎？」

「咬出來了。」

「幾顆？」

「二八七顆。」

「照之前說的，果核給我，果肉是你們的。」

為了防止一切的意外，我和楊宗翰使用最傳統的紙筆溝通，我和林敬書在更早之前約定好的蘋果計畫也終於要進行了，我和林敬書在蘋果計畫裡設計了一連串暗語，讓任何的套話高手都沒有隨機應變猜出暗號的機會，楊宗翰順利通過測試，他確實已經是林敬書的核心人馬，我也問出我要的東西。

正當台北的那些政客還在爭鬧不休的時候，我和阿和已經被以移送台中地檢署調查的名義帶回台中。換句話說，我脫身了。到了台中，我和台中的檢察官打過招呼後，就直接坐上阿和的車，讓他載我回到住處。

我一回到家中，巡視了我在家中各個角落暗中做的記號，果然發現家中已經被人動過。洪阿彪進了我房子翻找，這也在我事先的預料之中。

我拿出一隻剛買的新手機，打了電話給林敬書，他確認是我後，便把一個檔案傳到我的手機裡頭。

林敬書立刻問道。

「收到了嗎？」

「拿到了。」

「你確定要在這時候動作？」

「越早打進去越好，畢竟你的計畫就在一年之後，時間也不算長。」

「行動的要訣，記得，『要自然』。」

「我瞭解。」

我和林敬書交換完情報就結束通話，我把檔案仔細讀了好幾遍後，走進我書房，從書櫃上面第三排抽出一本《奧林匹亞數學競賽題目大觀》，翻開第一三五頁，這一頁介紹的是一個代數問題，上頭寫滿了我潦草的運算數學式。

除非是有專業人士恰好特別檢視這一頁，否則他們絕對看不出其中有幾行算術的數字符號寫法和其他算式略為不同。

這一頁寫著重要的聯絡資料。

我找到其中一個手機號碼，撥通它。

這一瞬間，我的心跳猛然加快起來。

「喂？」

「我回來了。」

「喔？你能說服老闆了嗎？」

「絕對可以。」

「讓我們看看東西吧。」

除了電話那頭之外，整個台中黑道都完全想不到，接下來我將在台中掀起一陣滔天巨浪。

隔天一大早，阿和開車帶我去到台中某一間頗負盛名的宮廟，說是洪阿彪要幫我祭改去去霉運。

我一到了地點下了車，就看到洪阿彪的老婆一邊嚎哭一邊朝我奔來，一把將我抱住。
「阿哲啊！乾媽好擔心你啊，如果你有什麼三長兩短，我和你乾爸怎麼辦？我怎麼跟你阿爸交代啊？」
「乾媽！」
不愧是洪阿彪的老婆，演戲的技術也是出神入化，我稍微調動魚龍變對身體的控制能力，眉頭一皺，眼淚立刻一顆顆從眼眶裡掉出來，抱著她和她哭成一團。
「姐仔，阿哲已經平安回來了，人家說大難不死必有後福，咱祭改做完，阿哲以後就會越來越順。」
「對啦，阿哲安全回來，妳應該歡喜才對。」
在場的人看我們哭成這樣，也紛紛上來勸慰。
我們哭了好一陣子後，洪阿彪也出現了。
「乾爸，是我不懂代誌，連你也被牽連了。」
我一見到洪阿彪，哭的更用力，接著馬上就兩腿跪地。
「阿哲啊，你怎麼這麼衝動！如果不是你命大，加上乾爸一得到消息就趕快派人去處理，你差點就回不來。」
洪阿彪見到我劈頭先罵一頓，接著又嘆了一口氣，把我扶起來繼續叨念。
「唉，你就親像是我親生兒子一樣，我怎麼會怪你。人平安就好，趕快進來祭改，衰運去完，乾爸準備了很多好料，帶了兄弟來幫你接風。」
任何一個人看到洪阿彪和他老婆的表現，絕對都想不到他就是這次台北之行設局致我於死的主要黑手之一。

我和洪阿彪手牽著手，走到了廟裡神壇前。幾位道士已經在那裡等著，洪阿彪趕緊退開，我則照著道士的吩咐跪在神桌前，一位道士點起一炷香插進香爐，其他道士則是手持木劍腳踏禹步，嘴裡念念有詞，開始做起法事來。

法事結束後已經接近中午，我坐上了洪阿彪的車，繼續趕赴他為我準備的接風宴，一路上洪阿彪仔仔細細問起我在台北的事，包括我去拜訪趙靜安，以及後來遇到譚勝的事。當然，在回來的路上，我已經編好一套讓洪阿彪暫時不會起疑的說法。

洪阿彪邊聽邊搖頭。

「你啊，就是太逞強。如果你事先跟乾爸說一聲，乾爸多帶點人去保護你，我打個電話給我幾個換帖欸，這次的事也不會這麼危險，你一定要記取這次的教訓。不過啊，本來我們兩邊就快要動手，這次你又惹到三重幫，我看很快就要開戰了，你短時間內不要再離開台中，現在開始我也會多派幾個人跟在你旁邊。」

洪阿彪這番話，更讓我下定決心要動手。

洪阿彪擺設接風宴的點是一家外表並不起眼但在台中以美味著稱的名店，我一到餐廳門口，就見到台中四獸全都到場了。

豺狼是我的老師，禿鷹和我也見過一面，赤蛇和瘋牛是洪阿彪的朋友，我一見到他們出現在門口，便趕緊上前一一問候。

「老師，我回來了。」

豺狼看了我一眼，他似乎看透了些什麼，但最終一句話也沒說，面無表情地點點頭。

我一踏進餐廳，才發現洪阿彪把整個場子都給包了下來，一群群的兄弟見到我紛紛站起來向我敬酒，輩份比我低的叫我哲哥，輩份比我高的便叫我阿哲，洪阿彪帶著我走到餐廳的中間，那裡已經準備了好幾隻麥克風。

「我阿彪今天感謝各位兄弟的幫忙，因為有你們，阿哲才能平安順利回來咱台中，我和阿哲用手上這杯酒，來向大家表達感謝，乾！」

我和洪阿彪，一乾而盡。

所有在場的弟兄，同時舉起酒杯。

「乾！」

「各位兄弟，雖然說，這次阿哲命大可以平安回來。但他遇到的危險，也看出三重埔仔為了要和咱搶生意，已經沒在客氣，咱也要好好準備開戰了！伊三重埔仔敢動我乾兒子，我也讓他看看咱海線的本事！」

洪阿彪開戰兩個字一出口，殺氣立刻從他身上擴散到全場，在場的兄弟恐怕大半都不曉得，他就是三重幫在台中最大的內應。

接下來洪阿彪帶著我大口灌酒大口啃著龍蝦，再一桌一桌地把我引介給那些海線和部分山線以及舊市區的大角頭，如果我的海線太子身份本來還有點水分，那麼這次我殺上了台北全身而退，又順便破壞了三重幫的計劃，加上洪阿彪為了穩住我，更是公開喊出我是他的唯一接班人，終於讓我的海線太子位置，有了實際的影響力。

但這樣的局面，不會太久。

一頓酒酣耳熱之後，我和洪阿彪分別離開，我坐上阿和的車回家。

「阿和，明天幫我跟忠哥約一下，我要和他見面。」

「哲哥，是什麼事？」

「你跟他說，當初他搞我的事，那口氣我吞不下，明天我要和他打一場，如果我再輸了，我當眾幫他吹簫，如果他輸了，他跪下來跟我磕頭，讓我用腳踩他的頭。照我講的話，一字一句轉告他。」

阿和聽到我說的話，頓時大驚失色。

「哲哥，你是在說真的嗎?!這段話一說出去，那就不是磕頭吹簫可以解決的，明天一定要殺到有人倒下。對方就算退下來了，也是前代奇美拉，還是史上最強的奇美拉，你有絕對把握活下來嗎？還有董欸那邊要怎麼交代？」

「我有我的打算，至於我為什麼要這麼做，你不需要知道原因，你只要負責傳達消息就好，其他不用問這麼多。」

阿和聽了我的話不再吭聲，只敢點頭應諾。

我就是要殺掉忠哥，而這，才僅僅是一切的開始而已。

隔天一大早，我帶著一把長刀前往我和忠哥約戰的地點，台中最混亂的地方，東區搏殺場。

台中東區號稱是台中市區內最為貧窮混亂的地區，充斥著游民、乞童、東南亞黑幫以及各式邊緣人中的邊緣人。東區這個毫無油水的黑暗之處，是整個台中最為無序的地方。也是因此，台中類似古羅馬角鬥場的地下搏殺賽地點就是設在東區。

當我到場時，忠哥已經在那等著，劃為搏殺場的空地周圍早已擠滿人了。

被我挑釁的忠哥，見到我時臉上依舊保持淡淡的微笑，手中穩穩握著武士刀，一點也看不出被激怒的樣子。

我帶來的刀不上刀鞘只用布條纏著，我踏進搏殺場的擂台線，把布條拉開，吐出鋒利的刀刃。

「你昨天派人來傳給我的話，說如果你敗了，就在這裡幫我吹簫，你贏了，我就幫你磕頭，是吧。」

「對。」

忠哥放聲大笑。

「我當初和你打上一場果然值得，能夠讓台中海線太子幫我吹到射，捅過海線太子的屁眼，現在回想起來真是滋味無窮。我當時就看準你會崛起，倒是沒想到你能爬得這麼快。那就如你所說，這麼多人看著你幫我舔雞巴，應該會更爽。」

「太子爺，怎麼不來幫我吹啊！」

「海線太子的屁眼不知道緊不緊，幹起有沒有比較爽？哈哈哈哈哈！」

忠哥刻意把聲音放大，引起場外一陣騷動，許多人開始吹起口哨，仗著混在人群中也開始跟著挑釁。

我昨天的傳話是為了激怒他，但他反而想透過公開羞辱我來激怒我。

我把長刀橫在胸前，兩腿微開，冷靜地看著他。

「忠哥，你先。」

「當然我是很樂意讓你幫我吹，不過這場仗是你挑起的，如果不小心殺掉你，可不要怪我。」

忠哥話還沒說完，他大喝一聲，手上的刀眨眼間就劈到我面前。

他的快刀依舊發揮得淋漓盡致。

我身體向旁邊一閃，反手舉刀橫擋，險險躲過他這一刀。

忠哥手中的刀速卻是越來越快，一連五刀挾著氣浪向我砍來，快到連刀影幾乎都看不見。

我連躲五刀，憑著剛剛入門的太極聽勁感應到他落刀位置擋上一擋，借著和他碰撞時產生的反作用力退後和他分開。

忠哥依然面帶微笑，優雅的身姿和凌厲的殺意在他身上完美結合。

「進步了不少，但是——」

一道殘影閃過，刀尖又再次貼上我的臉。

「還是太慢了。」

我往地上一滾，抬頭望向忠哥。

「但都讓我躲過了，你有本事就再更快一點殺掉我啊。」

忠哥的表情終於嚴肅了起來，他再度出手，刀光一閃，我還來不及眨眼刀鋒就刺向我的胸口。

但我手上的刀已經在胸前等他了，我手上的刀擋下之後一帶一轉又反殺回去。

第一次，忠哥終於轉攻為守。

他不可置信地望向我。

「忠哥，你的年紀畢竟大了，在這樣的劇烈戰鬥持續一分鐘之後，你是一定得慢下來的。現在，該我了。」

我前腳輕踏，在秒針都還來不及跳到下一格時，我手上的刀就已經貼上忠哥的脖子，他反射性把頭一偏同時抽刀揮向我，我手中的刀滑過他的刀脊再度刺向他的腹部。

忠哥再退。

我手中的刀刺出的速度，就是他方才的速度，照樣奉還。

「怎麼可能，你怎麼可能有這樣的速度？」

忠哥臉上終於出現恐懼和退縮的神情。

在我和林敬書討論完他的計畫後，我就開始準備佈下這場殺局。

我停下來，看著他開始微微喘氣。

「忠哥，忘了跟你說，我還可以——」

「更快。」
我的刀跟我的聲音幾乎在相同的時間來到他的面前。
生死關頭，忠哥爆發了他全部的潛能，硬是偏了身體讓我的刀只劃過了他的手臂。
刀再進。
忠哥向後連退兩步，橫刀身前，嘴脣微開，他已經做好擋住這刀然後宣告投降的準備。
所以，我把右手從刀柄上抽開。
在他面前展開手掌。
他沒有投降的機會了。
忠哥瞪大眼睛，全身縮成一團。
「雪……拳意……。」
為了確保能殺掉忠哥，我做了許多準備，而讓我決定提早殺他發動計劃的關鍵，就在於納蘭破天讓我看的那場雪。
他所做的不只是讓我看他的拳意所凝結成的雪景，就在那一刻他也等同於將他的拳意傳授給我，即便現在的我只能模擬他的拳意，實際上發揮的力量三成都不到，但傳達到忠哥這樣的武者身上，已經足夠了。他應該怎麼樣都想不到，居然在我身上看到凝成實質的拳意。而能夠達到這樣境界的武者，早就遠超出他能夠抵抗的範疇了。
這一瞬間，他在武道拳意的壓迫下，害怕到不敢抵抗，任憑我的右手扣住他的肩膀，我再次舉起長刀劃過忠哥的頸動脈，他脖子上的血如同從爆掉的水龍頭中噴湧而出，濺了我一身。
忠哥張著眼睛，他魁梧的身軀，緩緩倒下。
現場一片靜默，沒有人想到這次的格鬥會是這樣收場，史上最強的奇美拉，居然就這麼死在我手上。

我舉刀環視周圍的人群，一些膽小的混混甚至嚇得拔腿就跑。

就在此時，一輛熟悉的黑頭車恰好趕到，車門打開，洪阿彪終於來了。

這是一場他願意發生的決鬥，如果我死了正好，他能對三重幫有個交代，如果我在那幫忠哥吹簫，那麼我在海線的地位和威信必然大幅降低，更是讓他好控制，但這場決鬥的結局最終卻是超乎他的想像。

洪阿彪看呆了，他的嘴脣微微張闔，雖然聽不到，但我看懂了他不斷念著的三個字，謝家刀。

洪阿彪一回神過來，便暴怒衝過來，一腳踹上我的胸口。

「姦恁娘！在台北闖禍還闖不夠，一回來又做出這款代誌，你當自己是皇帝啊！」

我假裝像是失手錯殺傻住般，任由洪阿彪辱罵踢踹。

「很行啊，姦恁娘！」

洪阿彪幾乎像是要殺了我一樣，開始往我的頭猛踹，我只能蜷縮在地上用手抱著頭，任憑他踢，過沒多久，我感覺到他踹我的力量開始減小，大概是踢累了，我便順勢閉上眼睛假裝昏了過去。

等我再次睜開眼睛時，我發現自己身處在一個陌生的昏暗平房裡。我被人平放在一張床上，而阿和就坐在我身邊。

「情況如何。」

阿和看到我睜開眼睛後鎮定的模樣有些驚訝，但還是如實向我報告後續的事。

「董欸看起來氣到半死，但是暫時沒有動作，只對外說會給這次的事一個交代，忠哥是死在你誤殺下，又是公平決鬥，所以兄弟沒有太多反你的聲音。不過董欸是已經對你起疑了，加上你從譚勝手中逃出去的事，他有點懷疑你是不是知道他那邊的動作，現在是開始派人出去查。」
我點點頭，聽阿和繼續說下去。
「哲哥，我昨天也在董欽開的緊急會議上，把你要我講的那句話『阿哲是你兄弟的兒子，當初你接他回來不就是為了保住他，看在你們兄弟的義氣上』丟出來，在董欽還沒找到明確證據前，他在兄弟面前應該是不會處理你。不過董欽還是又另外派一批人出去放話，開始談你身上的功夫是哪裡來的，怎麼有辦法殺掉忠哥。」
「我了解了，在事情還沒有進一步發展之前，我都還不會有事，只是暫時被關在這裡面吧。」
「情況是這樣，這間房子在台中哪個地方連我也不知道，而且沒有水電，外頭董欽也另外派人在監視你。」
我望向窗外，確實有幾個人轉頭看著我和阿和。
「小A還有持續跟你聯絡吧。」
阿和連忙點點頭，「小A」是小青幫我安排的一個秘密聯絡人，小A一方面作為我的代理人，另一方面也向阿和展示了他握在我手上的把柄，以保證我不論在什麼情況下都能有效箝制他。
「不用擔心，最多三天，我就沒事了。」
我拍了拍阿和的肩膀寬慰著他。
「可是哲哥，董欽好像已經下定決心一定要找理由殺掉你，至少要把你廢掉。」
「不用擔心，一切都在我掌握中，你要回去跟乾爸報告我的狀況了吧，三天後，我等你過來。」
阿和半信半疑地離開。
面臨被殺的處境，一個人獨自關在這個無法對外聯絡的地方，我倒是沒有多少擔憂，我安靜用著三餐，望向窗外始終如一的景色以及來回梭巡的監視者。

等著那個消息回來。

兩天後，第三天早晨我一醒來，就被房子外的喧嘩聲給吵醒，雖然距離有些遠聽得不太真切，但我原本還有些忐忑的心情終於放下了。

大概是快要接近中午的時候，我聽見了好幾輛車開到這棟房子前的聲音。過不久，就看到阿和匆匆忙忙衝進來，神色驚惶。

「哲哥，你早就知道了?!」

「不，這本來就是我安排的。」

「董欽、昨晚被人殺掉了！」

「怎麼死的？」

「昨天晚上，董欽在海霸王餐廳吃完飯，才一出門口就被一群黑衣人開槍射死。」

我聽著阿和的報告，嘴角不禁浮出笑容。

「阿和，現在我可以離開了吧？」

「當然可以，哲哥你下一步有什麼打算？」

我看著阿和討好的臉，已經明白了他的算計。

「乾媽現在如何？」

「嫂欽現在還在一直哭一直哭，沒有什麼心情管兄弟的事，也是說要等你回去和幾個董欽的兄弟一起商量。」

「乾媽昨晚進去林家的事你怎麼沒說？」

阿和聽到我的話，忽然倒退了兩步，他的神情又慌張又狼狽。

「哲哥……你、你、怎麼知道？」

「反對我乾爸和那些有心上位的海線角頭，是不是也在昨天我乾爸死了沒多久，突然動手派他們埋伏在對方身邊的『冬蟲夏草』殺掉彼此？」

阿和的表情愈發恐慌，他的手緩緩伸入褲子口袋裡，但就在此時，一名跟著阿和過來原本站在門口守著的小弟，驟然間拔槍出來。

「砰！」

阿和應聲倒下，我把他的手從口袋裡掏出來，果然握著一把槍。

同一時間，房子外頭槍聲大作，那些負責守住我的人全部倒下，現在房子內外除了我之外，只剩下六個人活著。他們全都是林敬書給我的人手。

阿和果然想利用我被封閉在這裡所產生的資訊不對稱鋌而走險。

「謝先生，一切都在您的計劃之中。」

那位開槍殺掉阿和的小弟恭順說道。

「給我手機。」

他拿出手機交到我手上，我撥通了林敬書的電話。

「洪阿彪的老婆被你穩住了嗎？」

「暫時穩住，你出來了？」

「嗯，我待會就要處理她。」

「那，接下來就看你表演了。」

「大家都知道這兩三天裡我都被洪阿彪押起來，洪阿彪是死在陳總手中，海線的那些角頭死於自相殘殺，現在還有誰比我更能名正言順接管台中海線？」

和林敬書通完電話，我忍不住吐了一口長長的氣，頓時感到遍體通暢。

我再播打了一通電話。

「麥哥。」

「阿哲，你出來了啊。」

「想請你幫個忙。」

「什麼事？」

「解決掉洪阿彪的老婆。」

「這個好辦。」

「殺得了嗎？」

「你的人給了我資料，她在哪間房子我都知道，喔，我們的人剛好在她附近，那就讓你聽個心安。」

洪阿彪的老婆大概也沒想到，當她昨晚進去林家求救時，反而是踏入死路的開始。

過不久，手機裡傳來一陣破門聲。

「乓！」

「不要殺我！我什麼都可以給你們，拜託你、拜託你，啊！」

幾聲槍聲響起，尖叫聲歸於沉寂，一張照片傳進我的手機，洪阿彪的老婆和他兒子躺在地上，頭部，心臟，各中兩槍。

「麥哥，幫我跟陳總說聲謝謝。」

「我會轉告他的，陳總做人雖然不講感情，但是絕對不會虧待自己人。」

我佈下的借刀殺人計畫，還要從一個月前說起。

那天，洪阿彪底下一名我相當陌生的幹部，找上門來，遞了一張紙卡給我。上頭是陳總的電話。

「哲哥，老闆想要跟你聯絡，如果你拒絕的話，我現在就會離開，如果你願意撥通這支電話，老闆說了，你想要什麼都可以跟他談。」

「我當初就是因為陳總的手下才被逼進台中黑道，我還被他追殺過，他還想找我？」

「老闆說，你看到這張照片，就會改變心意了。他也說只要你願意撥電話，什麼條件都可以談。」

他掏出手機點開照片，我便明白了，那本精心製作的謝家刀譜，被一頁頁拍成照片。

「你們家傳武功號稱是近代最強的殺人武術，都讓洪阿彪整個偷走了，你現在知道洪阿彪當初拉攏你的原因了吧。」

我的演技如今已非剛踏入台中黑道時能比，我臉上驟然色變，充滿了憤怒。

「乾爸他……。」

「老闆說了，你們家的刀譜反正已經被偷了，只要把原本交給他，他可以讓你從海線太子馬上變海線皇帝。」

和陳總內奸見面後過了幾天，我就坐上陳總手下的車，進到陳總的招待所中。

我第一眼見到陳總時，卻發現我對他的想像和他本人幾乎是相差十萬八千里。

陳總在台中以瘋狂、冷酷和殘暴著名。

此時我所見到的陳總，卻是一位面容清癯頗有書卷氣氣息的中年男子，他坐在辦公桌前，捧著馬克思的資本論在讀，旁邊還放著《新馬克思主義論》和《日本赤軍紀實》這些左翼書籍。

「陳總。」

我躬身向他打了聲招呼。

他抬頭望向我，露出一個禮貌性的笑容。

「阿哲你來了啊，請坐。」

我坐在他辦公室的沙發上，從我的背包裡拿出那本由摩亞德精心製作的「謝家刀譜古本」擺在陳總桌上，陳總一看到便兩眼發亮，急忙拿起來翻了幾頁。

「這就是謝家刀？」

「這本就是我們家的刀譜。」

「很好很好。」

陳總翻閱了幾頁後，也走到我旁邊坐下，憨仔便站在他的身後。

「你既然帶了東西過來，我做事情也不喜歡拖泥帶水，這邊，是我的誠意，我們應該可以接著談下去。」

旁邊一個小弟拎了一個皮箱過來，打開之後，裡頭裝了滿滿的美金鈔票。

「三十萬美金，這只是前金。我之前派人告訴過你，把謝家刀交給我，台中海線就是你的。如果你的本事夠，只要不跟我作對，每年把錢繳足，我可以讓你在海線當土皇帝。」

陳總望向我，等我的回應。

「陳總，我一連做掉了你手下兩個大將的兒子，難道你不在意？」

陳總爆出一陣大笑。

「你說老張和小馬嗎？他們在外面幹了不知道多少女人，死了兩隻畜生對他們根本不痛不癢，那只是一個藉口而已。你的女人殺掉小馬的時候啊，我們之前就已經聽到消息，洪阿彪想要收你當乾兒子，所以我就乾脆讓小馬和憨仔利用這個機會看能不能順便殺掉洪阿彪，只是我那時候還不知道他收你當乾兒子的用意。你現在有本事也有利用的價值，當然比那兩隻畜生值錢。」

陳總的話和他的眼神一樣冷酷，但具有很強的說服力，或許這就是陳總的駕馭之道，完全不談兄弟情義，只講最真實的利害關係。

但僅僅是這樣還達不到我的目的。

我立刻起身，單腿跪在陳總身前低下頭。

「老闆，我不敢做什麼海線土皇帝，我只要能幫你代管台中海線就好了。」

「好、好、好！」

陳總放聲拍手大笑，連說了三個好字。

這也才是他要的，但他應該是沒想到我會這麼快就臣服了。

「你很快就會知道，在我手下做事絕對比龜在台中海線賺的多十倍。」

「老闆，那你要怎麼讓我接管台中海線。」

「阿哲，起來講話吧，從今天起你就是我底下最重要幹部之一了。」

我坐回沙發上，陳總又繼續說下去。

「我想殺掉礙事的洪阿彪這件事大家都知道，但他在海線的威望太大，就算能殺掉他，還是要找到一個理由，壓住人心，比如像是，洪阿彪為了對抗我，想要穩穩賺他的小錢就好，背後勾結三重幫，打算毀掉整個台中黑道。」

沒想到陳總也知道這件事。

「接下來，你隨時都可以來向我請錢做事，沒有預算上限，只要挖到他和三重幫勾結的直接證據，有這個理由，我就可以動手殺掉他，海線那些想上位的角頭，他們身邊我也已經安插了人，隨時可以連他們一起殺掉，到時候就是你上位的時候了。」

「老闆，要挖洪阿彪勾結三重幫證據的事可以交給我，不過，你現在要殺掉洪阿彪可能已經沒辦法做到了。」

「你說什麼？」

陳總聽了我說的話，頓時勃然色變。

「整個台中海線，全都被洪阿彪牢牢掌控住，他身邊隨時還跟著神將鬼面，如果我猜的沒錯，老闆你是想讓憨仔哥帶另一批神將鬼面去殺洪阿彪。」

我說到這裡故意停頓下來，陳總深深看了我一眼，他和另一個宮廟黑道派系結盟的事果然讓我猜對了，洪阿彪之所以能夠擁有神將鬼面，是因為他接下中華道教總會理事長的位置，才能取得神將鬼面的訓練方法，但這在宮廟黑道系統裡，肯定不只洪阿彪一人有，特別是有野心想要取代洪阿彪的宮廟大佬。

「行不通嗎？」

「在洪阿彪拿到我家的謝家刀之前可能可以行得通，但是洪阿彪手上本來就有過去流傳的謝家刀殘本，就算得不到我的指點，拿著謝家刀譜和他們手中掌握的技術也絕對可以練得出真正的謝家刀，反過來說，得到謝家刀的洪阿彪，可能還會威脅到老闆你的性命。」

陳總冷笑一聲。

「謝家刀雖然是厲害的殺人術，但是怎麼可能在短短時間內就讓他的人強到可以對上憨仔和我的人。」

「我是在踏入台中黑道之後，我爸才用一個很隱秘的管道把謝家刀交到我手上，我從那時候開始練謝家刀，但我現在的實力，已經可以殺掉當初羞辱過我的忠哥。」

陳總聽了我的話，捧著肚子哈哈大笑。

「不要在那講大話了，如果謝家刀這麼厲害，讓你現在就可以殺掉那個男人，那洪阿彪身邊的人不就都變成頂尖國際殺手了，哈哈哈哈哈——」

陳總的笑聲嘎然而止。

我就在這瞬間攻向憨仔，以指代劍刺向他的喉嚨。

謝家刀法，同時還加上魚龍變的力量，後者憨仔當然是不可能知道的。

憨仔退了兩步，狼狽地閃過我的攻擊。

「老闆，可能……可、以。」

憨仔艱難地吐出六個字。

陳總終於笑不出來了，眼帶殺意。

「那個老玻璃的死活我不在意，但既然你說殺得了他，就殺給我看，如果他真的死在你手上，不管證據有沒有真的拿到，我都要立刻殺掉洪阿彪！」

陳總終於意識到洪阿彪手下的神將鬼面擁有謝家刀這件事，已經危及他的性命了。

「但是、老闆、我、殺不了洪阿彪。」

憨仔歪著頭，誠實說道。

陳總的臉色頓時變得非常難看。

「把東南亞那批人都叫上來，不惜一切代價都要做掉洪阿彪！」

時機終於到了。

「老闆，其實謝家刀是有破綻的。」

「哦？」

陳總眉頭稍展，饒富興趣地看向我。

如果不是摩亞德，我也不會發現謝家刀的破綻。

當時就在我把謝家刀交給摩亞德之後不久，他們發給我一個消息，我連忙再次前往摩亞德所在的空手道館。

夏恩先生已經在那等我了。

「謝老弟，沒想到你這麼快就到了。」

「夏恩先生，我對您所說的事非常有興趣。」

「確實是很值得注意的事，謝家刀雖然是世界上頂尖的殺人術，但我們在後續的進一步分析之後，找到了謝家刀的破綻。」

「喔？是什麼呢？」

「老弟，雖然你還無法確定，但我認為你多少應該有過猜想。」

「謝家刀分成長刀、正刀、短刀和無刀等招式，除了無刀外，都有近距離破解槍械火力的刀術，雖然在大多數情況下，謝家刀都能在近距離殺掉一般的持槍殺手，然而一旦面對雙手握有高精度手槍的頂尖殺手，雙槍所形成的火力網就不是謝家刀所能應付的，像謝家刀這樣的頂尖刀術不可能沒考慮到這點。我想，謝家刀之所以會有這個破綻，真正的原因恐怕是因為——謝家刀所鎖定的手槍，是二十世紀初期那些作用力大、精度低的槍，而近幾十年來，謝家刀再也沒有機會用於實戰搏殺之中，也就沒有和新世代的槍戰鬥的經驗了。」

我心中隱約的猜測在這一刻豁然開朗，謝家刀在日本接管台灣經過最初大型民變之後，就再也沒有用過了，而換了新政府控制台灣後，台灣又經歷更嚴厲的獨裁統治，謝家刀更是不可能出現在世人面前。隨著科技的進步，號稱天下第一殺人刀術的謝家刀，也產生了致命的破綻。

時間回到現在，洪阿彪和海線那些想上位的大角頭全都死光，海線各路人馬之間更是充滿猜忌和衝突。在台中海線充滿混亂而不安定的氣氛下，為了維持海線現存勢力之間的平衡，以及調和剛進入海線的陳總人馬，我一如預期地成為海線名義上的新共主。

許多人仍把我視為一個運氣極佳的小毛頭，並不放在眼裡，反而是那些最為詭詐狠辣的海線角頭們，隱約猜到了這次突然其來的海線勢力大洗牌的真相，他們選擇按捺下來，默認我的地位。

最讓我意外的是，我原本以為會想辦法替洪阿彪報仇的瘋牛，在得知洪阿彪一家死訊後，竟然只是長長嘆了口氣，什麼動作都沒有。由於和洪阿彪親近的人全都死光了，洪阿彪一家的喪事最後竟然是由我和瘋牛一起操辦。

出殯前一晚，我和瘋牛一起為洪阿彪守靈，那晚，我遞了根香菸給他，順口問了壓在我心中的問題。

「瘋牛叔，你有沒有想過要幫乾爹報仇？」

瘋牛淡然地笑了笑。

「不管是誰殺掉阿彪，陳總，還是宮廟那裡的人，可以殺掉阿彪，就是他的本事。我們進來這裡的時候就該有這樣的覺悟了。我們，是在地獄中存活，斬斷情感，把生存和利益擺在第一位的台中黑道。更何況，我是『四獸』，我們既然做了台中黑道的管家，各方勢力不論如何廝殺，我們都不能介入，我可以幫阿彪做的，就是安頓好他的後事。」

瘋牛說罷，似乎意有所指地瞟了我一眼，讓我心臟猛然一跳。

「你現在坐上阿彪的位置，但你的勢力更單薄，面對的局勢更複雜，你唯一的優勢只在有林家讓你靠，你現在也沒有離開的機會，不是別人死就是你死。阿彪，就是最好的例子。他當初總想要安排什麼後路，但是越是抱著這種心態，在台中黑道裡就死的越快。」

此時，我又想起林敬書說過的話，入台中黑道的人，終生活在三種地獄，阿鼻地獄、無間地獄以及孤獨地獄。

現在的我，同時身在這三種地獄中，不得出離。

待續。下集《亂世無命：白道卷》預計二〇一九年二月出版，敬請期待。

釀冒險25　PG2016

亂世無命：
黑道卷

作　　者	Fant
責任編輯	洪仕翰
圖文排版	周妤靜
封面設計	蔡瑋筠

出版策劃	釀出版
製作發行	秀威資訊科技股份有限公司
	114 台北市內湖區瑞光路76巷65號1樓
	電話：+886-2-2796-3638　傳真：+886-2-2796-1377
	服務信箱：service@showwe.com.tw
	http://www.showwe.com.tw
郵政劃撥	19563868　戶名：秀威資訊科技股份有限公司
展售門市	國家書店【松江門市】
	104 台北市中山區松江路209號1樓
	電話：+886-2-2518-0207　傳真：+886-2-2518-0778
網路訂購	秀威網路書店：https://store.showwe.tw
	國家網路書店：https://www.govbooks.com.tw
法律顧問	毛國樑　律師
總 經 銷	聯合發行股份有限公司
	231新北市新店區寶橋路235巷6弄6號4F
	電話：+886-2-2917-8022　傳真：+886-2-2915-6275

出版日期	2019年1月　BOD一版
定　　價	360元

Printed in Taiwan

國家圖書館出版品預行編目

亂世無命. 黑道卷 / Fant著. -- 一版. -- 臺北
市 : 釀出版, 2019.01
面 ;　公分. -- (釀冒險 ; 25)
BOD版
ISBN 978-986-445-291-0(平裝)

857.7　　107017495

讀者回函卡

感謝您購買本書，為提升服務品質，請填妥以下資料，將讀者回函卡直接寄回或傳真本公司，收到您的寶貴意見後，我們會收藏記錄及檢討，謝謝！

如您需要了解本公司最新出版書目、購書優惠或企劃活動，歡迎您上網查詢或下載相關資料：http:// www.showwe.com.tw

您購買的書名：____________________

出生日期：________年________月________日

學歷：□高中（含）以下　□大專　□研究所（含）以上

職業：□製造業　□金融業　□資訊業　□軍警　□傳播業　□自由業

　　　□服務業　□公務員　□教職　□學生　□家管　□其它____

購書地點：□網路書店　□實體書店　□書展　□郵購　□贈閱　□其他

您從何得知本書的消息？

□網路書店　□實體書店　□網路搜尋　□電子報　□書訊　□雜誌

□傳播媒體　□親友推薦　□網站推薦　□部落格　□其他________

您對本書的評價：（請填代號　1.非常滿意　2.滿意　3.尚可　4.再改進）

封面設計____　版面編排____　內容____　文／譯筆____　價格____

讀完書後您覺得：

□很有收穫　□有收穫　□收穫不多　□沒收穫

對我們的建議：____________________

____

____

____

請貼
郵票

11466
台北市內湖區瑞光路 76 巷 65 號 1 樓
秀威資訊科技股份有限公司 收
BOD 數位出版事業部

（請沿線對折寄回，謝謝！）

姓　　名：＿＿＿＿＿＿＿＿　年齡：＿＿＿＿　性別：□女　□男

郵遞區號：□□□□□

地　　址：＿＿＿＿＿＿＿＿＿＿＿＿＿＿＿＿

聯絡電話：(日)＿＿＿＿＿＿＿＿　(夜)＿＿＿＿＿＿＿＿

E-mail：＿＿＿＿＿＿＿＿＿＿＿＿＿＿＿＿